2058 - 未来犯罪系列

immortal in death

[美]J.D.萝勃 著 宋伟 译

不死的恋人

重庆出版集团 重庆出版社

致命的美丽礼物。

——拜伦

给我一吻，使我不朽。

——克里斯托弗·马洛

第一章

结婚就像谋杀。伊娃也不太清楚最初一切是怎么发生的。老天啊，她可是个警察啊。伊娃做警察已经有十年了，她一直坚信警察就该单身，不能有任何牵绊，应该把全部精力投入到工作中。认为一个人可以在是非纷繁的法律和繁杂缠人的家庭之间分配时间、精力和情感，简直就是犯了疯病。

伊娃认为结婚和做警察一样，结婚也是一种工作，而且这两种工作都会令人应接不暇、疲于奔命。虽然现在已经是2058年，科技高度发达，但结婚还是那么麻烦。一想到结婚，她就浑身发毛。

不过，伊娃还是从不多的宝贵休假日中抽出了一天，在这个晴好的盛夏日子里准备去购物。想到这里，她不禁打了个寒战。

她的胃里一阵抽搐，她又想起了今天可不仅仅是去购物，而是去买婚纱。

伊娃觉得自己一定是疯了。

当然，这都是洛克的主意。他在伊娃身心脆弱的时候抓住了机会。当时两人都流着血，浑身淤青，幸运地活了下来。这个男人太聪明了，他对目标了如指掌，选择了那样一个时间和地点求婚，所以女人也就只有“束手就擒”了。

伊娃·达拉斯就是这样一个女人。

“你看起来好像要徒手对付一伙儿贩毒的暴徒似的。”

伊娃胡乱地穿上一只鞋子，上下打量着。她心想，他真是太迷人了，有着动人心魄的魅力。面庞粗犷，嘴巴像诗人一般多情，他有杀手般的蓝眼睛，和男巫特有的那种鬃毛般的黑发。她情不自禁地把目光从他的脸上移到身上，发现他的身材也同样令人赞叹。还有他语调中那一点爱尔兰口音，真是魅力四射。

“我今天要做的事，比对付贩毒头子还困难。”伊娃不自觉地发出了怨言，她皱了皱眉。她从不抱怨，可她确实是宁愿徒手与力量倍增的吸毒者搏斗，也不愿意讨论裙摆之类的话题。

裙摆，我的老天啊。

她忍住咒骂，目不转睛地盯着洛克穿过宽阔的卧室。洛克常有办法让她觉得自己像个小傻瓜。就像现在，在他们高高的、宽大的床上，洛克就坐在她身边。

洛克轻抚着她的下巴。“我无可救药地爱上了你。”

他就在身旁。这个男人有着灵动魅人的蓝眼睛，强壮、俊朗，犹如拉斐尔画作中的堕落天使，他爱上了她。

“洛克。”伊娃轻叹了一声。她曾与手持激光武器的变态雇佣兵正面对峙过，但即使那时，她心中的恐惧也没有面对这份矢志不渝的情感时猛烈。“我能挺过去的。我会说到做到的。”

他皱了皱眉头，神情忧郁而苦涩。伊娃坐在那里，苦恼地用手捋着修剪凌乱的浅褐色头发，她的两只大眼睛是威士忌酒的颜色，眉宇间透出几丝烦恼和犹疑，他很疑惑，为什么她直到现在也没有意识到自己的魅力呢。

“伊娃，亲爱的。”洛克开始轻轻地吻她，从蹙紧的双唇一直吻到脸颊柔和的曲线上。尽管他心中疑虑重重，但他还是说道：“我当然相信，你会说到做到。我今天有几件事要处理，你昨天又回来得很晚，都没来得及问你有什么安排。”

“我在监视拜恩斯区，一直到凌晨三点。”

“逮到他了么？”

“他正好撞到我的枪口上——老天保佑这些该死的幻梦者、成瘾的虚拟现实者。”她微笑起来，但那是猎人阴沉又凶猛的微笑。“那个天杀的小混蛋就像我的机器仆人一样，出现得真是准时。”

“好吧。”洛克轻拍了伊娃的肩膀一下，站起身来。他从床前的平台上走下去，来到更衣区，挑选着要穿的外套。“今天呢？这个案件是不是要汇报存档了？”

“我今天休息。”

“喔？”洛克听了这话有些惊奇，转过身来，手里提着一件华丽的深灰色丝绸夹克。“如果你愿意的话，我可以重新安排下午的行程。”

伊娃莞尔一笑，心想着他调整行程就像打仗似的。在洛克的世界里，做生意就是一场可以赚钱的复杂的战争。“我已经有约了。”之前的愁容还没消去，新的愁事就又写到了她的脸上。“购物，”她咕哝着，“买婚纱。”

这回，他突然轻松地微笑起来。如果伊娃做出了这样的计划，那就相当于爱的宣言。“难怪你这么烦躁。我说过婚纱的事儿由我来办的。”

“我要自己去选婚纱，而且要花自己的钱去买。嫁给你可不是为了你那些臭钱。”

他优雅飘逸地套上夹克，依然微笑着。“警督，那你为什么要嫁给我呢？”她的眉头又皱紧了几分，不过他却是个很有耐心的男人。“要不要我提示你？”

“因为在你的字典里从来都没有‘不可能’三个字。”她站起身来，双手插进牛仔裤的前兜里。

“你只说对了一半。再猜一次。”

“因为我疯了。”

“这个答案可不好，不值得一次双人环50号星热带之旅。”

她的嘴角很不情愿地露出一丝微笑：“或许我爱你。”

“或许真是这样的呢。”洛克心满意足，转身来到伊娃身边，双手搭在她那强壮的肩膀上。“情况没有你想的那么糟吧？你可以在电脑里搜索几个购物网站，欣赏几十件合适的礼服，看到喜欢的就买下来。”

“我本来也是这么想的。”她眼珠转了转，“但是梅维斯说这样不行。”

“梅维斯。”洛克脸色微变，“伊娃，千万别跟我说你要和梅维斯一起去采购。”

洛克的反应使伊娃稍显得精神了些。“她有一个朋友，是位设计师。”

“老天啊。”

“她说他是一位了不起的设计师。只要有合适的机会就能一鸣惊人。他有一间小工作室。”

“我们私奔吧。现在就出发。你真漂亮。”

她露出个鬼脸。“你是不是害怕了？”

“我很担心。”

“好。这回扯平了。”伊娃很高兴两个人又来到了同一起跑线，于是偎依过去，吻了吻他。“往后几个星期里，你该不停地忧心我在婚礼那天穿什么衣服了。我得走了。”她轻拍了洛克的脸颊，“我们约在二十分钟后见。”

“伊娃，”洛克伸手去抓她的手，“你不会做荒唐事儿吧？”

伊娃躲开他的手。“我就要结婚了啊！还有什么能比这件事更荒唐呢？”

她想要洛克一整天都为此焦虑。结婚的想法本来就已经够骇人了，更别说还要举行婚礼了——婚纱、花束、音乐、客人。真是糟透了。

伊娃开着车向城中心开去，路上有一个小贩开着冒烟的滑车，突然占了车道，伊娃赶紧急刹车，忍不住咒骂了起来。违反交规就已经够糟了，而小贩车里还有一些煮得过火的素热狗，那气味就像铅进到肚子里一样，让她一阵恶心。

身后飞奔着的一辆出租车非常不满，司机使劲地摁着喇叭，透过扬声器大声咒骂着。有一群明显是游客的人，手中拎着微型摄像机、数字地图和望远镜，迷茫地看着飞驰的车流。伊娃看到一名惯偷从他们身边挤过，无奈地摇了摇头。

等他们回到旅馆，就会发现自己的钱少了一些。如果伊娃有时间，并且能挤过人群，那她很可能会去追上那个小偷。但眨眼的功夫，小偷就已经踩着空气滑板跑过了一条街区，消失在人群中了。

这就是纽约，她心想着，脸上浮起一丝微笑。在这里生活就得承担这些风险。

她喜欢人群，喜欢那种喧闹声和摩肩接踵的人流。在人群中，你从不会孤单，但也不必与人过度亲密。这也正是她多年前来到这里的原因。

她并不好社交，但太大的空间和过度的孤寂会让她紧张。

她来到纽约，成为一名警察，因为她相信秩序，是这个信念让她生存了下来。她童年的苦难和遭受的虐待都已无法改变，大片空白的记忆和黑暗角落的模糊印象也都挥之不去。但是她还是变了。她现在有了掌控力，成长为人们眼中的警察伊娃·达拉斯。

现在，她又发生了改变。几周之后，她将不仅仅是凶杀专案组警督伊娃·达拉斯了。她将成为洛克的妻子。怎样才能同时身兼两种身份呢？对她而言，这比任何悬案都要神秘难解。

他们两人都不知道家庭为何物，也不知道怎样才能建立起一个家庭，表现得像一个家庭。他俩熟悉的都是残忍、虐待、抛弃。也许这些正是他们在一起的原因。他们都深知一无所有、一文不名的感受，也都曾有过恐惧、饥饿和绝望的体会——而且两人都重造了自我。

难道他们吸引彼此，只是因为他们相互需要？他们都需要性和爱，但是遇到洛克之前她从没幻想过两人世界的生活。

这些问题都由米拉医生来回答吧，她沉思着，想起了自己常去咨询的那位警局心理医生。

但现在，伊娃决定不去想未来和过去。眼前的一切已经够复杂了。

离格林街还有三个街区，她找到一个狭窄的车位，把车子停了进去。她在口袋里摸索着，掏出一些信用币，塞进那台破烂不堪零件乱响的停车收费表里，可以停上两个小时。

如果停车费再高一些的话，她就把车随地一停，管他什么违章罚款单的。

她深吸了一口气，扫视了一下周围。她很少在这片区域出警。纽约到处都有谋杀发生，但在这片Soho区内，更多的是追求艺术的年轻人，他们多半时候都是靠着廉价的葡萄酒和黑咖啡来解决纷争。

这时，Soho区内正是盛夏。花摊上摆满了玫瑰，经典的红玫瑰和粉玫瑰与杂色的新品种争奇斗艳。大街上车声轰鸣，头顶隆隆作响，震得过往行人摇摇晃晃。尽管所有人都匆匆忙忙，但行人还是会被人行道上的景象吸引。满目皆是欧洲时兴的裙装，艺术气息浓厚的拖鞋、发饰，亮闪闪的绳形耳饰，蜿蜒着从耳垂一直垂到锁骨。

油画画家、水彩画家、电脑绘图艺术家们把作品放在街角或店内，与那些售卖杂交水果、冰酸乳、菜泥的小贩，吆喝着百分百不含防腐剂食品的小摊贩争夺顾客。

聚居在Soho区的一些净宗派成员拖着拖地的雪白长袍，头发剃光，眼神中散发着光彩。伊娃给了一位看起来特别虔诚的化缘人几枚信用币，那名信徒对她报以微笑，又送给她一枚光洁的鹅卵石。

“愿您找到真爱，”那名虔诚的信徒祝福道，“愿您享受纯真的喜悦。”

“啊，好吧。”伊娃嘴里嘀咕着，退到一旁。

她得找到莱昂纳多的店。这位前途远大的设计师有一座三层的阁楼。临街的一面窗户琳琅满目，摆着各种时尚衣物，店里充满了流动的色彩和图形，伊娃紧张地咽了咽口水。她更喜欢简约的风格——梅维斯认为那是单调乏味。

她走上人行滑道，想看得更清楚些。莱昂纳多的世界向她倾斜了过来。

她盯着橱窗里那些装饰着羽毛和玻璃粉的衣服，还有染了色的橡胶潜水衣，胃就像报复般地又是一阵抽搐。如果她穿着一件霓虹彩色的橡胶衣服出席婚礼，洛克的窘样肯定能让她开心，但是她肯定不会穿那种结婚礼服。

里面还有很多、很多很多件衣服。莱昂纳多看起来好像很喜欢大肆宣传。橱窗中心摆着他的得意之作，一座没有雕刻面部的惨白模型身上披着一套透明的丝巾，丝巾的材质有强烈的闪光，看起来好像有生命一般。

伊娃感觉这条丝巾贴到了自己的肌肤上。

呃，啊——她一阵不舒服。她死也不会穿这些衣服。她转过身，一心想着要赶紧逃走，却恰好撞到梅维斯身上。

“他的作品充满冷峻的气息。”梅维斯伸出一只胳膊搂住伊娃的腰，痴迷地望着橱窗。

“听我说，梅维斯……”

“他创造力非凡。我在电视上看过他的作品，简直太狂野了。”

“是很野。我在想……”

“他能看穿灵魂。”梅维斯紧接着说。她能看透伊娃的内心，知道自己的朋友想要逃走。梅维斯·弗里斯通如精灵一般纤细，身着白色和金色相间的连裤衫，穿着9厘米高的松糕鞋，夹杂着白丝的黑发在脑后扎成了马尾，她看了看眼前的朋友，露齿而笑。“他会把你打扮成全纽约最酷的新娘的。”

“梅维斯。”伊娃眯起眼睛，希望梅维斯不要再打断她。“我只想找一件穿起来不那么傻的衣服。”

梅维斯笑了起来，抬手拍了拍胸脯，上臂新刺的那个带翅膀的心形纹身抖动着。“达拉斯，相信我。”

“不，”梅维斯拖着她过人行滑道时，伊娃还不断地想要逃跑，“梅维斯，我是说真的。我到网上订一件就行了。”

“想都别想，”梅维斯咕哝着，拖着伊娃，费力地往路口走去。“至少去看看，和他聊聊。给他一个机会。”她撅起下唇，洋红色的唇彩让她显得楚楚可怜，不忍拒绝。“不要这么固执嘛，达拉斯。”

“好吧，反正我都已经到这儿了。”

梅维斯一脸成功的喜悦，蹦蹦跳跳地来到安保摄像机下。“梅维斯·弗里斯通和伊娃·达拉斯，来找莱昂纳多。”

那扇门咣啷一声打开了。梅维斯直奔那台旧式铁丝网门的电梯。“这里绝对是个充满古韵的地方。我觉得莱昂纳多成名之后可能还会留在这里。他就是艺术家那种特立独行的做派。”

“嗯。”电梯颠簸上行，伊娃闭上了眼睛，祈祷着。下楼时，一定要走楼梯。

“现在放宽心，”梅维斯用命令的口吻说，“让莱昂纳多来打扮你吧。亲爱的！”她欣喜地迈出狭小的电梯，走进一片凌乱而色彩斑斓的空间。伊娃真是对她佩服得五体投地。

“梅维斯，我的好姑娘。”

伊娃完全呆住了。这位顶着艺术家之名的男人竟有2米高，活像一辆大巴车。他身形庞大，穿着一件无袖长袍，颜色如火星日落般刺目，粗壮的胳膊露在衣袖外面。他的面庞如月亮般宽阔，古铜色的皮肤如鼓面皮一般，盖住了高挺的颧骨。在他闪着笑意的脸上和明亮的眼睛旁边，挂着一块像金币一样闪闪发光的小石头。

他伸出双臂搂住梅维斯，把她抱起来，迅速而优雅地转了一圈。然后又吻了吻她，那悠长而有力的一吻像是在对伊娃宣布，两人之间的关系远不止是对时尚和艺术的共同爱好。

“这是莱昂纳多。”梅维斯像个傻瓜一样灿烂地笑着，伸出金色指甲的手指，捋着他浓密及肩的卷发。

“一个孩子气的美男子。”

伊娃看着两人调情，努力控制着没有做声，但眼睛却不停地转着。她有些吃惊，毫无疑问，梅维斯又陷入了爱河。

“你的头发真是太美了。”莱昂纳多伸出素热狗一般的长手指，拨弄着梅维斯蓬松多彩的头发。

“你能喜欢真是太好了。这位……”她故意停顿了很久，就像要隆重介绍一只屡屡获奖的雪纳瑞犬一样，“是达拉斯。”

“哦对，你是那位新娘。很高兴认识你，达拉斯警督。”他一手仍然搂着梅维斯，伸出另外一只手与伊娃握手。“梅维斯总提起你。”

“是吗？”伊娃斜眼看着自己的好友，“她可很少提起你。”

莱昂纳多大笑起来，声音极是洪亮，伊娃的耳朵一阵轰鸣，舌头都震得打了结。“我们现在是地下情人。来点儿点心吧。”他说着转身离开了，如同一片彩云，说不出地优雅。

“他很棒吧！”梅维斯低声说，眼神中满是爱意。

“你和他上过床了。”

“你肯定猜不到，他有多么……别出心裁。有多么……”梅维斯深深吸了一口气，轻抚一下胸脯。“他简直就是一名性爱艺术家。”

“我一点也不想听这些，完全不想。”伊娃紧蹙双眉，扫视着房间。

房间很宽阔，天花板很高，堆满了各种柔软的衣料。樱红色的如彩虹，黑檀木色的如瀑布，黄绿色的如池水；布料有的从天花板上垂下来，有的贴在墙面上，有的铺在桌面和椅臂上。

“老天啊。”伊娃只能无奈地摇头。

盛着发光丝带、胶纸和纽扣的碗和托盘堆得到处都是。腰带、皮带、帽子、面纱、闪光材料做成的半成品衣服和嵌满装饰品的女式紧身上衣都塞在一起。

整个房间闻起来就像香料农场与花店的联姻。

伊娃非常害怕。

她脸色稍显苍白，转过身来说：“梅维斯，我爱你。可能以前我没告诉过你，但我真的爱你。不过现在我得走了。”

“达拉斯。”梅维斯咯咯一笑，拉住了她的胳膊。她是一个娇小的女人，但却十分强壮。“放松，深呼吸。我保证莱昂纳多会把你打扮得很漂亮。”

“梅维斯，我就是怕这个啊。非常害怕。”

“加冰的柠檬茶来了，”莱昂纳多用轻快的音调说着，撩开了下悬吊坠和玻璃做的仿丝隔音门帘，“请，请，请坐下。我们先放松，互相了解一下。”

伊娃眼睛盯着窗户，靠向一把椅子。“莱昂纳多，听我说，梅维斯可能没说清楚。你看，我是……”

“你是凶杀案警察。我听说过你的故事，”莱昂纳多平静地说，自在地坐在一张有波浪状侧背的沙发上，梅维斯偎依在他腿上。“你办的上一个案子引起了不小的轰动。我得说你非常令人着迷。警督，你跟我一样，都在解决谜题。”

伊娃轻啜了一口茶，茶味浓郁饱满，好极了，她眼睛一亮。“你的工作也是解决难题？”

“是的，这很自然。我看到一位女士，就会想象她该穿怎样的衣服。然后我必须去探索她是谁，她是怎样一个人，她是怎样生活的。她的期望，她的梦想，她对自己的想象。这之后，我要把她的所有信息拼在一起，形成一个完整的形象。开始，她就像一个谜，催使我去探索。”

梅维斯惊喜地赞叹了一声，厚着脸皮说：“达拉斯，他很牛吧？”

莱昂纳多咯咯地笑起来，鼻子蹭着梅维斯的耳朵。“亲爱的，你的朋友有些不安。她害怕我会用刺眼的粉色和亮片把她包裹起来。”

“这个主意很不错啊。”

“我听说，”他转头向伊娃笑了笑，“你要和超级大富豪洛克结婚了？”

“貌似是这样的。”伊娃咕哝道。

“是一起案件让你们相遇的吧，我记得是德布拉斯案？你褐色的眼睛和严肃的笑容迷住了他。”

“我可不觉得我……”

“你不这么觉得，”莱昂纳多接着说，“因为你没有像他那样观察你自己。你也没有像我现在这样观察你。我们眼中的你强壮、勇敢、忧虑、可靠。”

“你到底是设计师还是分析师？”伊娃质问道。

“对爱情来说，只有一方暗自痴迷可不够。告诉我，警督，洛克是怎样赢得你的芳心的？”

“我又不是战利品。”她打断莱昂纳多，把手中的茶杯放到一边。

“太好啦！”他鼓起掌，差点儿兴奋得流出眼泪，“你感情真挚，性格独立，只不过有一点点焦虑。你肯定会是个好新娘的。现在该开始工作了。”他站起身说，“跟我来。”

伊娃站起身。“听我说，没必要浪费你的时间和我的时间。我只不过想……”

“跟我来。”莱昂纳多重复了一遍，拉住她的手。

“伊娃，试一试。”

为了梅维斯，她只好让莱昂纳多带着穿过了悬在半空中的衣服料子，来到阁楼的另一侧，这里也是一个杂乱的工作室。

看到电脑使她感觉好多了，至少这是她能够理解的东西。但是莱昂纳多在电脑上做出的婚礼设计图到处都卡着别针和大头针，这使她的心又悬了起来。

原来，樱红色的亮片装还不算可怕。

模特的长腿和夸张的身材看起来好像变异人种。有些衣服上装饰着羽毛，另外一些装饰着石头。有的模特穿的还能算得上是衣服，但是样式太过怪异——竖领，浴巾一样大小的裙子，贴身的泳衣——她们的装扮看起来就像要参加万圣节游行似的。

“这些是我第一次时装秀时设计的。你瞧，前沿时尚是对现实的一种扭曲。大胆，独特，不真实。”

“我很喜欢。”

伊娃向梅维斯撇撇嘴，抱住双臂。“我的婚礼规模很小，很简单，就在家里举行。”

“噢。”莱昂纳多已经坐到了电脑前，非常熟练地操作着键盘。“看看这个……”他拿出一副草图给伊娃看，伊娃忍不住打起了冷颤。

礼服是暗黄色的，扇形的领子，刀锋般的裙边，上下胡乱点缀着烂泥一样的棕色，礼服上还装饰着小孩子拳头大的石头。袖子非常紧小贴身，伊娃感觉谁穿进这样的衣服，肯定会勒得手指失去感觉。

草图向后转了一圈，伊娃看到了设计图的背面，露背的设计一直深到腰部，只装饰了些轻飘飘的羽毛。

“……其实这个不是为你准备的。”莱昂纳多停了下来，他看着伊娃苍白的脸，纵情地捧腹大笑。“对不起，我实在忍不住。你……只需要很简单的设计，你明白吧。纤细、修长、简洁。只要一个柱形，不需要太精细。”

他一边做着手头的活儿，一边继续说着。屏幕上，线条和图形显现了出来。伊娃的手一直揣在口袋里，盯着屏幕。

看起来真是太简单了，伊娃心里想。长线条充分突出了上身的每一点细处，袖子只在手背上有一些柔和的圆点。伊娃还是有些不安，盯着莱昂纳多，看他会加入怎样的装饰。

“我们做得有些太精细了。”莱昂纳多漫不经心地说着，又将草图转向背面，背面和正面一样光洁优雅，有一道豁口探到膝盖高。“你一定不想要裙裾。”

“裙裾？”

“不。”他微笑着，对伊娃莞尔一笑，“你不会想要的。那就加一个发饰吧。”

总有人贬损她的头发，伊娃早就习以为常了，她用手指抚了抚头发说：“如果不行的话，我可以盖住头发。”

“不，不，不。这个发型很适合你。”

她有些吃惊，手突然放下。“真的？”

“真的。不过需要稍微修一下。我认识一位……”他轻轻弹了下手指，又想起了别的。“但是你头发这种非常浓密的棕色和金色色调，桀骜不驯的短发风格，都非常适合你，只需要修剪几下。”莱昂纳多眯着眼，研究着伊娃。“不，不用发饰，也不用面纱，露出脸就足够了。现在该确定颜色和衣料了。衣服必须是丝质的，垂感要好。”他挤眉弄眼了一会儿。“梅维斯，不会是洛克付钱吧。”

伊娃又激动起来，说：“这是我的婚纱。”

“她又开始较真了，”梅维斯评论道，“就好像洛克会在意几千元钱似的。”

“关键不在这儿……”

“这确实不是关键。”莱昂纳多又微笑了起来。“嗯，我们可以搞定。衣服的颜色选什么呢？白色不行，你的肤色穿上白色会太突兀。”

莱昂纳多咬着嘴唇，打开调色板键，开始尝试。伊娃看着草图由雪白变成奶油色，又变成淡蓝色、翠绿色、彩虹色，渐渐有些入迷。梅维斯对其中几种颜色非常喜欢，惊喜地欢呼了起来，但莱昂纳多只是不住地摇头。

最后，他选择了古铜色。

“这个，对，就是这个。你的皮肤，你的眼睛，你的头发都会变得很漂亮。穿上它你一定会光彩照人，端庄典雅，像位女神。这件婚纱需要搭配项链，至少90厘米长。最好是两条长项链，一条60厘米，一条90厘米。铜制的，搭配宝石。红宝石、黄水晶、黑玛瑙。对，对，还有红玛瑙，或者再加几块碧玺。你可以跟洛克说说首饰的事情。”

伊娃从来不在意衣服之类的事情，但现在她却有些神往。“很美。”她非常谨慎地说道，一边算计着自己的财务状况。“我不敢说。你知道，丝绸……有点超出我的承受范围。”

“这套衣服由我出钱，就这么说定了。”他很喜欢看她眼中那种谨慎小心的神采。“这样我就能为梅维斯设计伴娘服了，而你的其他嫁妆也会用我的设计。”

“我没想过其他嫁妆的事情。我有衣服。”

“达拉斯警督有自己的衣服，”他改口说，“但洛克的新娘在结婚时还会需要其他衣服的。”

“这笔交易或许可行。”她明白自己想要那件该死的婚纱。她可以感觉到穿上那件婚纱的样子。

“很好。脱下衣服。”

她像弹簧一样向后弹开。“什么！你个混蛋……”

“我要量尺寸。”莱昂纳多赶紧说。看到伊娃的眼神，他赶紧站起来，后退了几步。他是个爱慕女性的男人，他懂得她们的愤怒。换句话说，他害怕女人。“你必须把我看成你的个人医生。如果不能很好地了解你的身体，我就不可能设计好衣服。我是位艺术家，也是位绅士。”他很郑重地说，“不过，如果你觉得不自在的话，梅维斯可以留在这儿。”

伊娃歪了歪脑袋。“我能搞定你，老兄。如果你敢越线，哪怕有半点这样的想法，你就等着瞧吧。”

“你可以放心。”莱昂纳多小心地拿起设备，“这是我的扫描器，”他解释说，“可以很精确地量出你的身材尺寸。不过你得脱光，这样才能测量准确。”

“梅维斯，不要坏笑了，去再沏点儿茶。”

“好啊。反正我也看过你裸体的样子。”梅维斯给了莱昂纳多一个飞吻，转身走开。

“对衣服，我还有一些想法……”莱昂纳多说着，伊娃则眯起了眼睛。“比如，这些衣服在什么情境下穿。晚礼服，日装，正装，便装都不相同。你们蜜月旅行准备到哪儿去？”

“不知道。我根本就没想过。”伊娃顺从地脱下鞋子，解开牛仔裤的扣子。

“洛克打算给你个惊喜吧。电脑，创建文档，达拉斯，文档一，尺寸、颜色、身高及体重。”伊娃把衬衣扔到一旁，莱昂纳多拿着扫描器走过来。“脚并到一起。身高1米79，体重55公斤。”

“你从什么时候开始和梅维斯上床的？”

他又在电脑里输入了一些数据。“大约两星期前。我很爱她。腰围66.5厘米。”

“你和她上床的时候，她是不是已经告诉你了，她最好的朋友要和洛克结婚？”

他冷冷地停下手中的活儿，明亮的金色眼睛里透出一丝怒气。“我没有利用梅维斯赚钱，你这样想简直是对她的侮辱。”

“我是随口问问。我也很爱她。如果我们真要做这笔买卖，我想把一切都说在明处，仅此而已。所以……”

突然有人打断了他们，来者怒气冲冲。只见一个穿着纯黑色紧身衣的女人冲了进来，露出洁白无瑕的牙齿，伸出猩红色的指甲。

“你这个负心、阴险、混蛋狗娘养的！”她突然跃过来，像火箭弹锁定目标似的，莱昂纳多一脸惊恐，匆忙躲开。“潘多拉，听我解释……”

“这是怎么回事，解释一下。”她将怒火转向伊娃，伸手去抓，差点儿把伊娃的眼睛挖出了眼眶。

没有别的办法了。伊娃把她打倒在地。

“哦，上帝啊，哦，上帝啊！”莱昂纳多弯下宽阔的肩膀，搓拧着两只大手。

第二章

“你非得打她不可吗？”

伊娃看着这个女人的眼睛转来转去，说：“对。”

莱昂纳多把扫描器放下，叹了口气。“她会把我搞得生不如死的。”

“我的脸，我的脸。”潘多拉摇摇晃晃地恢复了意识，猛地站起来，轻拍着下巴。“变青了吗？能看出来吗？我一小时后还要出席一台表演啊。”

伊娃耸了耸肩说：“你真不走运。”

潘多拉的情绪像一只疯狂的羚羊，跳来跳去，她从牙缝里发出一阵嘶嘶声：“我要废了你，婊子。你再也别想上电视和拍片，连跑腿儿打杂儿的活也别想找到。你知道我是谁吗？”

全身赤裸应付这种情况，让伊娃情绪更加激动。“你以为我在乎这些吗？”

“怎么了？该死，达拉斯，他只不过想量一下你的尺寸，噢——”梅维斯双手端着杯子匆匆地走了进来，突然呆住了，“潘多拉。”

“是你！”潘多拉的怒气又窜了上来。她扑向梅维斯，打碎了杯子，茶水四溅。几秒钟之后，两个女人在地上扭打起来，撕扯着对方的头发。

“哎呀，上帝啊。”如果伊娃身上带着电棍，她一定会用到这两个人身上。“别打啦！该死！莱昂纳多，帮把手，别让她们打死了对方！”伊娃插到两人中间，拉扯着胳膊和腿。她故意肘击了潘多拉的肋骨，心中暗自高兴。“我要把你塞进笼子里，我向上帝发誓。”手边什么工具也没有，她只能坐到潘多拉身上，伸手把牛仔裤扯过来，从口袋里掏出警徽。“好好看看，你这个蠢货，我是警察。你已经有两项人身攻击指控。还想要第三项吗？”

“把你那个骨瘦如柴的光屁股挪开。”

潘多拉并没有用命令的口气，而是比较平静地要伊娃挪开。然后潘多拉站了起来，双手仔细地拂去黑色紧身衣上粘的脏物，喘着粗气，梳理了一下顺滑的火红色头发，翡翠般的眼睛投射出冰冷的目光。

“哼，一次一个已经满足不了你了啊，莱昂纳多。你这个人渣！”她抬起如雕塑般棱角分明的下巴，一脸轻蔑地看着伊娃，又看了看梅维斯。“啊，亲爱的，你的胃口倒是长了不少，可是品位真是变差了许多。”

“潘多拉，”莱昂纳多舔了舔嘴唇，颤抖着，警惕着怕她再次打过来，“我说了，我可以解释的。达拉斯警督是一位客户。”

她像眼镜蛇一样吐了一口唾沫。“你现在这样称呼她们了啊？莱昂纳多，你觉得可以像忘掉过时的新闻一样把我扔到一旁吗？什么时候结束由我说了算。”

梅维斯走向莱昂纳多，脚有些跛，一只胳膊搂住他的腰。

“他不需要你，也不想和你在一起。”

“我才不管他想要什么。但是说到需要嘛……”她嘴唇扭曲，露出邪恶的笑容。“小姑娘，我很快就能让你见识见识现实的无奈。如果没有我，下个月他那些二流的衣服就不可能发布时装秀。如果没有时装秀，他的衣服根本就卖不出去，如果卖不出去衣服，他就没钱买材料、存货，也就没法还借来的钱。”

她深吸了一口气，瞅了瞅弄断的指甲。怒气就像裹在她身上的那衣黑色紧身衣，非常搭配。“莱昂纳多，这回要你吃不了兜着走了。往后几天我很忙，不过总能挤出点儿时间来和你的资助人聊聊。如果我告诉他们，我不想放低身份穿你设计的衣服走台，你想想会怎样吧。他们是什么人，你应该是知道的。”

“你不能那样做，潘多拉！”梅维斯的话中充满了惊恐，伊娃看到这个一头闪亮红发的女人沉溺在惊恐中，就像瘾君子陷入毒品般不能自拔。莱昂纳多叫道：“那会毁了我的。我把一切都投入到这场时装秀里了。时间，还有金钱……”

“你当初看上这个小荡妇时怎么没这么想？真是可惜啊。”潘多拉眯着眼睛，就像锋利的刀锋。“我这个周末可以和几个有钱人吃顿午餐。亲爱的，你还有几天的时间来决定怎么玩儿。是抛弃新玩偶，还是自寻死路？你知道该到哪儿找我。”

她迈着夸张的模特步走开，摔门而出。

“不要，不要让她这样对你，对我们……”梅维斯带着哭腔，伏在他身前。“你不能再让她来左右你的生活了，不能让她勒索你……”梅维斯有了灵感，忽地站起来。“这是勒索，是吧，达拉斯？去把她抓起来。”

伊娃穿好刚才脱下的衬衫，系上了纽扣。“宝贝，我不能因为她说不穿莱昂纳多的衣服就逮捕她。我可以拘留她，指控她袭击他人，不过她用不了多久就能脱身。”

“但这就是勒索。莱昂纳多的一切都投入到这场时装秀上了。没有这场时装秀，他就什么也没有了。”

“很抱歉，真的。可是这不是安保问题，也不应该由警察来管。”她用手理了理头发，“听我说，她身材火辣，而且发怒了。她的眼神说明她很生气。不过，她可能很快就会平静下来。”

“不会的。”莱昂纳多又坐直身，“她要让我付出代价。你要知道，我们曾经是一对恋人，但后来两个人的感情渐渐淡下来。她离开了地球几个星期，我认为两个人的关系已经结束了。然后，我遇见了梅维斯。”他抓住梅维斯的手，两只手紧紧握在一起。“我知道我们已经结束了。我和潘多拉聊过一回，告诉过她，试图告诉她。”

“达拉斯也帮不了忙，那我们只有一条路可以选了。”梅维斯的下巴颤抖着，“你还是要回到她身边，只有这个办法了。”没等莱昂纳多说话，她又接着说：“我们不要再见面了，至少在你的时装秀之前。或许那时我们就能有办法了。不能让她去找你的资助人，说你的设计不好。”

“你觉得我会那么做吗？和她在一起？经过这件事之后还会和她在一起？抛弃你？”他站起身，“梅维斯，我爱你。”

“噢，”她的眼睛充满了柔情，“噢，莱昂纳多，现在不行。我太爱你了，不能眼睁睁地看着她毁了你。我要离开，保护你。”

她冲了出去，留下莱昂纳多看着她的背影。“真是无路可走了。这个睚眦必报的贱人。她要把我的一切都夺走。我的爱人，我的工作，所有一切。她把梅维斯逼得太狠了，我真想杀了她。”他深吸了一口气，看了看双手。“一个人可能被女色魅惑，却看不到其中的恶果。”

“她对那些人说的话会有这么重要的作用吗？如果对你的作品没有信心的话，他们也不会给你投钱啊。”

“潘多拉是全球最好的几个模特之一。她掌握着权力、声名和门路。像她这样的人随便说几句话就能毁掉我这样的人。”他伸手抓住悬在身边的炫目丝网和石头。“如果她公开宣扬说我的设计很劣质，计划的销售额就会急剧减少。她很清楚该如何达到这样的效果。我穷尽一生都在为这次时装秀做准备，这她都了解，她还知道该如何从我手中夺走一切，而且还不止于此。”

他的手又垂到身边。“梅维斯还不懂。此后我的职业生涯——还有梅维斯的职业生涯可能都会毁掉，潘多拉会一直把这把激光剑悬在我的头上。我永远也摆脱不了她啊，警督，直到她觉得玩够了才会罢手。”

伊娃回到家时，已经筋疲力竭。安慰涕泗横流、愤恨不平的梅维斯耗尽了她最后一丝力气。不过，现在梅维斯在伊娃过去的公寓里吃过一夸脱冰淇淋，看了几个小时视频之后，已经好了很多。

伊娃想要忘记情绪上的波动和时尚的东西，径直走进卧室，脸朝下躺到床上。那只猫，加拉海德从她身旁跳过，狂躁地叫着。它碰了伊娃的头几次，她没有反应，于是就伏下身睡着了。直到洛克发现伊娃时，她一丝都没有动过。

“今天过得怎样？”

“我恨死购物了。”

“你只不过还没有发现其中的诀窍。”

“谁会愿意去购物呢？”伊娃充满好奇地转过身来，盯着洛克看，“你喜欢，对不对？你真的很喜欢买东西。”

“当然。”洛克抬起手，抚摸那只爬向他胸口的猫，“其中的满足感就在于拥有。警督，贫穷真是糟透了。”

她仔细想了想，她曾经在贫穷中挣扎了很久才摆脱出来，因此对这一点她不能否认。“反正，最糟糕的日子已经过去了。”

“过去得还真快啊。”她快速的回答让他有些许不安。“伊娃，你不必假装你很满意。”

“事实上，有一点我和莱昂纳多的想法是一样的。”她抬起头，透过天窗，看到天空如灰旧白墙般的颜色，她皱了皱眉头。“梅维斯和他相爱了。”

“哦……”洛克半闭着眼睛，又抚摸了一下猫，示意让伊娃稍停一下。

“我是说真的。”她深吸了一口气说，“今天过得不怎么顺利。”

他脑子里过着三项重大交易的数据。此时把这些数据放在一边，靠近伊娃说：“说来听听。”

“他叫莱昂纳多，块头很大，很有魅力……我也说不清楚。估计有很大一部分美国血统，但骨架和肤色又不是美国人特有的，肱二头肌像太空鱼雷，声音有点玉兰般的柔美。我不太愿意评判他人，但他坐下来画设计图时，看起来很专注，很有天赋。不管怎样，我当时站在那里，光着身子……”

“是吗？”洛克轻声说道，手肘轻轻推开那只猫，跨到她身上。

“为了测量身材尺寸。”她讥笑着说。

“请继续。”

“好吧。梅维斯去倒茶……”

“机会真不错。”

“突然有个女人冲了进来，满嘴脏话。好一个火辣的美女——她差不多两米高，身材极瘦，一米长的红发，脸……呃，我又要用玉兰来形容了。她对着莱昂纳多尖叫，那个大块头的男人却退缩了，于是那个女人冲向我，我只得把她打倒在地。”

“你打了她？”

“是，要不她那尖如刀锋的指甲就要划破我的脸了。”

“亲爱的伊娃，”洛克吻了她的脸颊，又吻了另一边，又吻了她的下巴，“为什么你总能把别人兽性的一面引出来呢？”

“我猜可能只是运气吧。接着说，这个叫潘多拉的女人……”

“潘多拉？”洛克抬起头，眼睛眯起来，“那位模特。”

“是的，她真是个火辣漂亮的混蛋。”

他笑了起来，开始只是咯咯地笑，后来笑得越来越厉害，最后笑得躺了下来。“你在潘多拉那张价值数十亿美元的脸上揍了几拳？你有没有揍她漂亮的屁股？”

“看来，”她隐隐约约似乎明白了些什么，又有一种奇怪而未曾料想的嫉妒心涌了起来，“你认识她。”

“可以这么说。”

“好吧。”

他竖起眉毛，并不太警惕，更多的是感觉有趣。伊娃现在已经坐起来了，一脸怒容地俯视着他。在两人确立关系之后，洛克第一次从伊娃的表情中看到激动。“有一段时间……很短。”他抚摸着下巴，“关系不是太明确。”

“胡扯。”

“不过多少有点儿印象。你刚才要说什么？”

“你还和哪些漂亮得要命的女人睡过？”

“我会给你列个单子。刚才说到，你把她打倒了？”

“是的。”伊娃后悔揍潘多拉时有些保留，“她正在哭闹，这时梅维斯走了进来，潘多拉就冲向了她。她们两个人互相揪扯着头发，挠抓着。莱昂纳多的手让汗湿透了。”

洛克费劲地把伊娃从身上压到身下。“你的生活真是充满趣味啊。”

“结果，潘多拉威胁莱昂纳多：要么为了她抛弃梅维斯，要么她就要毁了他日思夜想的那场时装秀。莱昂纳多肯定把一切都投在了这场时装秀上，还借了高利贷。如果她拒绝出演这场时装秀，莱昂纳多就完蛋了。”

“听起来还真像是她的作风。”

“潘多拉离开之后，梅维斯……”

“你那时还裸着身子吗？”

“我已经穿好衣服了。梅维斯决定做出巨大的牺牲，就如童话中感人的桥段一般。莱昂纳多表达了自己的爱意，梅维斯一通大哭，跑了出去。老天啊洛克，当时我感觉自己就像一个戴着监视镜的神经病一样。我让梅维斯今天晚上住在我原来的公寓里。她明早再去酒吧就行了。”

“不要走开，马上回来，”他低声咕哝着，看着伊娃毫无表情的面庞，微笑着，“真像以前的日间连续剧啊。剧情总是在命悬一线时戛然而止。我们的英雄打算怎么办呢？”

“我们的英雄，”伊娃低声说道，“该死的，我确实很喜欢他，虽然他像个娘们儿一样胆小。他可能想暴打潘多拉的脑门一通，不过恐怕他没那个胆子。所以我在想，如果梅维斯需要的话，能不能来这儿住上几天。”

“没问题。”

“真的？”

“你不是总说我们的房子太大了吗？而且，我也挺喜欢梅维斯的。”

“我知道。”她对洛克报以少有的一抹微笑，“谢谢啦。你今天过得怎样？”

“我买了一个小行星。开玩笑啦！”他看着伊娃惊讶地张开大嘴，转而说，“不过，我确实在金牛座五号星买下了一座农场。”

“农场？”

“人总是要吃饭的。这座农场如果加以改建，应该可以为火星生产殖民地供应谷物，我在火星那里有不小份额的投资。这样就可以将一手的钱倒入另一只手里。”

“猜也猜到了。还是再说说潘多拉吧……”

洛克把伊娃压到身下，把伊娃身上已经露到肩膀的衬衫扯了下来。

“不要扰乱我的思路，”她说，“你们在一起很短的时间到底有多短？”

他耸了耸肩，让过往都随风去，深吻着伊娃的嘴，一点点向下到她的喉咙。

“是一夜，一周……”洛克的唇紧扣住她的胸部，她的身体一阵热流涌动，“还是一个月……好吧，你真的扰乱了我的思路。”

“我还能做得更好。”他应答道。他真做到了。

一早就到太平间来真是糟糕透了。伊娃大早上6点钟就被叫过来认尸，她大步走过四面白墙的寂静大厅，努力克制着烦躁的情绪。

更糟的是，还是一具浮尸。

她在门口停了下来，举起警徽，让安保摄像机扫描，等待着自己的身份号码通过系统审核。

屋内，一位尸检技术官站在尸体冷冻柜旁边等待着。多数的冷冻柜应该都被占了，她想。夏天太热了，死尸很容易腐烂。

“达拉斯警督。”

“是我。是不是有受害人尸体需要我辨认？”

“请进。”他脸上露出验尸官特有的笑容，走向一处冷柜，输入密码。只听见一声锁响，伴随着一阵冰雾，柜门打开了，里面的尸体露了出来。“现场探员认出他是您的线人。”

“是的。”为了避开难闻的味道，伊娃只好用嘴呼吸。死亡，暴力致死对伊娃而言早已不是什么新鲜事了。对她而言在案发现场查验尸体会更简单一些，也不至于像现在这样伤感，这到底是为什么，她也说不清楚。现在，在这一片寂静中，几乎毫无生气的太平间里一切都变得含混模糊起来。

“卡特·约翰逊，也叫博默尔。最后一次登记的住址是灯塔上的一个小房间。他是小偷，职业线人，偶尔买卖毒品，做些见不得人的勾当。”伊娃看着他身体剩下的部分，叹着气，“哎，哎，博默尔，他们都对你做了些什么啊？”

“是钝器击打，”验尸官以为伊娃在认真地问他，回答说，“可能是用管子或球棒打的，需要化验之后才能得出结果。凶手击打的力量很大。尸体在河里的时间最多几个小时，淤青和伤口可以为证。”

伊娃没有理会他，让他喋喋不休地说着。她通过观察已经掌握了足够多的情况。

博默尔本来也不算个美男子，现在更是面目全非。他遭到毒打，鼻子被打碎了，嘴被打得肿了起来，没了形状。脖子上有淤青，说明被人勒过，破裂血管的痕迹清晰可见，血迹斑斑点点溅到脸上剩下的部分。

他的尸体已经发紫，从身体躺在地上的姿势来判断，猜想他的胳膊已经被人折断。左手缺了一根手指，是在一次争斗中受的旧伤，记得以前他还很以此为豪。

是一个强壮、愤怒，而且十分狠毒的家伙打倒了可怜的博默尔。

他漂在水里的时间不长，不过鱼也没放过他。

“探员要查验残缺的指纹才能确认他的身份，但你只要看一看他就能确定身份了。”

“是的。尸检报告完成之后给我送一份。”伊娃转过身向门外走去，“呼叫我的那位探员是谁？”

尸检官拿出记事本，输入指令：“迪莉娅·皮博迪。”

“皮博迪，”伊娃露出了一天里的第一抹笑容，“是她啊！有谁来查问博默尔的事情，立即通知我。”

在回警署中心的路上，伊娃联系了皮博迪。这位探员平静而严肃的面庞显现在大屏幕上。“我是达拉斯。”

“是，警督。”

“是你发现约翰逊的。”

“是的，长官。调查报告马上完成。我可以给您一份副本。”

“非常感谢。你怎么认出是他的？”

“长官，在我的现场调查工具箱里有一个便携式身份鉴定仪。我验了他的指纹。他的手指损伤严重，因此我只能做部分检验，但是结果显示是约翰逊。我听说他是您的一位线人。”

“是的，他是我的线人。干得很好，皮博迪。”

“多谢长官。”

“皮博迪，有兴趣来做协助本案首席探员的工作吗？”

屏幕闪了一下，伊娃恰好捕捉到皮博迪眼中闪现的一丝喜悦：“愿意，长官。您是首席探员吗？”

“他是我的线人，”伊娃只简单地说，“我会把一切弄清楚的。皮博迪，1点钟来我办公室。”

“是，长官。多谢长官。”

“达拉斯，”伊娃轻声说，“叫我达拉斯就好。”但皮博迪已经中断了通话。

伊娃一脸怒气地看了看时间，朝着混乱的交通怒吼了几声，绕过三个街区来到一家免下车咖啡店。这里的咖啡没有警署中心的那么恶心。喝完咖啡，吃下一个貌似甜甜圈的甜点之后，她把车停好，准备向警长汇报。

上电梯时，她感觉后背一阵僵硬。她对自己说没什么，很快就会过去，没关系的。之前一个案子在她心中种下的憎恶和伤害还未消失。

她走进行政楼大厅，大厅的墙是深灰色的，地毯破旧不堪，操控台前一片忙碌。她对前台说要见惠特尼警长，接待员让她等着，语气中充满了厌烦。

她一直站在原地，没有四处走动看窗外的风景，也没有看旧杂志光盘来打发时间。身后大屏幕的新闻节目都已经调成静音，也勾不起她的任何兴趣。

几周前，她早已不堪媒体的叨扰。她想，至少像博默尔这样底层的人不至于引起过多的公众关注。一个线人的死不会有太高的收视率。

"惠特尼警长现在可以见你了，伊娃·达拉斯警督。"

她通过安全门扫描，左转后来到惠特尼的办公室。

"警督。"

"警长。感谢您能见我。"

"请坐。"

"不用了，谢谢，我用不了多久。我刚在太平间辨认了一具无名浮尸。死者是卡特·约翰逊，我的一个线人。"

惠特尼威风凛凛，面容严肃，眼神疲惫，他靠到椅子上，说："博默尔？他过去为街头盗贼做炸药，右手食指被炸断。"

"是左手，长官。"伊娃更正说。

"左手。"惠特尼双手在桌子上交叉起来，看着她。因为一个和惠特尼有密切关系的案子，他和伊娃产生了误会。他知道伊娃还未曾完全忘却。她依然服从命令，对他也保持着尊敬，但两人之间那种模糊的朋友关系已经荡然无存。

"我认为这是一起谋杀。"

"我还没有收到尸检报告，但是受害人在被投入河里之前遭到毒打，并有被勒痕迹。我想继续追查下去。"

"你手头有他是线人的案子吗？"

"长官，现在没有。他偶尔会为缉毒专案组提供一些线索。我需要找出他与那个部门里的哪个人联络。"

惠特尼点了点头。"警督，手头待处理的案件有多少？"

"可以应付。"

"那就说明你已经在超负荷工作了。"他抬起手，犹豫着又放了下来，"达拉斯，像约翰逊这样的人很容易招致灾祸，通常下场也不会好。你我都知道现在这种燥热的天气里，谋杀率正在上升。我不能让一名优秀的探员把时间浪费在这种案子上。"

伊娃紧咬着牙关说："他是我的线人。不管他品性怎样，他都是我的人。"

惠特尼沉思起来，忠诚正是她成为顶尖探员的一个重要原因。"此后二十四小时，该案可作为首要案件调查，"他说，"七十二个小时内，案件由你负责。若仍无结果，我就只能把案件移交给一位低级探员了。”

警长给的时间并没有比她预想的更多。“我希望皮博迪警官能协助我办案。”

他气势汹汹地盯着伊娃。“像这样一个案子，你还想让我给你派一名助手？”

“我想要皮博迪，”伊娃毫不退缩地回答道，“她在现场工作出色。她以成为刑侦警探为目标。我相信经过一些实战训练，她很快就能上手。”

“你可以用她三天。如果有更重要的案件出现，你们两人都要放手。”

“是，长官。”

“达拉斯。”在伊娃准备离开时，他突然说。他放下自尊说：“伊娃……一直也没有机会私下祝贺你，恭喜你马上就要结婚了。”

伊娃眼神中闪现出一丝惊讶，但很快就抑制了下去。“多谢。”

“祝你幸福。”

“谢谢。”

伊娃有些不安，迈步离开如迷宫般的警署中心，回到自己的办公室。她还有个人要联系。她怕有人打扰，先关上了门，才接通了电话。

“电子侦察部，赖安·费尼队长。”

看到他皱巴巴的脸占满了显示屏，伊娃稍微放松了些。“费尼，你来得真早。”

“见鬼，连吃早饭的时间都没有。”他惨兮兮地说，嘴里塞满了丹麦酥，“有个终端出了问题，只有我能修好。”

“你真是无可替代的重要人物啊！你能悄悄地帮我搜索一个东西吗？”

“嘿，我最喜欢这样的活儿了。”

“有人打死了博默尔。”

“这个消息真让人难过。”他说，又咬了一口丹麦酥，“他是个傻缺儿，不过总能脱险。他是什么时候死的？”

“现在还不能确定。今天凌晨在东河里发现了他的尸体。我知道他有时会为缉毒专案组的人提供线索。能帮我找出那个人吗？”

“达拉斯，寻找和线人接头的警员是很冒险的。你得好好想想其中的安保问题。”

“行还是不行，费尼？”

“我可以做，可以，”他嘟哝着，“但是出事儿了可不要找我。警察可不想让别人搜查自己的档案。”

“还用你说？多谢了，费尼。杀害他的人下手非常狠，但他给我提供线索的案子都不至于惹上杀身之祸。”

“有可能是不牵涉案子的人。我会联系你的。”

伊娃向后靠了靠，远离了变黑的屏幕，想要清醒一下。她脑中浮现出博默尔残缺破损的脸。管子，球棒，她沉思着，还有拳头。她知道重重的拳头打到脸上会产生怎样的后果。她知道那种感觉。

她的父亲就有一双大手。

这是她一直假装已经忘记的一件事情。但她还是记得那种感觉，在大脑还没有感知到痛楚之前，重击所带来的振动。

到底是哪一个更糟呢？毒打还是强奸？两种痛楚在她的脑中纠缠在一起，分不清楚。

她思索着：博默尔手臂的角度很奇怪，折断了，错位了。她隐约记得骨头断裂时那可怕的脆裂声，那凌驾于痛苦之上的恶心，还有一双大手紧紧捂住嘴巴时，尖叫会变成高音的哀鸣。

冷汗，十足的恐惧，她知道那双拳头还会不断地揍过来，直到你死去。直到你向万能的上帝祈祷，把你带离人世。

敲门声使她一激灵，咽回了刚要发出的尖叫。透过窗玻璃，她看到了皮博迪，她警服挺括，脊背笔直。

伊娃伸手捂了捂嘴，稳定了一下情绪。得开始工作了。

第三章

博默尔过夜的地方还不算太糟。这座楼以前是一家廉价的小时旅馆。在情色行业尚属非法，还未取得许可证之前，这座小旅馆为那些手头拮据的妓女提供了居所。楼有四层，从来没人想过要在楼里装上电梯或滑道，但这座楼有个引以为豪的阴暗门厅，还有个板着脸的机器人负责着楼内不太可靠的安保工作。

楼里气味难闻，卫生部门最近下令要求楼内进行全面的灭虫灭鼠活动。

由于芯片的问题，机器人的右眼上有块缺痕，但她用那只好眼睛盯着伊娃的警徽。

“我们都是按章办事儿的，”她站在脏兮兮的安全玻璃后面说，“我们这儿一点儿问题都没有。”

“他叫约翰逊，”伊娃说着，把眼前的玻璃拉开，“最近有人来找过他吗？”

机器人有缺陷的那只眼睛狡黠地转着。“我的程序设定不包括监视访客，我只负责收房租，维持秩序。”

“我可以没收你的记忆存储卡，自己重放查看。”

机器人什么都没说，但却发出微弱的嗡嗡声，显然她已经开始在存储卡里搜寻了。“约翰逊，3C房间，已经离开8小时28分钟。他是独自离开的。过去两周里没有任何访客。”

“通讯呢？”

“他不用我们的通讯系统。他有自己的。”

“我们要看一下他的房间。”

“三楼，左边第二个门。不要惊扰了其他房客。我们这儿一直都很太平的。”

“哎哟，这儿还真是个人间天堂啊。”伊娃向楼梯走去，注意到破碎的木头台阶上到处都是老鼠咬出的破洞。“录音，皮博迪。”

“是，长官。”皮博迪尽职地把录音器别到衬衫上，“如果他八个小时之前在这里，那么在他离开之后没过多久就被害了。或许只有几个小时。”

“足够把他暴打致死了。”伊娃随意地扫视着周围的墙壁。墙上刻着几句骂人话和语法结构不通的句子。其中一位作者识字不多，“操”字都没写对，不过想要表达的意思已经足够明白了。

“这里还真是温馨啊！”

“是啊，让我想起了奶奶的房子。”

伊娃站在3C房间的门前，回头瞥了一眼。“皮博迪，你在开玩笑吧。”

伊娃咯咯地笑着，拿出自己的万能密码卡，一旁的皮博迪满脸羞得通红。锁打开时，她已经完全恢复了正常。

“难道他把自己紧锁在屋子里？”伊娃打开三把“克莱-500锁具”的最后一把时，嘴里嘀咕着。“还真不是便宜货。这些好家伙，每把都值我一周的工资。这些锁还真是帮了他不少忙。”她深呼了一口气。“伊娃·达拉斯警督，进入受害人住所。”她推开门，“可恶的博默尔，这简直就是个猪窝。”

屋内很热。小屋里的室温控制靠着窗户的开关。博默尔一直关着窗户，屋里的热气散不出去，像是闷热的夏天。

屋子里夹杂着腐烂食物、馊衣服和威士忌的味道。伊娃让皮博迪先做初步勘查，自己走到一个像是大箱子的物品中央，摇了摇头。

狭窄的床上，床单沾满的污物，伊娃也不太想化验里面的成分。床旁边堆了很多外卖食品的盒子。墙角堆积了如小山般的脏衣服，猜想博默尔应该不太洗衣服。伊娃在屋里徘徊着，她的脚蹭在地面上，发出咯吱咯吱的声音。

伊娃受不了屋里的味道，便使劲推开了仅有的一扇窗户。空气流动的声音和大街上的车流声如潮般涌进屋里。

“上帝啊，这是个什么鬼地方。博默尔当线人赚了不少钱，怎么着也不应该过得如此潦倒。”

“他自己肯定也这么想过。”

“嗯。”伊娃皱了皱鼻头，打开浴室的门，开始研究起来。浴室里有一个不锈钢马桶和水池，低处建了一个淋浴隔间。恶臭的味道在她的胃里翻滚着。“比烂了三天的尸体还难闻。”她用嘴呼吸着，转过身来，“这是他放钱的地方。”

两个人不约而同地想到一起去了，皮博迪跟着伊娃来到一个坚实的吧台前，上面放着一个昂贵的数据通讯控制器。墙上挂着一个观察屏和一个塞满光盘的架子。伊娃随手拿出一张，读了读上面的标签。

“我看出来了，《婊子放肆的大胸》，博默尔真有文化啊。”

“这部电影去年得了奥斯卡。”

伊娃扑哧一声笑了起来，把光盘塞了回去。“这个笑话不错，皮博迪。你能保持幽默真是太好了，我们得一件一件查看这些狗屁东西。把这些光盘装箱，记下数目和标签。我们回警署中心再检查。”

伊娃开始查看通讯记录，搜查博默尔存下来的电话录音。她发现几个订餐电话和一个色情视频就花了他五千美元。还有两个疑似非法交易的电话，但那个男人只聊了聊体育，多数是关于棒球和球场击球的话题。她还惊奇地发现，过去三十个小时里，有两个拨给她办公室号码的电话，但什么口信也没有留。

“他想联系上我，”伊娃低语着，“他什么也没说，就挂断了，不太像他。”她把磁盘拔出来，递给皮博迪存档留作证据。

“不对。博默尔是个职业线人。如果感觉到有人想害他的话，恐怕早把帐篷搭到我们家门口了。好，皮博迪，希望你的免疫系统能扛得住。我们来翻查一下这一堆脏乱的垃圾吧。”

她们翻查完时，全身污秽，汗水湿透，感觉恶心想吐。伊娃让皮博迪把她警服的硬领子解开，把衣袖卷了起来。但她的脸上还是汗如雨下，头发也卷曲得没了样子。

“我本以为没人会比我那两个兄弟更邋遢呢。”

伊娃用脚把脏内裤踢到一边去。“你有几个兄弟？”

“两个。还有一个妹妹。”

“兄弟姐妹一共四个？”

“长官，我父母可是自然主义者，”皮博迪解释着，略带抱歉和尴尬，“他们很喜欢乡下的生活方式和生育方式。”

“皮博迪，你越来越令我吃惊了。像你这样一个都市人竟然是一对自然主义者的孩子。你怎么没留在乡下种苜蓿，织垫子，饲养家禽呢？”

“我想成为一个了不起的人，长官。”

“是个不错的理由。”伊娃把最糟糕的部分留到了最后。她研究着那张床，一阵恶心涌上心头。身上爬满各种寄生虫的想法使她如鲠在喉。“我们得处理一下这个床垫。”

皮博迪使劲咽了一口唾沫。“是，长官。”

“皮博迪，不知道你怎么想，反正我回去之后要直接去消毒室。”

“我跟您一起去，警督。”

“好。那我们开始干活吧。”

先是床单，除了臭味和污渍，什么发现也没有。伊娃打算让化验室来分析这些，但她现在已经排除了博默尔在屋内被杀的可能。

不过，她还是检查得非常细致，她抖开了枕头，棉絮散得到处都是。她抓住床垫的一头，并示意皮博迪抓住另一头。床垫像块巨石一般，非常重，两人闷哼一声用力把它翻了过来。

“或许真有上帝存在。”伊娃低语着。

床垫下面粘着两个小包。其中一个包着淡蓝色的粉末，另外一个包着一张光盘。她用力把两个包都拽了下来。伊娃忍住打开粉末包的冲动，研究着那张光盘。光盘上没有标签，但与其他光盘不同的是，这张光盘被仔细包裹了起来，防止灰尘进入。

如果是从前，她会立刻在博默尔的屋子里查看一下光盘里的内容。她能忍得住屋内的臭味，能忍得住浑身的汗水，甚至这里的脏乱都没有问题。但是想到各种微型寄生虫在她身上爬来爬去，她一分钟也不想多待。

“我们赶紧离开这个鬼地方吧。”

伊娃等着皮博迪把证据箱搬进大厅。回头看了一眼自己的线人曾经住过的地方，她关上了门，上了封条，红色的警察安全灯闪烁着。

消毒并不痛，但却非常不舒服。有一点好处就是，时间并不算太长。伊娃和皮博迪并排坐在一个两座的消毒室里，室内弯曲的白墙反射着火热的白光，两人都脱得一丝不挂。

“真是全身燥热啊！”皮博迪说，逗得伊娃大笑起来。

“我一直觉得地狱就是这个样子。”她闭上眼睛，想要放松下来。她并不觉得自己有恐惧症，但密闭的空间总使她感到浑身刺痒。“皮博迪，你知道吗？我用博默尔五年了。他算不上绅士类型，但也不至于如此邋遢。”直到现在，她的鼻孔里还充斥着那个屋子里的恶臭味。“他以前还算喜欢干净。说说你在浴室里都看到了什么。”

“污物、霉菌、垃圾、没洗的毛巾。两块肥皂，其中一块还没开封，半罐洗发水，牙膏，超声波牙刷和刮胡刀。一把断掉的梳子。”

“梳洗用具。皮博迪，他很注意保持形象啊。说明他有时还觉得自己很讨女人欢心。我猜化验结果会证明，那些食物、衣服，和其他脏东西都已经放了两三个星期了。你觉得这说明了什么？”

“他在躲避什么……是担忧、恐惧，或者是因为他卷进了某个事件，所以他忽略了这些。”

“完全正确。他还没有绝望得来找我寻求保护，但是他很焦虑，他把一些东西藏到了床垫底下。”

“傻瓜也能猜到，那里能藏东西。”皮博迪冷冷地说。

“他有时不是很聪明。你猜那些粉末是什么物质？”

“毒品。”

“我从没见过那种颜色的毒品，是新品种。”伊娃暗自想着。灯光暗了下去，消毒室里一阵哔哔的响声。“好像我们已经洗干净了，找几件干净衣服穿上，然后去看看那些光盘里的内容。”

“这是些什么鬼东西？”伊娃怒气冲冲地盯着监视器，不自觉地玩弄起脖子上戴着的大钻石。

“某种配方？”

“这我也能看出来，皮博迪。”

“是，长官。”皮博迪说着退到一旁。

“该死，我恨死理科的东西了。”伊娃转身看向皮博迪，眼神中有些许的期望，“你理科好吗？”

“不好，长官。我完全不行。”

伊娃仔细看着这些数字、图形和符号的组合，一脸的迷茫。“我的脑子可琢磨不透这些鬼东西。我得去实验室做一下分析。”她很不耐烦，手指敲打着桌子。“我预感这是那种粉末的配方，但是像博默尔这样的二流角色是怎样拿到这个配方的呢？还有他的另外一位联络警员是谁？皮博迪，你是怎么知道他是我的线人的？”

皮博迪一脸尴尬，不敢直视伊娃，而是盯着屏幕上的图形。“你在几个已结案件的内部报告中提到过他几次，警督。”

“警官，你有阅读内部报告的习惯？”

“是您的报告，长官。”

“为什么？”

“因为长官您是最棒的。”

“皮博迪，你是在拍我的马屁，还是想抢走我的工作？”

“等您晋升队长就有空位了，长官。”

“你凭什么以为我想当队长？”

“如果您不想当队长，那简直就是傻子，可是您不是傻子，长官。”

“好吧，到此为止。你还看过别的什么报告吗？”

“我偶尔看过几份。”

“有什么线索能找到博默尔在缉毒专案组里的联络警员吗？”

“没有，长官。我从未见过他的名字和其他警员出现在同一份报告里。多数线人只为一名警察工作。”

“博默尔喜欢多几种选择。我们到街上问问，到他常去的一些接头点去，看看能有什么发现。我们只有几天的时间，皮博迪。谁找你有其他事情的话，告诉他们你很忙。”

“我没什么亲友，长官。加班对我来说完全没有问题。”

“很好。”伊娃站起身，“准备出发。还有，皮博迪，我们消毒时都看到了对方裸体的样子，所以不要‘长官’来‘长官’去地叫我了，行吧？叫我达拉斯。”

“是，长官，警督。”

直到凌晨三点，伊娃才蹒跚地回到家门口，被挡在大厅入口放哨的猫给绊了一下，她咒骂着，摸索着上了楼梯。

她脑中混杂着很多种景象：灯光暗淡的酒吧，脱衣舞厅，下水道冒出热气的街道，有许可证的低级妓女在这里做着她们的交易。博默尔·约翰逊命案的所有相关景象在脑中此起彼伏，使她毫无食欲。

没人知道内情，也没人想到有用的线索。唯一比较明确的说法是从城市阴暗的街角里搜寻到的：过去一周多，既没有人听到博默尔的消息，也没人见过他。

但是暗中有一个人，不仅跟他见过面，还做了很多别的事情。她的时间已经不多了，要赶紧找出是谁，找出其中的原因。

卧室里的灯光微弱。她看到床上空空如也，便脱下衬衫，扔到了一旁。她心中突然涌起一阵失望，有一点不太适应。

他有事必须要离开，她想着。现在他可能正赶往宇宙殖民地的某个地方。他可能要离开很多天。

伊娃悲伤地看着床，踢掉鞋子，解开了裤带。她在抽屉了翻了一会儿，扯出一条棉质的睡衣，猛地套到了身上。

天啊，她真是可怜，只能独自忧愁，因为洛克要去照管生意。因为他不仅仅是留给她偎依的。因为噩梦越来越可怕，越来越频繁，过去的记忆充斥了她的脑海，而他没有在身边保护她。

她太累了，没有力气再去做那些噩梦。她太忙了，没有时间忧愁。她太坚强了，所以忘不掉那些不想记起的往事。

她转过身，打算到楼上的办公室睡觉，这时门开了。她顿感安慰，又有些羞愧。

“我还以为你得去别的地方处理生意呢。”

“刚才在工作。”洛克上前抱住她。在昏暗的灯光下，他的黑色衬衣与伊娃的白色衣服形成了鲜明的对比。他扶起伊娃的下巴，盯着她的眼睛。“警督，你为什么总要拼到筋疲力竭呢？”

“这个案子是有限期的。”或许是由于过度疲劳，或许是因为爱意使她放松了下来，她伸出双手放到他的脸上。“你在这儿，我真高兴。”洛克抱起她，走向床去，她露出了微笑。“我不是那个意思。”

“我要给你盖上被子，你得睡了。”

她的眼睛已经快要合上了，她困得不想继续争辩。“你收到我的信息了吗？”

“是不是那条你说‘我可能要很晚回来’的长信息？收到了。”他吻了她的前额，“休息吧。”

“过一会儿再睡。”她努力撑着不要睡着，“我只和梅维斯聊了几分钟。她想在现在的地方再住上几天。这几天她也不打算去蓝松鼠酒吧了。她打电话去酒吧，发现莱昂纳多去那里找过她好多次。”

“这可是真爱啊。”

“呃。我本打算明天抽出一小时顺路看看她，可现在只能拖到后天了。”

“她会没事儿的。如果你不介意的话，我可以过去看看。”

“谢谢了，可是她不会跟你聊这些的。等我查清楚博默尔的事情之后，马上就去找她。我知道他肯定读不懂那张光盘的。”

“当然读不懂。”洛克安抚着她，想要哄她赶紧睡觉去。

“不是说他对数字不敏感。他算钱没问题，但是化学方程式配方……”她猛地站起身来，头差点撞到洛克的鼻子，“可以用你的仪器。”

“做什么？”

“化验室搪塞着不愿意为我化验。他们都躲得远远的，因为这个案子并不重要，一点重要性都没有。”她又补充说，挣扎着从床上爬起来。“我需要化验仪器。你那台没有许可证的仪器可以进行科学分析，对吧？”

“当然，”他叹了口气，站起身来，“我猜你现在就要用？”

“我们可以登陆到我办公室里的仪器，取得数据。”伊娃拉住洛克的手，拖着他往电梯走去。“用不了多长时间的。”

上楼的过程中，她给洛克讲了基本情况。等到洛克输入密码进入密室时，她已经完全清醒了，大脑高速运转着。

设备很精巧，没有许可证，当然也是不合法的。她登陆进去，然后来到U形的控制台后。

“你来，你的操作比我熟练，”她说，“文档代码2号，黄色，约翰逊。我的登陆密码是……”

“拜托。”凌晨三点跟警察一起工作，洛克可要露几手。他坐在控制台前，手动控制着几个按钮。“进入警署中心。”他微笑着说，伊娃不禁皱起了眉头。

“停下，这是为了你的安全。”

“在进入你的电脑之前，是否还需要我偷看一下警署系统里别的内容？”

“不要。”她说得很坚决，站到他身后。洛克一只手控制着控制板，另一只手拉过伊娃的手，放到唇边，轻咬着指关节。“你就炫耀吧。”

“如果用你的密码进入系统，就一点乐趣都没有了。进入你的机器了，”他低语着，切换到自动状态，“文档代码2号，黄色，约翰逊。”屋子的另一边，屏幕墙闪了一闪。

请稍候。

“34-J号证据，查看并拷贝。”伊娃下令。配方方程式显现在屏幕上，伊娃无奈地摇摇头。“看到了吗？说不定是古代的象形文字。”

“是化学方程式。”洛克轻声说。

“你怎么知道？”

“我生产过一些——合法的。这是一种止痛药，但又不仅仅是止痛药，有迷幻药的功效……”他撇撇嘴，摇着头说，“我从没见过这种东西，和正式生产的产品不同。电脑，分析并确认物质。”

“你说这是一种毒品？”伊娃问到，一旁的电脑已经开始工作了。

“基本肯定。”

“那就与我的理论相符了。但是博默尔拿着配方方程式做什么呢，又为什么会有人为此杀害他呢？”

“那要取决于它的市场前景了，看它有多大的利润可图。”屏幕上开始出现分析结果，洛克皱起了眉头。分子式占据了屏幕，彩色的点和螺旋搅在一起。“好吧，其中包含一种有机兴奋剂，还有一种标准的化学迷幻剂，含量都比较低，都还算合法物质。啊，其中还含有THR–50.”

“毒品这一行里叫它‘宙斯’，是烈性毒品。”

“呃。资料还是不够准确。不过这种混合方式很有趣。里面还有薄荷，吃起来更可口。我想，如果做点儿调整，这种物质还可以做成液态的。把它和那种叫做助力丸的性兴奋剂和强化剂混合——如果用量合适的话，可以用来治疗性无能。”

“我知道这是什么。我手下有个人过度服用了这种药品。服用之后不停地手淫，过度纵欲而死，因性沮丧而从窗户跳了下去。他的老二肿得像猪肉香肠一样，颜色也类似，死后还刚硬如铁。”

“谢谢你给我讲这个故事。这是什么？”洛克也疑惑不解，重新回到控制台前。电脑一直重复显示着同样的信息。

未知物质。可能是细胞重组剂。无法辨识。

“怎么可能？”他沉思着，“这台机器有自动更新功能的。任何东西都可以辨识才对。”

“未知物质。好吧，好吧。这回值得为此杀人了。除去该种物质，还有什么结果？”

“辨识已知数据。”洛克下令。

配方方程式类似于含迷幻剂成分的兴奋剂。有机物。会迅速进入血液，并影响神经系统。

“结果呢？”

数据不完整。

“见鬼！根据已知数据找出可能的结果！”

会出现精神愉悦、妄想、性欲，产生生理和心理幻觉。普通体重60公斤的人摄入55毫克剂量，效力将持续4至6个小时。用量超过100毫克，87.3%的服用者将死亡。物质类似THR-50，又名“宙斯”，另有增强性能力和细胞重组的作用。

“不同之处不是很多，”伊娃低声说，“差别也不是太大。早就有搞药品的把‘宙斯’与性药品混到一起了。这真是个可恶的混合物，城内多半的强奸案都与此相关，但是这不算什么秘密，利润也不高。一般的吸毒者都能按比例混合，没有什么利润可图。”

“但他们没有那种未知物质。”他紧锁眉头，“细胞重组，就像寓言故事的青春之泉。”

“任何有钱人都能买到青春理疗。”

“但都是暂时的，”洛克指出，“青春理疗需要有规律地进行。生物植皮和抗衰老注射都很贵，花费时间很长，而且很不舒服。而标准的理疗又没有这些附加的作用。”

“不管这种未知物质是什么，它都会让毒性增强，更致命。也许你说得对，这样更有利可图。”

“你不是有这种粉末吗？”洛克说。

“是有，够化验室忙乱一阵子了。我可没那么多时间等化验结果。”

“你能给我一点样品吗？”他转着座椅，抬头微笑地看着她。“警督，我不想诋毁你们的化验室，只不过我的仪器可能会更加精细些。”

“那是证据。”

他的眉毛一挑。

“洛克，你知道让你来帮忙，我已经越线多少了吗？”她深呼了一口气，想起了博默尔的脸，还有他的胳膊。“管他的。我要试一下。”

“好。退出。”电脑静静地关闭上了，“现在你要去睡觉了吗？”

“我得睡几个小时。”她放松下来，疲惫迅速袭来，她用双臂搂住他的脖子。“你还要给我盖被子吗？”

“好。”洛克抱起伊娃，让她的腿环在自己身上。“不过这次我给你盖好被子之后，你要好好地躺在那里。”

“洛克，你知道吗？每次你显出专横的样子，我的心就砰砰直跳。”

“等会儿我把你放回床上。我要让它跳个不停。”

伊娃大笑起来，头蹭着洛克的肩膀，电梯还没降到底，她就睡着了。

第四章

伊娃床头的通讯器响起时，天还漆黑一片。警察的本能先被唤醒，她接通来电，猛地坐起来。

“我是达拉斯。”

“噢，上帝啊！达拉斯，达拉斯！我需要你！”

她的警察本能猛然清醒了过来，她直瞪着屏幕上梅维斯的脸。“灯光！”她命令道。房间一下明亮了起来，她这才看清楚了。梅维斯脸色苍白，眼袋下有淤青，脸颊上还有流着血的伤口，头发凌乱不堪。

“梅维斯，怎么了？你在哪儿？”

“你得赶紧过来。”她呼吸急促凌乱，眼睛含着泪水，眼神充满惊恐。“快点儿。快点儿。求你了！她死了，我不知道该怎么办。”

伊娃没有再问她现在的位置，而是下令追踪通讯来源。雷达光点照在梅维斯脸上时显示的位置是莱昂纳多的住处，伊娃努力使声音保持平静。

“在你现在的地方待着。不要动任何东西。听明白了吗？不要动任何东西，不要让任何人进去，等着我，梅维斯？”

“好，好。知道了。我都听你的。快点儿！太可怕了！”

“我马上就到。”等她翻身下床时，洛克已经站了起来，穿着裤子。

“我和你一起去。”洛克说。

伊娃没有争辩。五分钟后，他们已经上了路，在沉沉的黑夜中飞驰着。空旷的街道渐渐落到了身后，眼前已经是市中心，成群的游客来来往往，广告大屏幕闪着光，播放着人们熟悉的商品广告。接着，他们来到了不夜城，这里习惯性失眠的人们在露天咖啡厅里品着袖珍杯装的咖啡，讨论着高深的话题。最后，他们到达了睡意朦胧的艺术区。

洛克一直在专心找路，伊娃很感激洛克没有再问她问题。她的脑中浮现着梅维斯的脸，苍白而惊恐。更糟糕的是，她看到梅维斯的手在颤抖，而且手上有血迹。

洛克的车还没有完全停好，伊娃就跳了出来。迎面一阵疾风吹过高楼林立的城市深谷，扑打在伊娃的脸上。她在人行道上飞奔了三十米，冲到安保摄像机前。

“梅维斯！我是达拉斯！梅维斯！该死！”她的脑中一片混乱，过了十秒钟才意识到大门已经被砸开了。

洛克穿过没有上锁的门，走进电梯，站到她身旁。

电梯门打开时，伊娃马上就意识到情况跟她想象中一样糟糕。上次她来时，莱昂纳多的阁楼充满了杂乱的喜悦和混乱的色彩。现在整个阁楼狼藉一片。衣料碎片遍地都是，桌子翻倒在地，桌上的东西四处洒落，碎了一地。

有血，很多血，血飞溅在墙上和丝绸上，就像愤怒的孩子用手指画出的画。

“什么都不要碰。”她对洛克厉声说，丝毫不敢放松。“梅维斯？”她向前迈了两步，闪光布料做的窗帘抖动了几下使她停下了脚步。梅维斯走了出来，摇摇晃晃地站在那里。

“达拉斯，达拉斯。感谢上帝。”

“没事了，没事了。”伊娃抱紧她那一刻，突然感到一阵放松。血不是梅维斯的，尽管她的衣服和手上都是。“你受伤了。严重吗？”

“我有点晕，恶心。我的头。”

“让她坐一会儿伊娃。”洛克抓住梅维斯的胳膊，引她坐到椅子上，“来，坐下。我猜她应该是受惊了，伊娃。给她找条毯子。头向后躺下，梅维斯。好姑娘，就是这样。闭上眼睛，平静地呼吸一会儿。”

“冷。”

“我知道。”他俯下身，扯过来一条亮闪闪的发亮的缎子，盖到她身上。“梅维斯，深呼吸。慢一点，深呼吸。”他抬头看了看伊娃，说，“她需要治疗。”

“没弄清这里的情况之前，我还不能叫医疗组来。你尽量照看她。”伊娃撩开门帘来到屋子另一边，看到了潘多拉的尸体。

她死得很惨。伊娃看到头发才认出是她，如火般华美的卷发。那无比完美而艳丽的面庞，现在已经消失了，在残忍的击打后变得面目全非。

凶器还在原地，随意地扔在一旁。伊娃猜想这个凶器本应是个漂亮华丽的时尚手杖。一根大约三厘米粗的闪闪发光的银饰没在血泊中，那个华丽的把手就像露出了牙齿的狼。

两天前她还见过这件饰品，摆在莱昂纳多工作室的一隅。

已经没有必要查看潘多拉的脉搏了，不过伊娃还是试了试。然后她小心地退了回来，避免进一步污染现场。

“天啊，”洛克在她背后低语到，又把双手搭到她的肩上，“你接下来打算怎么办？”

“做警察该做的事情。这不可能是梅维斯干的。”

洛克抓住伊娃的身子，让她面对着自己。“不必多说了。她需要你，伊娃。她需要一个朋友，也需要一个好警察。”

“我知道。”

“同时身兼两种身份，不是件容易事。”

“我最好现在就开始工作。”她回到梅维斯坐着的地方。她的脸如融化了的白蜡一样惨淡，淤青和划痕在惨白的皮肤上非常刺目。伊娃蹲下来，抓住梅维斯冰冷的双手。“我要你把每一点情况都告诉我。慢慢来，但是一点都不要落下。”

“她一动不动。到处都是血，还有她的脸。还有……她一动不动。”

“梅维斯，”伊娃突然紧握着梅维斯的双手，“看着我。告诉我，你来这里之后到底发生了什么。”

“我走进来……我打算……我想我该跟莱昂纳多聊聊。”她颤抖着，用沾着血的手撕扯着身上破烂的衣料。“他上次来酒吧找我时，看起来很沮丧。他甚至还威胁了那里的保镖，很不像他。我不想让他毁了自己的事业，所以我就来了这儿。门没锁。有时他会忘记锁门。”她轻声说着，声音越来越小。

“梅维斯，莱昂纳多在这儿吗？”

“莱昂纳多？”受惊之后，她变得很迟钝，眼睛环视着房间。“不在，我想他不在。我看到屋里乱七八糟的，就大声喊了起来。没有人回应。还有，那里有……有血。我看到了血。很多的血。我很害怕，达拉斯，我害怕他自杀了，害怕他做出疯狂的事情，所以我跑回……跑回……我看到了她。我好像……好像跑了过去。好像我跪在她身边，尖叫着。我叫不出声来。我只是在脑中不停地尖叫，停不下来。然后什么东西打了我。我想……”她茫然地摸了摸自己的后脑勺。“很疼。但是等我醒来时，一切都如开始一样。她还在那里，血还在那里。我给你打了电话。”

“好。你有没有碰过她，梅维斯？你碰过什么东西没有？”

“我记不得了。应该没有。”

“你的脸是谁弄的？”

“潘多拉。”

一阵恐惧迅速涌起。“亲爱的，你来时她不是已经死了吗？”

“是在那之前。今晚早些时候。我去过她家。”

伊娃小心地调整了一下呼吸，控制着翻滚的胃。“你今天晚上去了她家。什么时候？”

“我记不清了。可能是十一点左右。我想告诉她，我会离开莱昂纳多，让她不要毁掉莱昂纳多。”

“你和她打架了？”

“她很亢奋。当时还有几个人，像是在举行小型晚会。她非常尖酸，说了些难听的话。我回敬了她。我们起了些冲突。她打了我，抓了我几下。”梅维斯把头发向后捋了捋，脖子上露出几处新鲜的伤口。“有几个人上前把我们拉开，然后我就离开了。”

“之后你去哪儿了？”

“我去了几个酒吧。”她惨然一笑，“好几家酒吧。我感觉自己很可悲，就在酒吧里游荡着。然后我觉得应该和莱昂纳多聊聊。”

“你是什么时候来到这儿的？记得时间吗？”

“不记得了，很晚，非常晚。大约三四点钟。”

“你知道莱昂纳多在哪儿吗？”

“不知道。他当时不在这儿。我希望他能在这儿，可是她……接下来会怎样？”

“我来处理。梅维斯，我必须报案。如果我不赶紧报案的话，情况会很糟糕。我得记录下一切，还要审问你。”

“审问……审问……你不会觉得是我……”

“当然不是。”她尽量干脆地说道，掩饰自己的惊恐。“但是我们会尽快弄清真相。现在让我来考虑如何处理。好不好？”

“我已经没有感觉了。”

“你就坐在这儿，等着我来处理一切。我需要你记起细节。你今晚和谁说过话，去过哪里，都看到过什么。一切你能想起来的。过一会儿我们要从头回忆一遍。”

“达拉斯，”梅维斯又坐了回去，颤抖着说，“莱昂纳多，他肯定不会对别人这样下手的。”

“你不用担心，都交给我。”伊娃重复说。她看了洛克一眼，洛克心领神会，坐到梅维斯身旁。伊娃掏出通讯器，走到一旁。

“我是达拉斯，有一起谋杀案。”

伊娃的一生充满崎岖。警察生涯这些年里，她见过、经历过太多梦魇一般的事件。但没有一件事情能像审问梅维斯那样令她煎熬。

“你感觉还好吧？不用着急，可以等等再回答问题。”

梅维斯抬起手，摸了摸后脑勺上的肿块。“现在这里已经麻木了。”

伊娃仔细地研究着梅维斯的眼睛，她的脸色。一切看起来都很正常，但这些并没有抚平她的担忧。“听我说，你到健康中心留院检查一两天也没什么坏处。”

“那样只能拖延一时。我想要一切赶紧结束。莱昂纳多，”她使劲咽了一口口水，“找到莱昂纳多了吗？”

“还没有。梅维斯，你可以找一位律师或代理人。”

“我没有什么可以隐瞒的。我没有杀她，达拉斯。”

伊娃瞥了一眼录音器，还可以再稍等一会儿。“梅维斯，我得按章办事，不能有丝毫差池，否则他们就会把我甩出这个案子。如果我不是首席探员，也就帮不了你了。”

梅维斯舔了舔嘴唇，口干舌燥。“好难啊。”

“可能会很难很难。你能办到的。”

梅维斯努力想要挤出一丝微笑，但最终还是沉着脸。“走进来发现潘多拉真是太可怕了！太可怕了。”

哎，还会更可怕的事，伊娃心想着，但还是点了点头。她打开了录音器，录入了自己的姓名、身份证号，正式宣读了梅维斯的权利。她小心翼翼地重复着在现场询问过梅维斯的那些问题，尽可能地确认梅维斯每个行动的时间。

“你来到受害人家里与她交流时，还有其他人在场？”

“有几个。看起来好像是个小型晚会。贾斯汀·杨格在那里，就是那位演员。那个模特杰莉·菲茨杰拉德也在。另外一个人我不认识。西装革履，像是个制片人。”

“受害人袭击了你？”

“她突然动手打了我，”梅维斯可怜地说，指着脖子上的淤青，“她从一开始就很暴躁。她眼睛转着的样子，我想她应该是用过药亢奋了。”

“你认为她当时服用过毒品？”

“肯定是烈性毒品。我是说，她的眼睛像水晶一般旋转着，还有她拳头的力道。我以前和她打过，你也见到过。”梅维斯继续说着，伊娃的脸抽搐了一下。“她以前没那么大力气。”

“你回击了吗？”

“我觉得应该打到她了，至少一下。她抓了我——她那可恶的长指甲。我伸手去抓她的头发。好像是贾斯汀·杨格和那个穿西装的人把我们分开了。”

“之后呢？”

“我们对骂了几分钟，然后我就离开了，去酒吧借酒浇愁。”

“你都去过哪里？停留了多长时间？”

“我去过几个地方。最先去的应该是之字酒吧，六十一街和莱克斯街交汇的地方。”

“你和谁说过话？”

“我根本不想说话。我的脸很疼，感觉很糟。我点了一杯‘三度僵尸’，喝了一会儿闷酒。”

“你是怎样付款的？”

“我想……好像是用信用账户支付的。”

很好。这样就能有记录了，时间、地点都有了。“离开那里之后，你去了哪里？”

“我四处走了走，又进了几家酒吧。我当时已经醉醺醺的了。”

“你还点了酒吗？”

“肯定点了。等我想到要去莱昂纳多那里时，已经有些烂醉了。”

“你是怎样来到市中心的？”

“走路。我需要清醒一下，所以就选择了走路。乘了几次滑道，但多半时候是步行。”

伊娃重复着梅维斯刚才说过的内容，希望能激起她的一些记忆。“你离开之字酒吧之后，朝哪个方向走的？”

“我刚喝了两杯‘三度僵尸’，双脚已经飘在了空中，踉踉跄跄的。我记不得是往哪边走的了。达拉斯，我不记得其他酒吧的名字了，也不记得还喝了些什么。记忆都很模糊。有音乐，有人在笑……还有跳桌上舞的。”

“男性还是女性？”

“男的。阴茎很长，有纹身。也可能是画在身上的。相当肯定画的是一条蛇，也可能是只蜥蜴。”

“那个桌面舞舞者长得什么样？”

“哎呀，达拉斯，我根本就没往腰部以上看过。”

“你和他说过话吗？”

梅维斯把头埋进双手中，挣扎着想要回忆起来。想要回忆起忘记的事情就像要抓住一把水一样。“我不知道。我当时醉得厉害。只记得走啊走啊，来到莱昂纳多的阁楼，想着可能是最后一次见他。我不想让他看到我烂醉的样子，所以清醒了一会儿才走了进去。然后我就发现了她，那情景比喝醉要糟糕很多。”

“你走进去之后最先看到的是什么？”

“血，很多的血。东西四零八落，破烂不堪，到处都是血。我害怕莱昂纳多会自残，赶紧跑到他工作的地方，然后就看到了她。”这一段经历她能清晰地回忆起来。“我看到了她。我能认出她完全是因为她的头发，还有她穿过的那件衣服。但是她的脸……已经面目全非了。我叫不出声来。我在她身旁跪下。我不知道该做些什么，但必须要做点儿事情。然后有什么东西打了我一下，等我醒来时，我就联系了你。”

“你进大楼时，在外面的街上，还见到别的什么人吗？”

“没有。当时已经很晚了。”

“安保摄像机呢？”

“被打碎了。有时候街头的朋克族来了兴头会打碎安保摄像机。我也没有多想。”

“你是怎样来到房间的？”

“大门没锁。我直接走进去的。”

“你进去时，潘多拉已经死了？你没有和她说话，也没有争吵？”

"没有，我跟你说过了。她已经躺在那儿了。"

"你之前和她打过架，打过两次。今晚在莱昂纳多的屋里，你和她打过架吗？"

"没有，她当时已经死了。达拉斯……"

"你之前为什么要与她打架呢？"

"她威胁要毁掉莱昂纳多的事业。"梅维斯淤青的脸上露出了一丝激动，还有伤感、恐惧和悲愁。"她怎么也不放过他。我们相爱了，但她不肯放手。你也见识过她的为人啊！"

"莱昂纳多，还有他的事业，对你非常重要。"

"是的，我爱他。"梅维斯平静地说。

"为了保护他，你可以做任何事情，你不想看到他受到任何身体伤害和事业损失。"

"我已经决定走出他的生活。"梅维斯充满尊严的话语温暖了伊娃。"如果不这样，她就会伤害莱昂纳多，我不想让这样的事情发生。"

"如果她死了的话，就不会伤害他了，也不会伤害到你。"

"我没有杀她。"

"你去了她家，和她争吵，她打了你，你还击了。你离开后喝醉了。你来到莱昂纳多家，发现她在那里。或许你们又争吵了起来，或许她又攻击了你。你做出了反击，事态变得无法控制。"

梅维斯疲惫的大眼睛先是充满疑惑，之后满是痛苦。"你为什么要这么说？你知道不可能是这样的。"

伊娃眼神毫无变化，向前倾了倾："她把你的生活搅得如地狱一般，她威胁了你的爱人。她打伤了你。她比你更强壮。当她看到你又来到莱昂纳多的住所时，就向你冲去。她把你打倒在地，你的头撞在地上。这时你很害怕，于是随手抓起身边的东西想要保护自己。为了保护自己，你用手里的东西打了她。或许她不停地攻击你，所以你又打了她，都是为了保护自己。然后你失去了控制，不停地打她，不停地打，直到你意识到她已经死了。”

梅维斯啜泣着，嘴唇翕动。她摇着头，不停地摇头，身体剧烈地颤抖着。“我没有，我没有杀她。她当时已经死了。我的上帝啊，达拉斯，你怎么会认为我会做这样的事呢？”

“可能你没有。”伊娃逼迫着她，自己的心却在流血。为了审问顺利进行，她只能极力逼迫。“也可能是莱昂纳多杀了人，而你在保护他。你见过他失控的样子吗，梅维斯？是不是他抓起了手杖，打死了她？”

“没有，没有，没有！”

“也有可能是他杀人之后，你才到达他那里，那时他正站在尸体旁，惊慌失措。你想要帮助他掩盖一切，所以你让他离开了。然后你打电话叫我过来。”

“不，不是这样的！”她突然从椅子上蹦了起来，脸颊苍白，眼神狂乱。“他根本就不在那里。我谁也没看见。他不会做出那样的事。你为什么不听我说？”

“我在听你说，梅维斯。坐下，坐下。”伊娃温柔地重复着。“马上就结束了。现在，你还有没有要补充的？或者，有没有要改口的？”

“没有。”梅维斯讷讷地说，眼神空荡，越过伊娃的肩膀，看着远处。

“第一次审问结束，梅维斯·弗里斯通，谋杀案档案，潘多拉。伊娃·达拉斯警督。”她又输入了日期和时间，切断了录音器，调整了一下呼吸。“对不起，梅维斯，对不起。”

“你怎么能这样？你怎么能这样对我？”

“我必须要那么说。我必须要问那些问题，而你必须要回答。”她把有力的手搭在梅维斯身上。“我可能还要再问一遍，而你也需要再回答一遍。梅维斯，看着我。”她等着梅维斯转过眼神。“我不知道现场清理员会发现什么，也不知道实验室报告会是怎样的结果。但除非撞上大运，你恐怕得请一位律师。”

梅维斯脸上血色全无，嘴唇也一片惨白，眼神悲痛。“你要逮捕我？”

“我不知道会不会走到那一步，但是我要你准备好。现在，我要你和洛克一起回家，睡一会儿觉。我要你努力回想，非常努力地回想那些时间、地点和遇到的人。如果你记起了任何事情，就马上记录下来交给我。”

“你打算做什么？”

“我要做好我的工作。梅维斯，我是个很厉害的警察。你得相信我，相信我能把一切查清楚。”

“查清楚，”梅维斯重复着，声音中充满了苦涩，“你是说查清我的事情。我以为，没有罪证就说明我是无辜的啊。”

“那只不过是个巨大的谎言。”伊娃站起来，引着梅维斯来到走廊。“我会竭尽全力尽快结案。我现在只能告诉你这么多。”

“你可以告诉我，说你相信我。”

“这一点我也可以说。”但是她却没有直接说出来。

总有各种文字工作和程序要走。不到一个小时之后，她带着梅维斯离开了，让她暂时住在洛克家。官方文件上，梅维斯·弗里斯通被列为证人。但伊娃知道，梅维斯已经成为最大嫌疑人。伊娃走进办公室，想要快速扭转局面。

“好吧，梅维斯袭击那个美女模特的事情到底是怎么回事？”

“费尼。”伊娃真想亲吻他每一寸皱巴巴的皮肤。费尼坐在伊娃的桌子上，总是随身携带的蜜饯坚果放在大腿上，皱巴巴的脸上怒气冲冲。“消息跑得真快啊。”

“我一进零食店就听说了这个消息。我们有一名最好的警官，她的密友被逮起来了，这可是个大新闻。”

“她还没被逮起来。她是目击证人。至少现在是。”

“媒体已经开始关注了。他们还不知道梅维斯的名字，但是受害人的脸已经铺天盖地地上了大屏幕。我正在洗澡，我老婆拉着我出来看新闻。潘多拉可是个大新闻。”

“肯定是大新闻，她活着和死了都是大新闻。”伊娃很疲倦，一边屁股放松地坐到了桌边上。“想要看看梅维斯供述过程的摘要吗？”

“你以为我来这里干吗，难道是为了呼吸你的废气不成？”

她把自己的速记本递给费尼，费尼看后眉头紧锁。“该死，达拉斯，看情形对她很不利啊。你亲眼看见她们打架了吗？”

“我亲眼看到了，这是亲身经历。不知道她怎么想的，还要再跟潘多拉争辩……”她站起身，在房间里快步走着。“这样只能让结果越变越糟。希望实验室能找出些线索。不过不能指望他们。你现在手头的案子多吗，费尼？”

“不用管我手头的活儿。”他摆摆手，“你要帮忙吗？”

“我得查一下她的信用账户。她记得最先去了之字酒吧。如果我们能判定在死亡发生时她在那里，或者在别的酒吧，她就清白了。”

“这我倒能帮你，但是……有个人在凶杀现场，打晕了梅维斯。很有可能中间没有时间间隔。”

“我知道。我需要调查所有的证据。我去找梅维斯在受害人家里见过的人，记录他们的供述。还要找到那个有大鸡巴和纹身的桌舞舞者。”

“你还是念念不忘消遣呀。”

伊娃差点笑了起来。“我得找到能证明她喝醉的人。那样的话，即使服用了醒酒剂，她也不可能先走路来到市中心，然后打倒潘多拉。”

“她说潘多拉用了药。”

“这也是要查的一件事情。另外还有不知所踪的莱昂纳多。他当时到底他妈的跑哪里去了？还有他现在在哪儿？”

第五章

莱昂纳多四肢伸展着趴在梅维斯卧室的中央，他已经在这里躺了几个小时，当时他刚喝了一整瓶合成威士忌，伴着满胸的自怜，烂醉如泥。

他醉醺醺地站了起来，有点担心昨晚醉酒的时候是不是弄伤了脸。他小心地抬起手摸了摸，发现脸还如平常一样才松了口气，不过因为昨夜摔在梅维斯家的地板上，此刻脸有些麻木。

他几乎什么都记不起来。这也是他很少喝酒，从来不让自己喝多的一个原因。每次他喝得稍微多一点，就会昏睡，出现记忆空白。

他隐约记得自己蹒跚地走进梅维斯住的楼里，用梅维斯给他的代码钥匙——当时他们意识到两人已经不仅仅是情人关系，而已经是爱人了——打开了门。

但是她不在。他很肯定梅维斯确实不在。他隐隐约约地记得自己在城里东倒西撞的样子，边走边大口喝着买来的——还是偷来的？——酒。见鬼！他混混沌沌地想要坐起来，努力地睁开酸涩的眼睛。他知道自己手里拿着酒瓶，肚子里装着威士忌。

他一定是晕了过去。这使他感觉一阵恶心。如果梅维斯看到他满嘴胡言乱语、醉醺醺地走进家门，她会怎么看呢？

幸亏她当时不在家。

而他现在宿醉得厉害，非常难受，想要蜷曲成一团，哭泣着乞求上天怜悯。但是梅维斯随时都可能回来，他不想让她看到自己如此痛苦的样子。他强迫自己站起身来，搜寻了些止痛药，又命令自动厨师做了咖啡，浓烈的黑咖啡。

然后他注意到了血。

血已经干了，从胳膊上流下来，一直流到手上。他的上臂有一道伤口，伤口很长，也挺深，外面已经结了痂。血，他的脑子又转了转，发现衬衫和裤子上都沾了血迹，他的胃一阵翻滚。

他呼吸变得急促，从吧台退了回来，低头看着自己。他是和谁打过架？还是他伤害了谁？

他的大脑搜寻着巨大的空白和模糊的记忆，这时一阵恶心涌上了喉头。

天呐，他杀了人吗？

伊娃一脸严肃地盯着尸检官的初步报告，突然办公室外响起一阵急促而刺耳的敲门声。她还没有答应，门就已经开了。

“达拉斯警督？”来者一脸诡笑，脚下踩着一双带跟的靴子，皮肤晒成古铜色，活像一位牛仔。“老天，能亲眼见到一位传奇人物真是太棒了。以前见过您的照片，但还是真人更漂亮。”

“我现在很忙。”伊娃眯起眼，向后靠到椅背上。来的这位男子很帅气，小麦色的头发在古铜色的皮肤上卷曲着，明朗的面庞极是吸引人，深绿色的眼睛充满魅力。高挺的鼻子，邪笑着的嘴边有两个狡黠的小酒窝。还有他的身材非常好。“你到底是谁？”

“杰克·T.卡斯托。”他从已褪色的牛仔裤前兜里掏出警徽。“缉毒专案组。听说你在追踪我。”

伊娃扫了一眼警徽。“是吗？杰克·T.卡斯托警督，你听说我为什么要追踪你吗？”

“我们有一个共同的线人。”他径直走进来，友善地一屁股坐到她桌子上。这个距离恰好够她闻到他身上的味道，肥皂和皮料。“老博默尔真是可怜。他是个从不害人的小混混。”

“既然你知道博默尔是我的人，那为什么这么久才来找我？”

“我被别的事情缠住了。说实话，我觉得没什么值得多说的。不过后来我听说电子侦察部的费尼在四处打探。”他的眼睛又充满了笑意，隐隐地有些讽刺的意味。“费尼也算是你的人，是吧？”

“费尼只听他自己的。你跟博默尔做什么交易？”

“常规交易。”卡斯托从她桌上拿起一颗紫水晶，欣赏着，从一只手放到另一只手上。“都是毒品方面的消息，一些不起眼的消息。博默尔总觉得自己是个了不起的人物，但他的消息都不起眼。”

“不起眼的消息有时也是重要线索。”

“亲爱的，这就是我用他的原因啊！从各处搜集些小消息，他还是很可靠的。有几次，我还靠着他提供的消息，抓了条挺大的鱼。”他又诡秘地一笑。“总得有人做这些事情。”

“是的。那是谁把他打成一坨烂肉的？”

卡斯托脸上的笑容消失了，把紫水晶放回桌上，摇着头。“也不能说是我有线索了。博默尔并不讨人喜欢，但也想不出来谁会那么恨他，把他打成那个样子。”

伊娃端详着眼前这个男人。他看起来很可靠，而且他说到博默尔时的语调，唤起了伊娃自己对博默尔那种谨慎的怜悯之情。不过，伊娃还是坚信要紧握手中的牌。“他牵涉到某个特别的案子里了吗？一个不同寻常的案子？一个大案？”

卡斯托的眉头一扬。“比如说？”

“我在问你。缉毒又不是我的本行。”

“据我所知是没有。我最后一次和他聊天，该死，大约是他浮在河里之前两周，他说自己发现了一种可怕的东西。你应该知道他说话的那种腔调。”

“是，我知道他是怎么说话的。”是时候摊出手中的一张牌了。“我还知道，我发现他在公寓里藏着一种未知物质。放在实验室，他们正在化验。目前为止，他们只告诉我这是一种新品，比街面上流行的毒品效用都要大。”

“新品？”卡斯托的眉头皱起来，“为什么他不跟我说？如果他想玩儿双面……”卡斯托从牙缝里嘶嘶地抽着冷气，“你觉得他是因为这个被打死的？”

“这是我能想到的最合理的解释了。”

“好吧。该死的混蛋。他可能想要勒索制造商和经销商。听我说，我会和实验室的人聊聊，然后到街面上打探一下是否有什么新品流出。”

“非常感谢。”

“与您共事一定非常愉快。”他转而说，盯着她的嘴看了一小会儿，眼神中充满了恭维，却看不出丝毫的侮辱之意。“或许有空可以一起吃点儿东西，讨论讨论下一步计划。或者随便聊聊。”

“不必了，谢谢。”

“是因为你不饿，还是因为你快要结婚了呢？”

“都有。”

“那好吧。”他站起身，伊娃忍不住看了看他穿着牛仔裤的那双又瘦又长的腿。“如果改变了主意，你知道该到哪儿找我。随时联系。”他缓步向门外走去，停了一下，又转过身。“你知道吗？伊娃，你的眼睛就像陈年旧酿的威士忌，能勾起男人心中强烈的欲望。”

卡斯托离开了，伊娃对着关上的门皱着眉头，有些闹心，因为自己的脉搏有些加快，有些不稳。她双手扯了扯头发，抛开了刚才的一切，又回头继续看屏幕上的报告。

她不需要别人告诉她潘多拉是怎么死的，但看到分析结果上说前三次击打已经致命的说法，她还是觉得耐人寻味。此后的数次击打都是凶手在发泄兽性。

伊娃发现，在头部遭到击打前，潘多拉曾奋力抵抗。身体其他部分的撕裂和淤青很符合拉扯争斗的场景。

死亡时间确定为凌晨两点五十分，胃容物检测显示死者的最后一餐极为考究。她大约在晚上九点时进餐，吃了龙虾、莴苣、巴伐利亚乳酪和葡萄酒香槟。

她的血液中还有大量的化学药品成分，尚待进一步化验。

这样看来，梅维斯可能说得对。潘多拉确实服用了某种药品而变得亢奋，或许是某种毒品。但从整个案件角度讲，这个细节能否影响全局尚无法判断。

但死者指甲中留下的皮肤残留则不一样了。伊娃几乎可以肯定，实验室化验结果会证明皮肤残留是梅维斯的，这也使她心中惶惶不安。就如现场清理员在死者身旁采集的发丝一定是梅维斯的一样。她还害怕凶器上的指纹也是梅维斯的，那就更糟糕了。

伊娃闭上眼，思考起来，这个设计简直太完美了。梅维斯在错误的时间走进了错误的地点，凶犯则找到了一个极好的替罪羊。

凶犯是不是知道梅维斯与死者之间纠缠不清的历史，或者这又恰好是一点运气？

不管是哪种情况，他打晕了梅维斯，制造了一些证据，甚至还用死去那个女人的指甲在梅维斯脸上那道伤口上又划了一道。让她的指纹印到凶器上简直太容易了，然后溜走，心满意足地把一切都干得漂亮利索。

她沉思着，设计出这样的案发现场并不需要多么天才，但却需要一个人有冷静又实际的头脑。这和愤怒又疯狂地打死潘多拉的行为不能吻合。

伊娃暗想，一定要使二者吻合。她还要想办法证明梅维斯的清白，要找出凶手，找出那个把女人打得面目全非，却又能干净地处理好后事的凶手。

正当她准备站起身时，办公室门猛地打开了。莱昂纳多跌跌撞撞地冲了进来，眼神狂乱。

“是我杀了她。我杀了潘多拉。天啊，帮帮我！”

说到这儿，他那狂乱的双眼向后翻了白眼，120多公斤重的身体砰的一声昏倒在地上。

“天啊，上帝啊。”伊娃没有去扶他向下摔倒的身体，而是跳到一旁，就好似看着一棵红杉倒下一般。他趴倒在地上，四肢伸展着，脚触着门槛，头几乎碰到对面的墙上。伊娃蹲下来，伸手费力地帮他翻过身。她使劲扇了莱昂纳多几巴掌，然后等了等。伊娃嘴里嘟囔着，又开始用力拍打着他的面颊。

他呻吟着，充满血丝的眼睛颤动着睁开了。“什么——这是哪儿——”

“闭嘴，莱昂纳多。”伊娃命令道，边站起身来到门口，把他的脚踢了进来。紧闭办公室门之后，她低头看着莱昂纳多。“我现在要宣读你的权利。”

“我的权利？”他看起来一脸疑惑，用力地坐起来。

“你听着。”她按照修订后的标准米兰达警告，打断了莱昂纳多，不让他说话。“你知道自己享有的权利吗？”

“是的。”莱昂纳多一脸疲惫，双手捂住了脸，“我知道是怎么回事。”

“你想做供述？”

“我已经对你说了——”

伊娃又伸手阻止了他。“是或不是。只回答是或者不是。”

“是，是，我想要供述。”

“从地上起来。我要录下谈话内容。”她回到自己桌前。她本可以拉着他去接受审问。或许本应该这么做，但这些都可以等等。“你明白现在所说的一切都将记录在案。”

“是。”他站起来，坐到一张椅子上，椅子不堪重压，吱吱地响着。“达拉斯——”

她摇头，让他不要再说话。伊娃打开录音器，录入必要的信息，又重复了一遍米兰达警告。“莱昂纳多，你知道自己享有的权利吗，你决定放弃律师在场的权利，现在作供述吗？”

“我只想赶紧把一切说出来。”

“是还是不是？”

“是，是，该死。”

“你和潘多拉相熟？”

“当然。”

“你曾和她有过一段恋情？”

“是的。”他又捂住了脸，但眼前还是浮现出他在梅维斯家显示屏看到的新闻图景。黑色的装尸袋从他自己家中抬了出来。“我不敢相信发生的一切。”

“你与受害人之间的关系如何？”

她说话的方式好冷漠，他想。“受害人，”莱昂纳多的手放到腿上，盯着伊娃，“你知道我们是情人。你知道我想和她分手，因为……”

“她死的时候，你们的关系已经不那么亲密了。”伊娃打断说。

“是的，我们已经分开几周了。她离开了地球一段时间。她离开之前，我们之间的关系就已经冷了下来。之后我遇见了梅维斯，我的世界因此改变了。达拉斯，梅维斯在哪儿？她在哪儿？”

“我现在无权告诉你弗里斯通女士的行踪。”

“告诉我她还好吧？”他的眼神焦急，“告诉我她还好吧？”

“有人在照看她。”伊娃就说了这么多，也只能说这么多。“莱昂纳多，潘多拉曾威胁要毁掉你的事业，是否有此事？她命令你继续和她的感情，如果你拒绝，她将退出你的设计时装秀。你在这场时装秀上付出了大量的时间和金钱。”

“你当时在场，你听见了她说的话。她根本不在乎我，但她却不容许我先结束这段感情。除非我不再见梅维斯，除非我再变成她的小跟班，否则她就会想法子破坏这场时装秀。”

“你仍想继续与弗里斯通女士交往？”

“我爱梅维斯，”他的语气郑重，“她是我生命中最重要的珍宝。”

“但是，如果你不同意潘多拉的要求，你很可能会落下一身的巨债，职业声誉也可能受到惨痛的打击。这样说对吗？”

“是的。我把一切都投入到这场时装秀上了。我借了很多钱。更重要的是，我把自己的心、自己的灵魂都投入了进去。”

“她可以把一切都抹掉。”

“是的，”他的嘴唇扭曲着，“她会很享受这个过程。”

“昨天晚上，你有没有邀请她到你的住所？”

“没有。我根本不想再见她。”

“昨天晚上，她什么时候到的你的住所？”

“我不知道。”

“她是怎么进去的？是你让她进去的吗？”

“应该不是。我也不知道。她可能有我的代码钥匙。我从没想过向她要回来，也没想过要换锁。一切都像疯了一样。”

“你和她吵架了。”

他的眼神呆滞，一片空白。“我不知道。我不记得了。不过我肯定是跟她吵过。我们应该是吵了一架。”

“不久之前，有一次潘多拉不请自来，去了你的住所，威胁你，还想殴打你现在的伴侣。”

“是的，是的，是她。”这一点他还能记得。能记得这一点使他稍感安慰。

“这一次潘多拉进到你的住所时，精神状态怎样？”

“她肯定非常生气。我可能告诉她我不会抛弃梅维斯。这可能激怒了她。达拉斯……”他的目光又注视过来，眼神中充满了绝望。“我不记得了，一点儿也不记得。我今天早上醒来时，发现自己在梅维斯的公寓里。我记得用代码钥匙开了门。我喝了很多酒，边走边喝。我很少喝酒，因为喝完酒就会失去记忆，大脑空白。等我醒来时，看到了血。”

他伸出胳膊，露出受伤的地方，胡乱地用绷带缠着。“我手上有血，衣服上也是。血已经干了。我一定是跟她打了一架。肯定是我打死了她。”

“你昨天晚上穿的衣服在哪里？”

“放在梅维斯家里。我冲了澡，换了衣服。我不想梅维斯回家时看到我那个样子。我正在等她，想着该做些什么，之后我打开电视新闻。我听到——我看到了。我这才知道。”

“你是说你不记得昨天晚上是否见过潘多拉，你不记得是否与她有过争执，你不记得是否杀了她？”

“但是一定是我，”他坚称，“她在我的公寓里死去了。”

“昨晚你什么时候离开的家？”

“不太确定。离家之前我就已经开始喝酒了，喝了很多。我很沮丧，而且很愤怒。”

“你有没有见过什么人？有没有和谁说过话？”

“我买了一瓶酒，好像是从一个街头小贩那儿买的。”

“你昨天晚上见到过弗里斯通女士吗？”

“没有。这一点我很确定，如果我能和她聊一聊的话，一切都不至于这么糟了。”

“如果我告诉你梅维斯昨晚在你家的话，你会怎样？”

“梅维斯去看我了？”他的脸上出现了光彩，“她回来找我了？但是不可能啊。我不可能不记得这个。”

“你和潘多拉打架时，梅维斯在不在？你杀潘多拉时呢？”

“不，她不在。”

“潘多拉死后，你杀死她之后，梅维斯是否进到屋里？你当时惊慌失措，是不是？你极度恐慌。”

他的眼神充满恐惧。“梅维斯不可能在那里。”

“但她在那儿。她发现尸体之后，从你的住处给我打了电话。”

“尸体是梅维斯发现的？”莱昂纳多声音僵硬，脸色苍白，“哦，上帝啊，不要。”

“有人打了梅维斯的头，把她打晕了。是你吗，莱昂纳多？”

“有人打了她？她受伤了吗？”他站起身，离开椅子，双手揪着头发。“她在哪儿？”

“是你吗？”

他伸出双臂。“如果是我伤害了梅维斯，我就把双手砍掉。看在上帝的分儿上，达拉斯，告诉我她在哪儿。让我看看她好不好？”

“你是怎么杀死潘多拉的？”

“我——报道里说是我打死她的。”他说着一阵颤抖。

“你是怎么打她的？你用什么打的？”

“我——用双手？”他又伸出双手。伊娃注意到他的手上没有任何瘀伤的迹象，指节上没有任何的裂痕和损伤。他的双手完好，就像刚从坚实光滑的木材刻出来一样。

“她是个强壮的女人。她肯定还击了。”

“我手上有伤口。”

“我需要查验一下你的伤口，另外还有你说留在梅维斯家中的衣服。”

“你现在要逮捕我吗？”

“现在你还不会被控告。不过，要等到查验完成之后才能放你出去。”

伊娃又讯问了他一遍，努力地逼他回忆起相关的时间、地点和动作。她一次又一次地逼他冲破记忆的屏障，但最后也没得到理想的结果。她只能结束讯问，带着莱昂纳多来到拘留所，然后去安排各种测试。

接下来要做的是找惠特尼警长汇报。

伊娃没有理会警长给她的椅子，站在那里看着他坐在桌子后面。她迅速地汇报了初步审问的结果。惠特尼交叉着双手，看着她。他的眼力很好，警察特有的那种锐利的眼睛，能看出人的紧张。

“有个人承认自己谋杀了潘多拉，是一个有动机，也有机会的人。”

“一个在凶杀案当晚不记得是否见过受害人的男人，不太可能重击打死受害人。”

“罪犯用这种方式来证明自己的清白也不是第一次了。”

“确实不是第一次，长官。但是我相信他不是凶手。化验结果可能与我的推断相左，但是他的性格与本案不合。我曾亲眼见过受害人动手打梅维斯。当时他根本没有想要终止那场斗殴，也没有表现出任何暴力倾向，他只是扭搓着双手，焦急地在一旁看着。”

“他在自己的供述中称，凶杀案当晚他受到酒精的影响。酒精确实可能引起性格变化。”

“是的，长官。”这种说法很合理。她从心底希望案件能指向他，接受他的供述，并继续审查下去。梅维斯可能会非常痛苦，但她会很安全。她会得到清白。“不是他。”她直截了当地说。“我建议最长时限地拘留他，并不断重复审问，唤醒他的记忆。但我们不能因为他认为自己杀了人就给他定罪。”

“我接受你的建议，达拉斯。其他的化验报告应该很快就能出来。希望化验结果能使一切明朗起来。你应该明白，结果可能对梅维斯·弗里斯通更加不利。”

“是，长官，我知道。”

“你与她是多年的好友。如果由你出任该案的首席探员，对你的个人档案记录可能会有一些影响。退出对你而言会更好一些，也是更为理性的选择。”

“不，长官，我不会从首席探员的位置上退下来。如果您硬要撤下我，我会请假，利用休假时间来追踪本案。必要的情况下，我会辞职。”

他合着的双手顶着眉头。“你的辞职将不予接受。坐下警督。该死，达拉斯，”伊娃依然站着，使他有些控制不住，“坐下。这是我的命令。”

“是，警长。”

他叹了口气，控制了一下怒气。“我伤害过你，那次我的行为很欠妥。因为那次变故，我们之间出现了一些隔阂。我知道你现在受我指挥不太舒服。”

“在我跟随过的警长中，您是最出色的。您做我的上司，我一点意见也没有。”

“但已经不是朋友了——连普通朋友都不算。”他点点头，接受了她的沉默。“不过，你曾调查过一起与我个人有着极为密切关系的案件，我当时的表现你也见过，因此你应该知道我很能理解你现在的处境。达拉斯，我知道你很难在朋友和工作之间取舍。或许你不愿意向我倾诉内心感受，但我希望你能找到一个合适的人说一说。我在另外一个案件中犯的错误，原因主要是没有人分担心理负担。你不要在这个案子上犯下同样的错误。”

“梅维斯没有杀人。任何证据都说服不了我。警长，我会做好我的工作的。而且，我会找到真凶。”

“警督，我一直坚信你会干得很出色，但我也知道你肯定会在这个过程中经受苦痛。不管怎样，我都支持你。”

“多谢，长官。对另外一个案子我还有个请求。”

“哪一个案子？”

“约翰逊案。”

这回他深深地长叹了一口气。“达拉斯，你就像一只一根筋的小狗。你永远不知道放手。”

这一点她无法争辩。“您已经收到了我的报告，报告里描述了在博默尔屋里找到的东西。那种非法物质无法全部辨识。我私下对发现的方程式做了一点调查。”她从包里拿出一张光盘。“这是一种新的混合物，药性很高，与现在街头买卖的毒品相比，它的药效更为持久。通常服用一剂药之后可以维持四至六个小时。过量服用，百分之八十八的几率会致死。”

惠特尼双唇紧闭，在手里翻看着光盘。“私下调查，达拉斯？”

“我有点儿关系，利用了一下。实验室还在继续化验，但已经确认了其中的几种成分和比例。我的意思是说，这种物质会很有市场，因为很少的剂量就可以产生很大的效果。它很容易上瘾，给人充满力量的感觉，使人出现幻觉和精神的愉悦——不是宁静的感受，而是一种控制自我和他人的感受。其中还包含某些细胞重组剂的成分。我已经计算过长期毒瘾的后果。五年内每日服用，百分之九十六的使用者会出现神经系统彻底损伤和死亡。”

“上帝啊，这是一种毒药？”

“最后肯定会变成毒药。生产者肯定知道这一点，这样一来他们就不单单是有罪那么简单了，而且涉嫌蓄意谋杀。”

她知道，如果媒体抓到了这些信息将会带来很大的麻烦，因此等警长考虑了一会儿。“博默尔是否知道这些信息尚无法断定，但他知道的信息足够惹来杀身之祸了。我希望继续追踪该案，另外，我可能会因其他一些事务分心，因此请求批准皮博迪警官协助我的工作，直到该案结案。”

“警督，皮博迪在缉毒和凶杀两类案件上的经验都不足。”

“她会用头脑和汗水补上经验上的不足。我希望她能协助我处理与缉毒专案组警督卡斯托之间的关系，博默尔以前也是他的线人。”

“这件事由我来查一下。潘多拉谋杀案，你可以请费尼帮忙。”他扬起一边的眉毛，“我知道了，你已经请费尼帮忙了。我们就当是刚刚正式下的命令吧。你还得跟媒体周旋一下。”

“我早就习惯了。纳丁·福斯特已经休假回来了。我会适当地给她透漏一些消息。她和75台都欠我人情。”她站起身，“我还要和另外几个人聊聊。我准备带上费尼一起去。”

“我们尽量在你的蜜月前把案情查清楚。”看到她神色异常，掺杂着尴尬、喜悦和忧虑，他开怀地大笑起来。“你能挺过去的，达拉斯。我保证。”

“当然，给我设计婚纱的家伙还被拘留着呢。”她嘟哝着，“多谢，警长。”

他看着伊娃走了出去。伊娃可能还没有注意到，自己已经抛下了两人之间的隔阂，但他却注意到了。

“我老婆一定爱死这个了。”费尼让达拉斯开车，自己坐在副驾驶的位置上。他们向公园南路驶去，路上车很少。费尼是个土生土长的纽约人，对头顶飞驰的小型旅游飞船和空中客车早就习以为常。

“他们说会修好的，这些混蛋。你听到了么，费尼？你听到车的嗡嗡声了吗？”

费尼很亲切地贴过来，仔细地听着仪表盘上发出的声音。

“听起来像一群杀人蜂在飞。”

“三天了，”她怒气冲冲，“他们修了三天，你听听，比没修之前还糟糕。”

“达拉斯，”他一手搭到达拉斯的胳膊上，“最终你还是要直面这个现实，承认吧，你的车就一堆垃圾。买一辆新的吧。”

“我可不想买新车。”她用手掌使劲拍打着控制板，“我想要这一辆，没有杂音的。”她在一处红绿灯前停了下来，用手指捏住方向盘。控制板有这样的杂音，她可不敢相信自动驾驶的安全性。“该死，中央公园南路582号到底在哪儿？”车子的控制板仍然嗡嗡响个不停，她又拍了一下。“我说，该死的中央公园南路582号到底在哪儿？”

“客气点儿问，”费尼建议说，“电脑，请显示地图，定位中央公园南路582号。”

屏幕突然闪亮，全息地图显示出路线，伊娃差点咆哮了起来。

“我可不娇惯自己的机器。”

“说不定就是因为你不娇惯它们，它们才总不听你使唤。我提醒过你。”不等伊娃反诘，他又继续说道，“我老婆肯定会爱死这个贾斯汀·杨格。他在《夜幕垂临》里演过一个英俊男子。”

“那不是部肥皂剧吗？”她瞄了费尼一眼，“你看肥皂剧做什么？”

“我和其他人一样，喜欢看肥皂剧频道消遣一下。不管怎么说，我老婆是他的狂热粉丝。他现在改拍电影了。她几乎每周都要看他的电影。盖伊也不错。还有杰莉·菲茨杰拉德。”费尼一脸痴迷地笑着。

"老兄，你回家再意淫好不好？"

"我给你讲，这个女孩的身材和大多数骨瘦如柴的模特很不同。"他说话的语气就像垂涎着一大杯冰淇淋似的，"你知道现在跟你一起办案最大的好处是什么吗？"

"是不是我高超的办案手段和聪明机智？"

"当然有这个原因。"他的眼睛转了转，"是晚上回家，我可以告诉我老婆今天又审问过谁。一位亿万富翁，一位议会议员，一位意大利贵族，一位电影明星。告诉你，这能让我在家里的声望飞速上升。"

"哦，我非常高兴能帮上你。"她开着破烂不堪的警车挤进了一辆迷你劳斯莱斯和复古奔驰之间。"我们审问这位演员时，把你的崇拜之情好好收拾起来。"

"我可是很专业的。"但他们从车里出来时，他还是露出牙齿笑起来。"看看这座别墅，有这样一座房子是什么感觉啊？"这时他咯咯地笑起来，眼光从别墅华丽的人造大理石表面转开。"哦，我忘记了。这些现在对你来说已经算是寒酸的了。"

"少说屁话，费尼。"

"算了吧，小朋友，放松一下嘛。"他甩出一只胳膊，搭到伊娃肩上，一起朝大门走去。"爱上世上最富有的男人又不是什么可耻的事情。"

"我没有觉得可耻。我只不过不愿意总说这事儿。"

别墅很豪华，有门卫，还安装了电子安保系统。伊娃和费尼都亮出警徽，被引到镀金大理石的大厅，大厅里摆放着瓷制的花盆，种着多叶的蕨类和异域花草。

“招摇卖弄。”伊娃咕哝着。

“看看你已经变得多么不耐烦了。”费尼不听伊娃的喃喃自语，向内层安保屏走去。“达拉斯警督和费尼警长，来拜会贾斯汀·杨格。”

“请稍等。”甜腻的电脑语音停顿了一会儿，检验了他们的身份。“感谢等待。杨格先生正在等你们。请从三号电梯上楼。祝您愉快。”

第六章

“你打算怎么玩？”费尼撇着嘴，研究着上行电梯顶角的微型摄像机。“标准的好警察/坏警察？”

“这招很有意思，而且总能奏效。”

“平民总是很容易上当。”

“我们开始时说几句‘抱歉打扰’，‘感谢您合作’之类的话。如果发现他在玩把戏，我们就改变方式。”

“如果用这招，我要当坏警察。”

“你当坏警察不像，费尼。认命吧。”

他伤心地看了伊娃一眼：“我比你强多了，达拉斯。”

“我是首席探员，我当坏警察比你更像。你就认了吧。”

“总让我当好警察。”费尼嘴里咕哝着，两人一起走进灯火通明的门廊，门廊又是镀金的大理石。

贾斯汀·杨格打开门，时间拿捏得刚刚好。他穿着随意、昂贵的亮色亚麻便裤，同样色调的丝质上衣，伊娃想，他的衣着很奢华，但这种选择显得很像愿意合作的证人。脚上拖着一双时兴的厚底儿拖鞋，鞋面上有着复杂的珠状装饰。

“达拉斯警督，费尼警长。”他精致的面庞非常严肃，迷人的黑眼睛炯炯有神，如大厅镀金一般颜色的发丝卷曲着，与眼睛形成鲜明的对比。他伸手示意，手上戴着一枚嵌着宝石的大戒指，“请进。”

“谢谢你，杨格先生，能这么快就答应见我们。”伊娃的眼神有些倦意，但她扫视过房间之后不禁想着：装饰过头，过于花哨，太过奢华。

“真是惨剧，太可怕了。”他引导伊娃他们来到一张巨大的L形沙发前，沙发上挤满了光滑材料制成的颜色刺目的枕头。房间的另一端是一面沉思屏，画面上是热带沙滩的落日。“我简直不敢相信她会遇害，更不敢相信她会死得这么突然，这么惨。”

“很抱歉打扰。”费尼说，准备扮演起自己的好警察角色，努力克制着不去盯着那些华美的彩色玻璃看。“你现在一定很难过。”

“是的。潘多拉和我是朋友。你要喝点儿什么吗？”他坐到一把高背椅上，仪态优雅，身材修长。

“不必了，谢谢。”伊娃在如山堆积的坐垫间想要找个合适的位置坐下。

“如果不介意的话，我得来点儿喝的。听到这个消息之后，我就一直有些神经紧张。”他探身向前，按下身前桌子上的一个小按钮。“请来一杯咖啡。一位。”说完又坐了回去，微笑着。“你们应该想知道她死时我在哪儿。我演过不少与破案相关的角色。有时演警察，有时是嫌疑犯，演艺生涯早期还演过受害者。但我的形象最后总是清白无辜的。”

一名机器人佣人走了进来，手里端着托盘，上面放着一套杯盘，贾斯汀抬头看了一眼。伊娃发现机器人穿着法国传统佣人的制服，心中暗自笑起来。贾斯汀取下杯子，双手扶着送到嘴边。

“媒体并没有说明潘多拉被害的具体时间，但我可以告诉你我整晚的活动。我在她家一起参加一个小型聚会，直到半夜。杰莉和我——杰莉·菲茨杰拉德——一起离开的，我们又去了附近一家私人俱乐部。那里叫苦恼俱乐部，时下很火爆，我们两个也要花钱才能进去。大约凌晨一点左右，我们两个离开了那里。我们本想在酒吧里跳会儿舞，但是坦白地说，我们喝了太多酒，说了太多的话，已经累了。我们来到这儿，一起待到第二天十点左右。杰莉有一场戏要拍。她离开后，我喝了第一杯咖啡，打开新闻，听说了潘多拉的消息。”

“这样说来确实是覆盖了整个晚上。”伊娃说。这是他事先背下来的词儿，伊娃想，就像表演一场舞台剧一样。“我们需要和菲茨杰拉德女士确认一下。”

“当然。你们想现在就开始吗？她正在放松室里。潘多拉的死使她有些慌乱。”

“让她再多放松一会儿吧，”伊娃提议说，“你说自己和潘多拉曾经是朋友。你们是情人吗？”

“交往过几次，但从来都没有认真过，主要是因为我们都在同一个圈子里混。说真话对她有些残忍，但是，其实潘多拉更喜欢易于控制、容易恐吓的男人。”他露出一丝微笑，好像在说自己可不是这样的人。“她喜欢那种拼命想要成功的男人，而不是那些已经取得成功的男人。她很不喜欢与人分享镁光灯。”

费尼接上话头说：“她死时，谁是她的男友？”

“我想应该有好几个。有一个是在星光空间站遇见的，她说那个人是一位企业家，但语气里充满了讽刺的调调。杰莉告诉我说这位明日之星的设计师很有才气。他叫什么米开朗基罗·普契尼·莱昂纳多。大概就是这样的名字。电影制片人保罗·瑞德福德当晚也在。”

他啜了一口咖啡，眨了眨眼睛。“莱昂纳多，对，那个人叫莱昂纳多。中间还出现了一段小插曲。我们在那儿的时候，有个女人去过潘多拉家。她们两个为了莱昂纳多打了起来，就是两个女人之间的那种打斗。抛开在场所有人当时的窘迫尴尬不提的话，整个过程还是挺有趣的。”

他伸展了一下优雅的手指，嘴角露出一丝微笑。干得真漂亮，伊娃想。排演得真好，时间拿捏得恰到好处，台词也很专业。

“保罗和我两个人才把她们拉开了。”

“那个女人来到潘多拉家，想和她打架？”伊娃谨慎地用中立的语气问到。

“噢，不是的，完全不是这样。那个可怜的小女人悲痛欲绝，乞求着。潘多拉骂了她几句，开始打她。”贾斯汀做出个突然挥拳的动作，配合自己的描述。“打得真狠。那个女人块头很小，但也不是吃素的。她爬起来与潘多拉打到一处。然后她们开始摔打起来，揪头发，抓挠对方。那个女人离开时，身上流着血。潘多拉的指甲非常尖。”

“潘多拉抓了那个女人的脸？”

“没有。不过，我敢说她脸上会有很大一块淤青。我记得潘多拉抓破了她的脖子。潘多拉在她脖子一侧抓了四道很长的血痕。不过我记不得那个女人的名字。潘多拉一直叫她贱人，还有别的一些难听的称呼。她离开时使劲地忍住了泪水，很激动地说潘多拉一定会为自己的所作所为后悔的。不过之后她完全没了开始的气势，抽泣着大喊爱情将战胜一切。”

听起来像是梅维斯说的话，伊娃想。“她离开之后，潘多拉表现如何？”

“她愤怒至极，极度兴奋。这也是我和杰莉很早离开的原因。”

“保罗·瑞德福德呢？”

“他留下来了，我也不知道他待了多久。”贾斯汀惋惜地长叹一声，把咖啡放到一旁。“潘多拉现在也不能还口了，这时说她的坏话有些不太公平，但是她确实很刻薄，非常尖酸。不管是谁惹恼了她，都要付出代价。”

“你惹恼过她吗，杨格先生？”

“我总是很小心，我没有惹过她。”他迷人地笑了笑，“警督，我对自己的事业和容貌都非常满意。潘多拉威胁不到我的事业，但是我听说过，有几次她被惹恼了，之后就把惹恼她的那个人毁了容。相信我，她把指甲剪成刀子一样可并不只是为了时尚。”

“她有敌人。”

“她有很多敌人，这些人多半对她心怀畏惧。我想不出有谁会杀她。我听过新闻报道，感觉即使是潘多拉也不应如此惨死。”

“感谢你能够如此坦率，杨格先生。如果方便的话，我们想和菲茨杰拉德女士聊聊。单独谈。”

他细长优雅的眉毛向上挑了挑。“当然，我们不会串通口供的。”

伊娃笑了笑。“你们早就有足够的时间来做这件事了。不过我们还是希望和她单独聊聊。”

她说过这些话之后，看着贾斯汀光滑的脸上抽搐了一下，心里有些许满足。不过，贾斯汀还是站起身来，向连接房间的走廊走去。

“你觉得怎样？”费尼低声问。

“绝对是在表演。”

“有些破绽。不过，如果他和菲茨杰拉德整晚都在滚床单，也就排除了他的嫌疑。”

“他们互相作证，两个人都能撇清嫌疑。我们去大楼管理处那里要安保光盘，查一下他们是什么时候进来的。看看他们是否再出去过。”

“我从来不信这些，从德布拉斯案之后就再也不信了。”

“如果他们在光盘上做了手脚，你会看出来的。”这时她听到费尼嘶嘶地喘着粗气，抬头一看。他完全呆住了，口水都快流出来了。伊娃看了一眼门口的杰莉·菲茨杰拉德，心想着费尼的舌头怎么没掉出来。

伊娃心想，她的身材不错。象牙色丝绸的薄衣紧紧地贴在身上，半遮着丰满的胸部，刚好挡住乳头，衣服下摆刚刚遮住股沟。双腿修长美丽，一朵盛开的玫瑰装饰在一只膝盖旁。

杰莉·菲茨杰拉德就如盛开的花朵。

然后是她的脸，柔和、昏昏欲睡的样子，好像刚从一场性爱中走出来。乌黑的秀发上直下弯，衬托出完美无瑕的阴柔下巴。她的嘴饱满湿润，红通通的，她蓝色的眼睛勾人心魄，忽闪着金色的睫毛。

她滑步坐到椅子上，像异教的性感女神一样，伊娃拍着费尼的腿，给他打气——让他控制住自己。

“菲茨杰拉德女士。”伊娃开始讯问。

“是的。”她的声音火辣而性感。那双迷人的大眼睛匆匆地扫了伊娃一眼，然后一直紧盯在费尼那张丑陋而呆滞的脸上。“警长，真是太可怕了。我尝试过隔离舱、情绪调节器，甚至试了全息草地漫步，这些方法总能使我放松。但是这次都没能把那可怕的场景赶出我的脑海。”

她身子一颤，伸出双手挡住那张异常美丽的脸。“我看起来一定丑得像老巫婆一样。”

“你美极了，”费尼含糊不清地说着，“美极了。你看起来——”

“稳住。”伊娃轻声说，抬起胳膊肘戳了他一下。“菲茨杰拉德女士，我们能理解你心烦意乱。潘多拉是你的朋友。”

杰莉张开嘴，又合了上去，诡秘地一笑。“我本可以这么说，但你们很快就会发现我们两个关系并不是很友善。我们互相容忍着对方，因为我们在同一个圈子里谋生，但坦率地讲，我们几乎水火不容。”

“她邀请了你去她家。”

“那是因为她想要贾斯汀去，我和贾斯汀现在关系很亲密。而且潘多拉和我确实有一些交往，我们还一起做过几个项目。”

她站起身，不知是为了炫耀一下身材，还是想要倒点儿喝的。她从角落的柜子里拿出一个天鹅形状的瓶子，倒了一杯宝石蓝颜色的液体。

“这么说吧，首先对她的惨死我感到非常难过。真不敢相信，会有人这么恨她。我和她职业相同，公众关注度也差不多，我们外形也相似。如果这样的事情发生在她身上……”她突然停了下来，喝了一大口，“就可能也发生在我身上。所以我来到这儿，和贾斯汀待在一起，直到一切问题都解决。”

“讲一讲她遇害当晚你都做了什么。”

杰莉的眼睛睁得很大。“我成嫌疑犯了？这真有些高估我了。”她又坐回椅子上，手里端着酒。坐下之后，她翘起美丽的双腿，看得费尼在伊娃身边兴奋地抖动着。“除了偶尔调侃她一番，我还没有胆量做出什么过分的举动。多数时候她甚至都不知道我在嘲讽她。潘多拉并不怎么聪明，经常听不出话语中的微妙之处……好吧。”

她靠到椅背上，闭上眼睛，讲的故事跟贾斯汀基本差不多，只不过她在潘多拉和梅维斯两人争斗的描述上更加详尽一些。

“我得承认，当时我在暗暗给她加油，是给那个小个子加油，不是潘多拉。她很有个性。”杰莉说。“她精灵古怪，让人印象深刻——既有些像吉普赛流浪女子，又有些像古希腊女战士。她想要控制住形势，但如果不是贾斯汀和保罗分开了她们，潘多拉早就把她摔倒在地了。潘多拉非常壮。她总在健康俱乐部里锻炼。有一次，我亲眼看到她把一位时尚顾问从屋子一头扔到另一头，因为那个可怜的家伙演出前给她的首饰贴错了标签。总之……”

她摆了摆手，停了停，打开身旁黄铜桌子的一个抽屉，拿出一个珐琅盒子。她从里面取出一支鲜红的香烟点燃，吐出一口香雾。“总之，那个女人开始跟潘多拉理论，为了莱昂纳多要和她做个交易。他是个设计师。我猜莱昂纳多和那个女人相爱了，但潘多拉还不想放走莱昂纳多。他马上有一场时装秀要上映。”

她又露出了魅惑的笑容。“潘多拉死了，我就要出面帮她走秀了。”

“你之前没有参加这场时装秀？”

“潘多拉是首席模特。我说过潘多拉和我一起做过几个项目，拍过几段电影。她的问题在于，她很漂亮，也有气质，但是如果要她读她不喜欢的台词，或者要她在屏幕上表现得魅力逼人，她的举止会显得很奇怪而僵硬，非常糟糕。但这些我却很在行。”她停顿了一下，让更多的烟从嘴唇间飘出来。“我真的很在行，而且我一直专注于演艺事业。但是……能够出演这场时装秀，有这样一位设计师，对我的事业发展将会有很大的帮助。听起来好像有些无情，抱歉。”她耸了耸肩，“这就是人生。”

“她的死恰好给了你一个机会。”

“我只要看到机会，就会上前抓住。但我不会为了这个杀人。”她又抖了抖肩，“那更像是潘多拉的手段。”

这回她向前探了探身，紧身上衣随意地半敞着。“听我说，我们也不用玩游戏了。我整夜都和贾斯汀在一起，午夜之后就再也没有见过她。我可以坦诚地告诉你，我受不了她，她是我的职业对手，而且我知道她讨厌我，所以想把贾斯汀从我身边勾引走。或许她真会这么做，但我可不会为了男人杀人。”她温柔地瞥了费尼一眼，“世上的美男子多着呢。而且恨她的人太多，整个屋子都装不下。我只不过是他们中的一个。”

“她遇害当晚情绪怎样？”

“狂浪亢奋。”杰莉突然变了情绪，猛地向后靠去，忘情地大笑起来。“我也不知道她在兴奋什么，但可以肯定的是她眼中闪着光，动作迅速。”

“菲茨杰拉德女士，”费尼用柔缓而略带抱歉的语调说，“你觉得潘多拉服用了毒品吗？”

她犹豫了一会儿，动了动雪白光洁的肩膀。“亲爱的，除了毒品，可没有什么东西能让你感觉那么好，那么刻薄。她当时感觉极好，而且非常刻薄。也不知道那是什么，反正她吃了很多，是用香槟送服下去的。”

“她有没有邀请你和其他客人共用毒品？”伊娃问。

“她没有邀请我分享。她知道我不会用的。我的身体像庙宇一般神圣。”她注意到伊娃注视着自己手中的杯子，就笑了笑。“警督，这是蛋白质饮品，纯蛋白质。还有这个，”她挥舞了一下手中细长的烟。“不含任何毒素，只有一点儿合法的镇定剂，平定我紧张的情绪。我见过很多因吸毒而遭受巨大事业打击的人。我喜欢长远打算。我每天限量抽三支香烟，偶尔喝一杯红酒。不吸入任何化学兴奋剂，不吃开心药丸。但与我不同的是……”她把手中的饮品放到一旁，“潘多拉可是用药女王，什么毒品都会去尝试。”

“你知道供货人的姓名吗？”

“根本就不感兴趣，也没想过要问她。但想来应该是一种新品。我从未见过她如此精力旺盛，我真不想这么说，不过她看起来更美，更年轻了。她的肤色和肤质就好像在闪耀着光华。如果不是了解内情的话，我会觉得她刚做过全身美容，但是我们都在天堂美容院里做理疗。因为那天我在美容院里做了美容，所以知道她没有做过。总之，我问她是怎么办到的，她只是笑着，说她发现了一种新的美丽秘诀，还说她要靠这个发一笔大财。”

“真有趣，”费尼扑通一声坐进伊娃的车子里，评论说，“与受害者在一起的三个人中，我们已经和其中的两人聊过了。两个人都受不了她。”

“有可能是他们一起下的手。”伊娃低声说，“菲茨杰拉德认识莱昂纳多，想要和他共事。这样互相作证再简单不过了。”

费尼拍了拍口袋，他把大楼的安保光盘塞在兜里。“我回去查看一下这些光盘，看看有什么发现。不过我们还是看不到动机所在。杀害她的人看起来不仅仅是要杀了她，他想抹掉她。凶手杀人的动作里积聚了极度的愤恨之情。我觉得，这两个人都犯不上费这么大的气力。”

“只要有足够的理由，所有人都愿意费力气。我要先到之字酒吧走一趟，看看能不能找出梅维斯当天的行踪。另外我们还要联系一下那位制片人，做一次审问。你能和汽车公司通个话吗，费尼？我们的女主角应该不会乘地铁或大巴去市中心莱昂纳多家的。”

“没问题。”他拿出自己的通讯器。“如果她乘出租或用了私人交通服务的话，我们用不了几个小时就能找到行踪。”

“好。我们等着看看她是自己去的，还是有人同行。”

之字酒吧在正午时人不多，夜晚才是它充满生机的时候。白天聚在这里的人多半是旅客或一些失业的城市人，他们不会在意俗丽的装饰，也不在乎糟糕的服务。酒吧就如一场只在夜晚闪耀的狂欢，强烈的日光下，它的老态和疲惫尽显，但其中还是保存着那种吸引人的神秘感。

音乐舒缓地响着，太阳下山之后，音量就会调高，震得鼓膜颤抖。开放式的双层结构中布置了五个吧台，两个舞台，晚上九点后这里就开始忙碌起来。现在这些地方都还很安静，空旷的地板上到处是夜晚狂欢人留下的脚步踏痕。

午餐供应三明治和沙拉，都以故去的摇滚歌手命名。今日特供菜是白盘花生酱和香蕉，盘边装饰洋葱和墨西哥辣椒。菜名叫埃尔维斯和乔普林小爵士乐队。

伊娃和费尼在第一个吧台上坐下，点了黑咖啡，打量着侍者。侍者是真人，而不像其他酒吧那样是机器人。事实上，伊娃注意到这家酒吧里根本就没有用机器人。

“你值过晚班吗？”伊娃问她。

“没有，我只做日工。”侍者放下伊娃的咖啡。她看起来很自信，更像是健康食物连锁店的前台，而不是一家酒吧的侍者。

“晚上10点到凌晨3点谁会注意到来往的人，能记得他们？”

“除非另有所图，这儿根本没人留心其他人。”

伊娃掏出警徽，放到吧台上。“这个东西能唤起你的记忆吗？”

“说不好。”她并不怎么在乎，耸了耸肩，“听我说，这儿是个干净的酒吧。我家里有个孩子，我选工作很挑剔，所以才来这儿工作。我来应聘之前反复调查过这个地方。丹尼斯的酒吧很友善，这里的侍者都是有脉搏的活人而不是一些用芯片思考的家伙。听起来可能有些疯狂，但他一直保持着酒吧的这个特点。”

“谁是丹尼斯，到哪儿找他？”

“他的办公室在你右手边的旋转扶梯上面，第一个吧台后面。这是他的酒吧。”

“嘿，达拉斯。我们可以稍微吃点儿东西，”费尼在她身后走着，一边抱怨，“爱尔兰手切面，听起来不错。”

“先不要说吃了。”

酒吧现在还没有开始营业，但丹尼斯显然已经有所警惕。他站在一台镜式控制台旁，面庞俊美，有一小撮红胡子，头发乌黑，像教士一般。

“警官，欢迎光临之字酒吧。”他的声音温和恬静，“有什么事吗？”

“我们需要您的帮助和配合，……先生？”

“丹尼斯，叫我丹尼斯就好了。名字多了太复杂。”他引两人来到一旁。一道门槛隔开了外面的狂欢气氛。办公室是斯巴达式的，流线型，如教堂般简约。“这里是我的避难所。”他说，也意识到这里与外面的巨大反差。“一个人必须体验过真正安静的世界，否则就很难理解声音、人群和纷乱人性的美丽所在。请坐。”

伊娃坐到一把船尾形状的直背椅子上，费尼坐到旁边。“我们想要确认一下您这里昨晚一位客人的行踪。”

“为什么？”

“警方需要。”

“明白了。”丹尼斯站到自己的工作桌——一张色彩鲜艳的厚塑料板——后面，“时间是？”

“11点之后，1点之前。”

“打开屏幕。”在他的命令下，一面墙打开，现出一面屏幕。“重放安保录像5，从晚上11点开始。”

屏幕上突然爆发出声音、色彩和各种动作，充满了房间。刚开始的一会儿，伊娃的眼睛有些眩晕，过了一会儿开始集中了注意力。屏幕上显示着酒吧全景录影。宛如从天上向下俯视啊，她心想，好像观察者安静地飞翔在酒吧的上方。

这是丹尼斯喜欢的风格。

他笑了笑，思量着伊娃的反应。“关闭音频。”突然之间静了下来。这时看那些动作，很古怪。跳舞的人们在盘旋的地面上跳着，灯光洒在他们脸上，捕捉到各种表情，紧张、喜悦、狂野。角落的桌子上有一对儿互相咆哮着，从肢体动作看，两个人正在争吵着什么。另一端，是一场婚礼仪式，两人面容庄重，亲昵地抚摸着对方。

然后她发现了梅维斯，独自一人。

“能放大一下吗？”伊娃站起身，手指指向屏幕中心偏左的地方。

“当然可以。”

伊娃皱着眉头，看着梅维斯的镜头越来越近，越来越清晰。根据屏幕上显示的时间来看，当时是11点45分。梅维斯的眼睛下面已经有了变暗的淤青。她转头躲开一位搭讪的男子时，可以看到脖子上的抓痕。但她的脸上没有抓痕，伊娃注意到了这一点，心里一沉。她身上穿的湖蓝色衣装，在肩膀上破了一点，但还没有扯断。

她看着梅维斯又拒绝了几个男人，还有一个女人。她放下酒，把酒杯倒扣在桌子上，和其他几个同样的空杯子放在一起。梅维斯站起来，身子一晃，她平衡了一下，收拾起受伤的尊严，推搡着挤过人群。

时间是24点18分。

“是你想要找的时间吗？”

“差不多。”

“关闭视频。”丹尼斯微笑着，“您要找的这位女士时常来酒吧。她通常比较好交际，喜欢跳舞，偶尔还会唱歌。我发现她有些与众不同的才能，能够使他人快乐。你需要她的名字吗？”

“我知道她是谁。”

“那好吧。”他站起身，“希望弗里斯通女士没有遇到什么麻烦。她看起来不是很高兴。”

“我可以申请许可要一份光盘副本吗？或者你可以直接给我一份。”

丹尼斯扬了扬鲜红色的眉毛。“我很愿意给您一份。电脑，复制光盘并加标签。还有什么需要我做的吗？”

“没有，现在没有了。”伊娃接过光盘，塞进了包里，“感谢你的合作。”

“合作是生命的粘合剂。”他说，身后的控制板关了上去。

“真是古怪啊。”费尼说。

“这次还真是迅速。你知道，梅维斯有可能在酒吧跳舞时卷入争斗。脸可能被抓伤，衣服可能被撕破。”

“是。”费尼决心要吃点儿东西，在点餐台前停了下来，点了一份外卖“锯齿”三明治。“你应该在你的身体系统里再加入点别的内容，达拉斯，不能只有担忧和工作。”

“我很好。我不太明白她在酒吧里的场景，但是，如果她打定主意要去见莱昂纳多的话，出门之后应该是向东南走。我们去查一下她最可能在哪里停下。”

“好，稍等一下。”费尼让伊娃等了会儿，从取餐点拿到了外卖。等他们来到车上时，他已经打开了包装，咬了一口。“太好吃了。这里的‘锯齿’总是很地道。”

“美食会让你不朽的。”她命令车打开地图，这时通讯器嘟嘟响起，她接通了传来的信号。“实验室报告，”她低语着，专注地看着屏幕，“哦，该死。”

“见鬼，达拉斯，这可真是一团糟啊。”费尼的胃口全无，把三明治塞到口袋里。两人都陷入了沉默。

报告说得很清楚。受害人指甲下的皮肤是梅维斯的，而且只有梅维斯一个人的。凶器上的指纹也是梅维斯的，也只有梅维斯一个人的。现场是她的血，也只有她的血和受害人的血混在一起。

通讯器又响了起来，这次屏幕上出现的是一张脸。“达拉斯警督，我是检察官乔纳森·哈特利。”

“请讲。”

“我们已经下发了逮捕令，以二级谋杀罪罪名逮捕梅维斯·弗里斯通女士。请接受文件传输。”

“来得还真快啊。”费尼抱怨道。

第七章

她要独自去完成一切，只能独自去。她可以靠费尼搜查出一些细节情况，减小梅维斯的嫌疑。但有些工作还是要去做，而她必须自己去做。

但是，洛克打开屋门的一刻，她还是喜悦的。

“从你的脸色就能看出来。”他捧住伊娃的面庞，“抱歉，伊娃。”

“我手里有一张逮捕令。我必须要带走她，到警局登记。别的我什么都做不了。”

“我知道，过来。”洛克抱紧她，让她的脸深深地埋在自己的肩膀下。“我们会找到证明梅维斯清白的证据的，伊娃。”

“我找到的线索都帮不了他，洛克，一点都没有。所有线索都使情况更糟。证据，都有。动机也有，还有时间。”她后退了一步，“如果我不了解她的话，也会毫不怀疑地认为是她干的。”

“但是你了解她。”

“她会很害怕的。”伊娃自己害怕了起来，抬头看了看楼梯，看了看梅维斯可能正在等她的地方。“检察官办公室说还可以假释，但她还是要……洛克，我想……”

“不用你问。我已经联系了全国最好的刑事辩护团队。”

“这个我偿还不了你。”

“伊娃……”

“我不是说钱。”她的呼吸带着颤音，握紧了双手。“你并不了解她，但你相信她，只因为我相信她。这是我偿还不了的。我得去带她走了。”

“你要一个人去？”他完全理解，悄悄说服自己不要在这一点上和她争辩。“我去请她的律师。指控罪名是什么？”

“二级谋杀。我还要和媒体周旋。他们肯定会追问我和梅维斯之间的关系。”她伸手捋了捋乱蓬蓬的头发。“可能还会波及到你。”

“你觉得我会怕这些吗？”

她差点儿笑了起来。“不会，我猜不会。可能得花点儿时间，我会尽快把她带回来的。”

“伊娃，”伊娃已经往楼梯上走了，他轻声说，“我也相信你，不是没来由的。”

“希望不辜负你的信任。”她振作了一下，继续往楼上走去，缓慢地走过走廊，来到梅维斯的房间，敲了门。

“萨默塞特，请进。我说过一会儿自己下去取蛋糕的……噢？”梅维斯有些吃惊，从电脑旁退回来，停下了手头努力想写出的新歌。为了让自己情绪高涨一些，她穿了一件明亮宝石蓝的贴身衣服，还染了头发搭配。“我还以为是萨默塞特呢。”

“带着蛋糕？”

“对，他打电话给我说厨师烤了三层巧克力软蛋糕。萨默塞特知道我受不住这个诱惑。我知道你们两个关系不太好，但是他对我真的很不错。”

“那是因为他总想象出你裸体的样子。”

“管他的呢。”她伸出手，三色的指甲在控制台上快速有力地画着图案。“不过他真的很好。我猜如果我觊觎洛克的话，他就不会这样了。他好像特别忠诚。你觉不觉得洛克是他最好的密友也是唯一的密友？他不仅仅是他的老板。只有这样才能解释他对你的刻薄——还有，即使你是个警察也不能减轻他的刻薄。我认为萨默塞特对警察没有好感。”

她突然停了下来，颤抖着。“对不起，达拉斯，我一直喋喋不休地。我好害怕。你是不是找到莱昂纳多了？真是奇怪。他受伤了，是不是？他死了？”

“没有，他没有受伤。”伊娃穿过房间，坐到床边。“他今天早上来了警局。他的胳膊划破了，仅此而已。昨晚你们两个的想法真是太一致了。他喝多了，去了你住的地方，摔倒时被自己扔的空瓶子划破了胳膊。”

“他喝醉了？”梅维斯一脸吃惊，“他几乎从不喝酒。他知道自己不能喝。他告诉过我，如果喝多了的话，他什么都记不住。他吓坏了，他还……去了我的住处？”她说着，眼神变得温柔起来，“太贴心了。他找不到我，然后就去找你了。”

“他找到我，供认他谋杀了潘多拉。”

梅维斯向后闪了一下，好像伊娃刚打了她一样。“不可能。莱昂纳多不会伤害别人的。他根本就不可能。他只不过是想要保护我。”

“当时他还不知道你牵涉到这个案子里。他认为自己一定是和潘多拉大吵了一场，打了起来，然后杀了她。”

“那肯定是弄错了。”

“证据也证明他是清白的。”伊娃搓了搓疲惫的双眼。“他胳膊上的划伤是碎玻璃瓶割破的。现场也有发现他的血，他穿的衣服上也没有发现潘多拉的血。我们还没有确定他昨天的确切行踪，但所有证据都没有指向他。”

梅维斯愣了一下，这才反应过来。“这么说来他没事儿喽？你不相信他？”

“这不是我能决定的，证据在那里，暂时他是无罪的。”

“感谢上帝。”梅维斯坐到伊娃身旁，“我什么时候能见到他，达拉斯？莱昂纳多和我两人还有些问题要解决。”

“可能要花些时间。”伊娃紧闭上双眼，然后又睁开，强迫自己看着梅维斯，“我要让你帮个忙，可能是你一生最重大的一个忙。”

“会很伤人吗？”

“是的。”伊娃看着梅维斯，看她努力地想要挤出点儿微笑，但笑容却转瞬即逝。“我要你相信我，相信我能照顾好你，相信我办案非常出色，任何一点细小的问题都逃不过我的眼睛。我要你记得，我们是最亲密的朋友，还有，我爱你。”

梅维斯的呼吸变得急促起来，眼睛干涩，有些疼，嘴里的唾液全都蒸干了。“你要逮捕我。”

“化验报告出来了。”她抓住梅维斯的双手，紧紧地握住。“一点都不意外，因为我知道这些都是有人事先设计好的。我早就料想到这些了，梅维斯。我本希望能在这一切发生前找到些什么线索，任何线索都行，但我没找到。费尼正在加紧搜寻。他在这方面是最棒的，梅维斯，相信我。洛克已经请来了最好的辩护律师团。这些只不过是走个程序。”

“你要以谋杀罪罪名逮捕我？”

“是二级谋杀，问题不大。我知道听起来好像挺可怕，但是检察官办公室允许假释。几个小时之后，我就能接你回来吃蛋糕了。”

但她的脑中一直在重放着一个片段，一遍又一遍地重放着。是二级谋杀，是二级谋杀。“你要把我关到笼子里。”

伊娃的肺像烧着了一样，痛感迅速传播到心脏。“用不了多久，我发誓。费尼正在安排初步听证会。他有很多关系可以利用。等我们带你到警局登记之后，你就可以参加听证会了，法官会同意假释的，那样你就能回到这儿了。”

在她身上装上警报器，以便追踪她的行踪，伊娃想。一切都在这座房子里进行，避免媒体的跟踪。笼子虽然很舒适，但仍是个笼子。

“你说得好像很轻松。”

“不会很轻松，但你要记得你身后有几个顶尖的警察在帮你，记住这一点会好过些。不要放弃任何权利，好不好？任何权利都不要放弃。逮捕你之后，你要等着你的律师出现。不要和我说任何不必要的话。不要和任何人说任何不必要的话。听懂了吗？”

“好的。”梅维斯抽回双手，站起身来。“赶紧给一切来个了结吧。”

几小时之后，一切都办完了，伊娃回到房里，灯光昏暗。她希望梅维斯已经吃下了自己推荐的镇定剂睡去了。但伊娃自己却不会服用那种镇定剂。

她知道费尼会按照她的要求，亲自把梅维斯交给洛克。还有别的事情要做。新闻发布会充满凶险。和预想的一样，有人提起她与梅维斯之间的朋友关系，与本案有重大利益冲突关系。这一点上她欠警长一个大人情，是他出面宣称，绝对信任自己的首席探员。

与纳丁·福斯特的一对一采访相对要容易很多。伊娃边爬着楼梯，边忧虑地想着，你需要做的就是救人一命，这样他们都愿意站到你一边。追寻新闻的本能已经深深地刻在了纳丁的血液中，但同样她还背负着亏欠感。75台对梅维斯的报道不会太过激。

接下来伊娃做了一件事，她自己都不敢相信自己会这么做。她自愿打通了警署心理医生的电话，与米拉医生约了时间咨询。

现在还可以取消，她心想，揉了揉酸涩的双眼。很可能会取消。

“你回来得真晚啊，警督，今天真是大事不断的一天。”

她垂下双手，看到萨默塞特默默地站在右手边的一扇门前。和平常一样，他穿着笔挺的黑衣，严肃的面孔写满了反感。

“别烦我，萨默塞特。”

他挡住伊娃的去路。“尽管你有数不清的缺点，但我以前至少还相信你算个合格的警员。现在我知道了，你不是，就像你不是个合格的朋友一样，朋友都不能依靠你。”

“今天晚上经历了这么多事情之后，你以为你的话还能触动我吗？”

“我不相信什么还能触动你，警督。你毫无忠诚可言，你一文不值。”

“或许你有处理这件事情的好主意。或许我应该让洛克启动一艘喷气飞船，带着梅维斯离开地球，藏到某个遥远的地方。这样她的余生就可以亡命天涯了。”

“至少那样她就不必在夜里伴着泪水入眠了。”

一箭穿心，恰好戳到了伊娃的痛处。心痛赶走了疲惫。“滚开，你个混蛋！以后也给我滚远点儿！”她推开萨默塞特，但控制住情绪没有逃跑。她走进主卧室，洛克刚好在重放她的新闻发布会。

“你表现得很好，”他说着，站起身来，“在那么大的压力下。”

“是，我表现得还行。”她走进浴室，站在那里盯着镜子里的自己。她看到一个女人，苍白的面庞，深色朦胧的双眼，冷峻的嘴。她看到面孔之后的无助。

“你已经竭尽全力了。”洛克在她身后轻声说。

“你给她找到好律师了？”她命令浴室放冷水，然后俯下身，用冷水扑打着脸。“他们在发布会上不断刁难我。我很坚强。我只能坚强点。但他们预先设计了一些陷阱。如果下次再有朋友的案子需要调查，一定记得要躲开他们。”

洛克看着她用毛巾盖住脸。“你上次吃东西是什么时候？”

她只是摇了摇头。这个问题毫不相关。“记者们都是冲着血腥味来的。我就是他们非常渴望的那个可口目标。有几个非常重要的案子，我都成功了。有时他们单是看到我眼神的变化就会异常欣喜，思量着这回会有多高级别的新闻。”

“梅维斯没有怪你，伊娃。”

“我怪我自己！”她爆发了，把毛巾扔到一旁，“我怪自己，该死！我让她相信我，我告诉她我会处理好一切。我是怎么处理的，洛克？我逮捕了她，我把她带到了警局。按指纹，拍入案照片，做声音录入，所有这些都存到档案里了。我带她进行了一次两小时长的恐怖审问。我把她锁在小屋里，直到你雇的律师把他假释出去。我恨自己！”

她失控了，完全失控了，双手捂住了脸，啜泣了起来。

“是时候该放手了。”洛克把她一把搂在怀里，抱她到床上。“会好起来的。”他一直把她抱在怀里，轻抚着她的头发。他想，每次她哭泣的时候，都如暴风雨来临，一场激烈的宣泄。伊娃轻易不会流泪，哭起来也极少会平静地落泪。伊娃的生活中几乎没有容易事。

“这样没用。”她勉强地说出话来。

“有用。你会放下错位的愧疚和过度的悲伤。明天你的思路会更加清晰。”

她的呼吸有些颤抖，非常恼火，头也疼了起来。“今晚我必须工作。我要调查几个人和一些场景，看看有什么别的可能性。”

不，洛克暗自平静地想着，不能让她继续工作了。“休息一下，吃点儿东西。”没等她反抗，洛克就把她放到一旁，来到电子厨师前。“即使你那不知疲惫的身体也需要补充燃料啊。而且我还有个故事要讲给你听。”

“我不能浪费时间。”

“不会浪费时间的。”

十五分钟，她想，这时传来一阵香味。“我们飞快地吃一餐，故事也讲得简短些，好不好？”她揉了揉眼睛，对刚才的纵情大哭，她不知是该羞愧还是宽心。“抱歉在你身上哭了。”

“想哭随时找我。”洛克端着煎蛋和一个杯子来到她面前。他坐下，盯着伊娃浮肿、疲惫的双眼。“我非常爱你。”

她脸红了起来，好似只有洛克才会使她脸上现出害羞的颜色。“别想分散我的注意力。”她接过盘子和叉子。“每次你这样说，我都不知道该怎么回答。”她叉起煎蛋。“或许我应该说，和你相遇是我这辈子最美好的事情。”

“这就可以了。”

她举起杯子，轻啜几口，脸色一沉说：“这不是咖啡。”

“是茶，换换口味，有宁神的作用。你体内的咖啡因可能有些过量了。”

“或许吧。”煎蛋味道相当好，她也没有精力去争辩，于是又呷了一口茶，“味道不错，好吧，说说你的故事。”

“你一直想知道我为什么留用萨默塞特，即使他对你毫不友善也还留用他。”

她哼了一声说：“他恨我的大胆。反正这是你的事。”

“是我们的事。”他纠正说。

“好吧，反正我现在不想听他的事情。”

“其实更多的是关于我的故事，还有一场变故，可能与你现在的感受有些相似。”洛克看着她又喝下一口茶，算计着时间应该刚好足够讲完故事。“当时我还很年轻，仍在都柏林的街头混，认识了一个男人和他的女儿。那个小女孩儿就像天使一般，金发明眸，两抹笑容宛如天堂的投影。他们行骗谋生，干得很不错。这些小骗局能骗住一些傻瓜，生活也还过得去。当时我也做着类似的勾当，但我手段更多。我喜欢偷窃，还组织流动赌局。遇见萨默塞特——不过当时他还不叫这个名字——和他女儿玛琳娜时，我父亲还在世。”

“这么说来，他是个骗子。”她大口吃着东西，一边说，“我就知道他肯定是个诡计多端的人。”

“他很有才能。我从他身上学到了不少东西，但我想他应该也从我身上学到了不少。总之，在我和亲爱的老父亲遭遇到一次惨败之后，他在一个小巷里发现了昏迷的我。他拉我入伙。他照看我。我们没钱看医生，而且我没有医疗账户。我断了几根肋骨，有脑震荡，肩膀也有挫伤。”

“真对不起，”这些景象使她回想起过去的情景，使她口干舌燥，“生活糟透了。”

“确实糟透了。萨默塞特多才多艺。他曾受过医疗训练，常用医治病人作掩护。虽然不能说是他救了我的命——我当时年轻而强壮，早就习惯了伤病——但他确实让我少受了不少苦。”

“你欠他的，”伊娃把空盘子放到一旁，“我理解。没关系的。”

“不，不是这样的。我欠他的。但我已经还给他了。有几次他也欠我的。在我父亲凄冷的葬礼之后，我们成为合伙人。这回也一样，不能说是他提拔了我，因为我一直都是自己照顾自己，但是他却给了我家的感觉。我爱玛琳娜。”

“他女儿，”她摇了摇头，想保持清醒，“我都忘记了。很难想象那个老家伙做父亲的样子。她在哪儿？”

“她死了。当时才十四岁。我十六岁。我们一起差不多有六年时间。我的一个赌博项目有了稳定的利润，因此受到当地一个小规模暴力财团的注意和阻挠。他们觉得我侵入了他们的领地。我则认为自己在开拓自己的领域。他们威胁我。我很高傲，根本就不理会他们。我想，有那么一两次他们想对我下手，教训教训我，但他们很难抓到我。而且我的力量正在壮大，甚至还有了些名声。我真赚了不少钱，足够我们买一个舒适的小公寓。这期间，玛琳娜爱上了我。”

他停顿了一下，低头看着自己的手，回想着，悔恨着。“我很关心她，但并不像爱人那样。她很美，尽管我们以诈骗谋生，但她却有着令人不可思议的天真无辜。我从未想过要和她谈恋爱，但作为一个男人——当时我已经长成了一个男人——可能会想要一件完美的艺术品：要爱情，但不要情爱。她的想法则有些不同。有一天晚上，她来到我的房间，温柔地要把自己给我。我惊呆了，一阵慌乱，非常恐惧。我是个男人，会被她的美丽诱惑。”

他又抬头看了看伊娃，眼神波涛汹涌。“我对她非常残忍，伊娃，我送她离开，伤透了她的心。她还是个孩子，而我毁了她。我永远也忘不掉她的表情。她相信我，信任我，而我做了正确的选择，却背叛了她。”

“就像我背叛了梅维斯一样。”

“就如你错以为对梅维斯的背叛一样。还不止这些。当晚，她离开了家。萨默塞特和我都不知道她去了哪里，直到第二天早上，想抓到我的那个人派人传话，说玛琳娜在他们手中。他们送来了她穿的衣服，上面沾满了血。我第一次看到萨默塞特不知所措的样子，也是最后一次。我愿意满足他们的一切要求，做任何事情都行。我会毫不犹豫地用自己做交换。就像你一样，如果现在可以与梅维斯交换位置，你会毫不犹豫。”

“是的。”伊娃昏昏沉沉地把空杯子放到一旁，“我愿意做任何事情。”

“有时补救是来不及的。我联系了他们，告诉他们可以谈谈，求他们不要伤害玛琳娜。但他们已经伤害了她。他们强奸了她，折磨她，一个可爱的十四岁女孩儿，刚开始发现生命的喜悦，刚刚有了女人的感觉。联络之后几个小时，她的尸体就被扔到了我的门口。他们凌辱她，只为了警示对手，炫耀自己的势力。对他们而言，玛琳娜甚至都不算一个人，而我却全然无能为力，也无法使时光倒转去改变一切。”

“不是你的错。”伊娃伸手抓住洛克的手，“很抱歉，真的很抱歉，但真不是你的错。”

“确实不是我的错。我花了几年的时间才相信了这一点，理解并接受了这个现实。萨默塞特从没责备过我，伊娃。他本可以责备我的。玛琳娜是他的生命，而她因我而惨遭折磨，不幸死去。但他从未责备过我。”

她叹了口气，闭上眼睛。她知道洛克重复这个像梦魇一样缠绕他的故事的用意。她也不应自责。“你不能阻止已经发生的事情。你只能控制之后的事情，就和我现在一样：只能竭尽全力找到答案。”她又疲惫地张开双眼，“那然后呢，洛克？”

“我苦苦寻到凶手的下落，杀了他，让他尝尽了苦楚。”他笑起来，“我们都有自己的方法来达成正义，伊娃。”

“报复并非正义。”

“对你来说不是。但你会为梅维斯找到出路和正义的。没有人怀疑过这一点。”

“我不能让她受审。”她的头无力地垂下，猛地又抬起。“我必须找到……我得去……”她连胳膊都抬不起来了。“该死，洛克，该死，里面有镇定药。”

“睡去吧。”他低声说，轻轻地解开她的武器带，放到一旁，“躺下去。”

“未经同意对他人使用诱惑剂是违反……”她昏沉得厉害，几乎感觉不到洛克解开了自己的衬衫。

“早上来逮捕我吧。”洛克说。他脱下伊娃的衣服，然后脱掉自己的，上床，躺到她身旁。“睡吧。”

她睡着了，但在睡梦里，恐怖的场景仍然追赶着她。

第八章

伊娃醒来时精神不是太好。她独自一人醒来，洛克这种做法很明智，但她却笑不起来。镇定剂没有什么副作用，算洛克走运。伊娃醒来时很警觉，精神高涨，异常愤怒。

床头柜上的电子记事本嘟嘟地闪着红灯，留言也没有使她情绪好转。接通通讯之后听到洛克平缓的声音也没使她好多少。

“早上好，警督。希望你睡了个好觉。如果你在八点之前醒来，到早餐桌那儿应该就能找到我。我不想打搅你睡觉。你看起来特别安详。”

“等会儿有你好瞧的。”伊娃咬牙切齿地说。她用十分钟的时间冲了个澡，穿好衣服，系上武器带。

洛克称作早餐桌的地方其实是厨房旁边一个巨大的阳光中庭。不仅洛克在那儿，梅维斯也在。两人看到伊娃大步走来，都满脸喜悦。

“洛克，我们得把几件事说清楚。”

“你的脸色好多了。”洛克心中欢喜，站起来轻吻了她的鼻尖。“你一脸灰土色可不太好看。”伊娃一拳打到他的胃上，痛得他哼了几声。他充满阳刚地清了清嗓子。“你的精神也好了很多啊。想要喝点儿咖啡吗？”

“告诉你，如果再这样耍花招的话，我就……”她声音渐小，眯眼盯着梅维斯。“你在鬼笑什么？”

“看着你们真有趣。你们两个真般配。”

“确实般配，他以后要是不小心的话，我就把他打翻在地，四脚朝天。”她继续观察着梅维斯，有些困惑。“你看起来……很好。”她说。

“我的确很好。我大哭了一场，吃了一大包瑞士巧克力，然后决定不再自怜自艾。我有全城最好的警察帮我，有亿万富翁才请得起的金牌律师团，还有一个深爱我的人。我想着，等一切都过去了之后，我会继续工作，回头看看现在的经历，就像是一场冒险。另外，这么多媒体关注，我的事业一定会飞跃的。”

她伸手抓住伊娃的手，拉着她坐到长凳上。“我已经不害怕了。”

伊娃不太相信这些话，久久地凝视着梅维斯的双眼。“你真的不害怕了？你真的没问题了？我能看出来。”

“我现在很好。我想过了，反复地想了又想，适应过来就好了，很简单。我没有杀她。你会找出凶手，等你找出凶手，一切就会结束。在那之前，我就住在这座梦幻般的大房子里，吃着美味的食物。”她叉起最后一个丝薄煎饼，塞到嘴里。“让我的名字和模样在各大媒体曝光。”

“这倒也算是一种态度。”伊娃有些不安，起身去拿咖啡。“梅维斯，我不想你太担心或沮丧，但这个案子不会那么简单就了结的。”

“我不傻，达拉斯。”

“我不是那个意思……”

“你以为我不知道最糟的情况吗？我知道，但是我不相信最糟的情况会发生。从现在开始，我要往好处想，而我现在要答应你昨天的要求。”

“好。我们有很多需要做的。我要你集中精力，回忆起细节。任何细节，不管多么细微，多么不重要——这是什么？”她看着洛克把一个碗放到她面前，质问道。

“你的早餐。”

“是燕麦粥？”

“太对了。”

她皱了皱眉头。“为什么我没有薄饼？”

“先吃完燕麦粥，你才能吃薄饼。”

伊娃眼中充满怒火，舀了一满嘴粥。“我们真得好好谈谈了。”

“你们俩在一起真是太配了。真高兴能这么近地亲眼看到你们这样。并不是说以前我觉得你们在一起不好，但那时我只知道达拉斯傍上了一个有钱人。”梅维斯讥笑着洛克。

“这就是朋友的意义所在。”

“是啊，但是你为了能让她坚持住，真是牺牲巨大。没有人能像你这样。”

“闭嘴，梅维斯。你使劲想，竭尽全力回想。但在律师同意之前，一个字也不要对我说。”

“律师已经这样建议了。以前我努力想要记起一个人名，或者要想起把东西放到什么地方了，也是这样。先不要想它，开始做点儿别的事情，然后，突然之间你就记起来了。所以我决定现在做点别的事情，为这场重大的婚礼做准备。莱昂纳多说你很快就得第一次试穿了。”

“莱昂纳多？”伊娃从椅子上蹦了起来，“你和莱昂纳多聊过？”

“律师说没问题。他们觉得这样有利于我们恢复关系，还能博得公众的同情，加入些爱情的成分。”梅维斯一只手肘支在桌子上，摆弄着左耳垂上戴着的三只耳环。“他们只做了真相测试和催眠问答，因为他们不确定我能记得什么。他们不想碰运气，但他们基本上相信了我说的话。不过他们说，我可以见莱昂纳多。所以我们打算开始准备你的婚纱试穿了。”

“我没空考虑试穿。上帝啊，梅维斯，你觉得我现在有心情考虑服装设计和花束吗？案情没有弄清之前，我就不结婚。洛克能理解我。”

洛克取出一支香烟，摆弄了一会儿，说：“不，他不理解。”

“听我说……”

“不，你听我说。”梅维斯站起来，她明亮的蓝色头发在阳光下闪闪发光。“我不会让这个破案子毁了这么重要的事情。潘多拉不顾一切地搞乱了莱昂纳多和我的生活。她死之后折腾得更厉害。但她别想捣乱这件事。这些计划不会暂停，达拉斯，你最好安排好时间准备试穿。”

她无法争辩，梅维斯眼中已经闪着泪花。“那好吧，很好。我去试那件蠢婚纱。”

“那才不是一件蠢婚纱呢。那将是一件震惊世人的婚纱。”

“我就是这个意思。”

“这样好多了。”她轻哼了一声，坐下来。“我什么时候告诉他可以准备试穿呢？”

“啊……听我说，我们最好不要一起四处走动，这样对你的案子没好处，你那些厉害的律师也会赞同我的。首席探员和被告混在一起可不太好。”

“你是说我不能——”梅维斯闭上嘴，重新组织了一下语言。“那好吧，我们不一起四处走动。莱昂纳多和我可以在这儿工作。洛克不会介意吧？”

“正相反，”他很满意地扯了一下手中的香烟，“我觉得这是个绝好的解决方法。”

“好一个欢乐大家庭，”伊娃嘟哝着，“这里有首席探员、被告人、谋杀现场的户主——恰好还是受害人的前情人，还有被告人的现任男友。你们都疯了吗？”

“谁会知道呢？洛克这儿的安保完美无缺。即使这里出现了意外，我也想和莱昂纳多在一起。”梅维斯倔强地撅着嘴。“这就是我的打算。”

“我让萨默塞特安排一个工作区。”

“多谢。非常感谢。”

“你们喝茶聊天儿时，我得去办个谋杀案。”

洛克向梅维斯使了个眼色，看着伊娃匆匆地跑出去，对着她的背影大喊：“还有你的薄饼。”

“你吃了吧。”

“她无可救药地爱上了你。”梅维斯说。

“她想讨好你，但又有些害羞。还想要块儿薄饼吗？”

梅维斯揉了揉肚子，说：“为什么不？”

第9街和56街的下行环道堵满了车。行人和司机都不顾噪音法的规定，按着喇叭，大喊着，宣泄着内心的焦躁。伊娃本可以摇上车窗，挡住外面的噪音，但车里的温度控制器又出了故障。

大自然母亲也来凑热闹，纽约的温度高达43℃。伊娃看着热浪在混凝土建筑上舞蹈，打发着时间。温度一直这样下去的话，等到中午，又要有不少电脑芯片烧掉了。

尽管车子的控制板不太听使唤，但她还想着能不能飞过这一片堵车区。可是另外几个不堪苦等的司机已经先飞了起来。头顶的交通也是一片糟。几架小型交通直升机想要疏导一下交通，但机翼螺旋桨发出的恼人嗡嗡声只徒增了混乱。

她看着堵在自己前面的车身后贴着“我爱纽约”的全息宣传画，不禁嗤之以鼻。

她突然有了个很疯狂的想法，于是立即在车上开始工作。

“皮博迪。”她连通通讯器，影像嘶嘶地闪了几下之后，通讯接通了。

“我是皮博迪。凶杀专案组。”

“达拉斯。大约十五分钟之后，我在警局西门前接你。”

“是，长官。”

“带上所有与约翰逊案和潘多拉案相关的档案，还有……”她顿了顿，斜眼看着屏幕，“为什么这么安静，皮博迪？你不在警局吗？”

“今早只有很少几个人按时赶到了。九号街上大堵车。”

伊娃瞄了一眼窗外的车海。“是吗？”

“早上收听交通网络报道都要收费，”她又补充说，“我走了一条小路。”

“别说了，皮博迪。”伊娃嘟哝着，中断了通讯。她花了几分钟查收了一下办公通讯器里收到的信息，约好早上在市中心保罗·瑞德福德的办公室里进行一次讯问。她又打通了实验室的电话，催要潘多拉身上查出的毒素报告，但却遭到拒绝，她只能威胁了他们一通。

她正犹豫着要不要给费尼打电话，催促他一下，这时突然发现堵满车的路上出现一个狭小的空隙。她突然加速向前，向左急转，钻了过去，也不管身后震天响的喇叭声和无数的中指。她祈祷着车子一定不要闹脾气，拉动油门垂直向上开去。车子并没有直接飞起来，而是晃悠了几下，但还是飞起了四五米高。

她向右急转，被挤满人的人行滑道挡了一下，滑道上的人一脸汗水，表情痛苦，车子咔嗒咔嗒地驶上七号街时，控制板发出了过载警报。又驶过五个街区，车子已经开始冒烟，不过她已经躲过了堵车最厉害的街区。她长舒一口气，放松了一下，开着摇摇晃晃的车子进了警署中心西门。

可靠的皮博迪已经等在那里了。伊娃很好奇，这个女人身穿厚实的蓝色制服，为什么还能那么镇定，那么冷静。

“您的车子听起来好像有些问题，警督。”皮博迪说着，爬进车里。

“真的？我没注意到。”

“长官，你的声音听起来好像不太舒服。”伊娃勉强地笑了笑，开车穿过城区，向五号街开去。皮博迪从工具箱里翻出一个小型便携风扇，打开了开关。一阵凉风袭来，伊娃感激得简直就要哭了。

“多谢。”

“车上的温度控制组件不是太可靠。”皮博迪的脸色依然平静而温和，“可能您一直都没注意过。”

“你很会说话，皮博迪。我很喜欢你这一点。简要说一下约翰逊案现在的进展。”

“实验室还没弄清我们找到的那些粉末的成分。他们陷入了瓶颈。配方方程式的分析可能已经完成，但他们什么都没有说。我通过私人关系了解到，缉毒专案组想要成为该案的首席探员，所以背后进行了一些活动。对受害者身体的二次检测没有发现任何化学药品、毒品或其他类似物质的痕迹。”

“也就是说他没有用过这种新品。”伊娃若有所思地说，“博默尔本应尝试一下新品，但他有一整包这个鬼东西，却一口也没尝。这说明了什么，皮博迪？”

“从他居住的房间的情况和大厅机器人的口述中可以看出，他有足够的时间和机会使用这种新品。他曾有过一段少量服用毒品的记录。因此我推断，他应该知道或觉察到这种物质可能会给他造成致命伤害。”

“我也是这么想的。你从卡斯托那里得到些什么消息？”

“他说自己对此事一无所知。他很配合，有些过度热情，主动提供了不少信息和想法。”

伊娃听出皮博迪的语气有些不同，回头看了一眼。“他对你有意思，皮博迪？”

皮博迪直视着前方，齐刘海儿下的眼睛稍微眯了一下。“他没有任何不当的举动。”

“伙计，别扯远了，我又没问你这些。”

皮博迪从脖子根蓝色制服领子处一直红到了脸颊。“他表现出了一些个人兴趣。”

“天啊，你说这话真像个警察啊。这种个人兴趣是不是互相的啊？”

“我可能会考虑，但他好像对我的顶头上司很有兴趣。”皮博迪转头盯着伊娃，“他对你很有意思。”

“好吧，恐怕他得把这种意思留到心底了。”但是听说卡斯托对自己有意思，伊娃心底还是有些高兴的。“我的个人兴趣在别处。他是个很强势的混蛋，是吧？”

“他看着我的时候，我的舌头都打结不会说话了。”

“呃。”伊娃自己也试着舌头打结是怎样的。“那就放手去追吧。”

“我现在还没有准备开始一段恋情。”

“见鬼，谁说让你开始一段感情了？闭着眼先约会几次吧。”

“长官，在两性交往方面，我更喜欢有情感的契合和交融。”皮博迪生硬地说。

“那倒是，这样确实是有所不同。”伊娃叹了口气。她很努力地不去想梅维斯的处境，尽力集中注意力。“我也就是说说，皮博迪。当你站在那里，想要工作时，有个迷人的家伙盯着你的双眼看，我知道那时的感受是怎样的。对不起，让你和他共事你会感觉别扭，但是我需要你。”

“这不是问题。”皮博迪放松了一下，微笑起来，“而且看着他也不算一件煎熬的事情。”伊娃调转车头，向五号街一座尖顶的白色建筑的地下停车场开去，皮博迪抬头看了看说：“这座不是洛克的楼吗？”

“这里的楼多半都是他的。”电子门卫扫描了她的车，放她们进入停车场。“这里是他公司的总部，也是瑞德福德制片公司的纽约总部。我已就潘多拉谋杀案一事，和他约好面谈讯问。”伊娃把车停在洛克安排的VIP车位里，熄了火。“上面并没有正式委派你来参与这个案子的调查，但是把你分派给我指挥。费尼正在拼命地搜寻数据，而我需要另外一双耳目来帮忙观察。有什么意见吗？”

“没有，警督。”

“叫我达拉斯。”两人下车时，伊娃又提醒她。安全栅栏打开，罩住了车子，保护车子免受刮碰和偷盗。伊娃心里酸酸地想，就好像车上没有什么凹坑和刮蹭似的，就好像小偷看了这车子第二眼还会想偷一样。她大步走向私人电梯，输入代码，极力表现得不那么尴尬。“节省时间。”她咕哝着。

她们走进铺着厚厚地毯的电梯，皮博迪惊奇得睁大眼睛。电梯的空间足够六个人聚会了，还装饰着芳香的木槿花。“我完全赞同节省时间的做法。”

“三十五层，”伊娃命令说，“瑞德福德制片公司，总裁办公室。”

“三十五层，”电脑确认命令，“东区，总裁办公层。”

“潘多拉死的当晚举行了一个小型聚会。”伊娃说，“瑞德福德可能是她死前见过的最后一个人。杰莉·菲茨杰拉德和贾斯汀·杨格也参加了聚会，但梅维斯·弗里斯通与潘多拉打架之后，他俩很快就离开了。当晚剩下的时间，他们可以彼此作证。瑞德福德和潘多拉又一起待了一会儿。如果菲茨杰拉德和杨格说了实话的话，他们就是无罪的。我知道梅维斯说的都是实话。”她等着回应，但皮博迪一句话也没说。“那么，我们看看能从这位制片人嘴里套出些什么来。”

电梯平稳地停了下来，门打开，噪音涌了进来。

显然，瑞德福德的雇员们喜欢工作时放着音乐。音乐从内嵌在墙壁上的音响里传出来，空气涌动着充满力量的节奏。两个男人和一位女子围在一个圆形的宽阔控制台前工作着，兴高采烈地对着通讯器聊天，对着电脑屏幕广播。

右侧的等待区里好像在举行一个小型聚会。有几个人悠闲地端着小杯子喝着东西，或吃着小点心。清脆的笑声和鸡尾酒会上特有的闲聊使音乐显得更加活泼。

“就像他电影里的场景。”皮博迪说。

“好莱坞万岁。”伊娃走到控制台前，拿出警徽。她对三个人中相对比较平静的一位说：“我是达拉斯警督，与瑞德福德有约。”

“是，警督。”这名男子完美的面庞轮廓分明，犹如一位降临凡间的神祇，他灿然一笑。“我会转告他您已经在这里了。请随便吃些点心。”

“想大吃一顿吗，皮博迪？”

“那些小点心看起来很不错。我们走时可以随手拿一点儿。”

“我们真是心意相通啊。”

“瑞德福德先生希望现在跟您见面，警督。”这位现世的阿波罗从控制台里钻出来。“请跟我来。”

他带着两人穿过烟色玻璃门，这回的音乐变成了叮当的碰撞声。走廊两侧的门都开着，男男女女有的坐在椅子上，有的踱着步，有的靠在沙发上，各种姿态都有。

“这些台词我都听多少遍了？现在可是新千年了啊。”

“我们需要一个新面孔。葛丽泰·嘉宝，再加上一点Bo Peep那种纯真。”

“大众不想要深度，亲爱的。要他们从大海和泥潭中选一个，他们会毫不犹豫地扑进泥潭里。我们都是没长大的孩子。”

他们走向一双闪着银光的双扇门。引导员很夸张地把两扇门都打开了。“您的客人来了，瑞德福德先生。”

“多谢，凯撒。”

“凯撒，”伊娃嘀咕着，“和我猜的名字很接近。”

“达拉斯警督。”保罗·瑞德福德从同样闪着银光的U形工作台后站起来，走过有彩色漩涡图案、如玻璃一般光滑的地板。他身后是城市壮观的夜景。他握住伊娃的手，热情而从容。“非常感谢您能同意来这儿。我整天都忙着开会，这样比去您那儿要方便得多。”

“没问题。这位是我的助手，皮博迪警官。”

他脸上的笑容非常灿烂，如刚才握手一样自然老练。“请坐。需要点儿什么吗？”

“我们只需要信息。”伊娃瞥了一眼座位的安排，眨了眨眼。所有这些座位都是动物的样子：椅子、凳子、沙发，都模仿了老虎、猎犬或长颈鹿的样子。

“我第一任妻子是一位装饰设计师，”他解释说，“离婚之后，我决定把这些留下来。这是我生命那段时光里最好的记忆。”他选了一只矮腿猎犬坐下，双脚放在卷毛猫形状的地毯上。“您是想要谈谈潘多拉的事情吧？”

“是的。”如果真像报道说的那样，两个人是情人的话，伊娃想，那他的悲伤去得还真快啊。警察的讯问对他也根本没有任何影响。他很镇定，身着五千美元的亚麻西装，奶黄色的意大利休闲鞋，一副东道主特有的亲切模样。

伊娃心想，他就如那些演员在屏幕上表现的一样亲切。他的脸是古铜色的，强壮、消瘦，点缀着一些修剪整齐的光亮的小胡子。他黑色的头发梳到脑后，编成了复杂的小辫子，一直垂到锁骨。

伊娃心想，他的模样很典型：一位享受着权力和财富的成功制片人。

“我想把这次谈话录下来，瑞德福德先生。”

“这样最好，警督。”他靠到那只眼神忧伤的猎犬的怀里，双手交叉在胸前。“我听说你们已经逮捕了一名嫌疑犯。”

“是的。但调查仍在继续。你认识死者潘多拉吗？”

“很熟。我正打算与她合作一个项目，过去几年里也在不少场合与她有过交往，方便的时候还会和她做爱。”

“死者遇害时，你与她是情人关系吗？”

“我们之间从来就没什么感情，警督。我们性交，但从不做爱。事实上，我怀疑这世上根本就没有活着的男人和她做过爱，或者说根本就不会有人做这样的尝试。如果真有这样的人，那他就是个傻子。我可不是个傻子。”

“你不喜欢她？”

“喜欢她？”瑞德福德大笑起来。“上帝啊，我当然不喜欢她。她是我认识的人中最令人讨厌的，但她很有才能。她自以为是，其实她远没有那么才华横溢，而且在有些方面毫无天分，但是……”

他举起优雅的双手，戒指闪闪发光，黑色的石头嵌在金子的底座上。“美丽很容易获取，警督。有些人天生如此，另外一些人花钱买容貌。现今，诱人的外表很容易通过整形手术来获得。人们仍然很渴望美貌。悦人的相貌永远不会过时，但要靠外貌来谋生，一个人就需要有才能了。”

“潘多拉的才能是？”

“是一种气场，一种力量，她能自然而然地散发出野性的性感。性永远永远都有人买账。”

伊娃歪了歪脑袋说：“只不过现在要发许可证。”

瑞德福德被逗乐了，露出一丝微笑。“政府需要收税。不过我说的不是性产业，而是把性感当做一种手段。我们可以用它来促销从软饮料到家用电器的各种商品，还有时尚。”他又补充说，“时尚是永恒的。”

“而潘多拉恰好有这方面的特长。”

“你可以用厨房窗帘折成的百褶衣披在她身上，让她在跑道上走，很多聪明人都愿意花钱来看她。她是个推销员。没有她卖不出去的东西。她想要表演，这很不幸。她永远也装不成其他人，只能是她自己，只能是潘多拉。”

“但是你当时正和她做一个项目。”

“我考虑让她在剧中本色出演，这样可能会成功。而且其中的卖点……这本可以成为一个源源不断的利润点。不过当时一切都还在筹划阶段。”

“她遇害的当晚，你在她家？”

“是的，她想要人陪。而且我发现，她想在杰莉面前炫耀一下，因为她将在我的电影里出演角色。”

“菲茨杰拉德女士反应如何？”

“我猜她很吃惊，有些气恼。我也有些气恼，因为事情还远不到公开的时候。我们本来可能会争论一番，但是有人打断了我们。一位年轻女子，一位迷人的年轻女子来到门前，就是你逮捕的那一位。”他说着，眼中闪着光，“媒体说你们两人是好友。”

“你为什么不说说弗里斯通女士到了之后，发生了些什么？”

“就像情景剧、动作片、武打片出现在同一幕戏里，想象一下吧！”他说着，用手比划出旧式的电影屏幕。“这个年轻勇敢的美女来乞求潘多拉。她泪眼汪汪的，脸色惨白，眼神绝望。她说自己会放手，放弃她们两人都想要的这个男人，她想保护他，不让他的事业受到损害。”

“我在近处看着潘多拉，她的脸上写满了愤怒、不屑和狂躁的力量。天啊，她的美艳简直有些邪恶。他人的牺牲满足不了她。她要让对手感受到痛苦。她先让对手受到情感上的煎熬，然后不断残忍地奚落咒骂，然后动手打人，使对手受到身体上的痛苦。这时老套的争斗场面就出现了。两个女人为了一个男人打了起来。那个年轻女人被爱激励着，但即使这样也抵不过潘多拉复仇的力量。或者说抵不过她锋利的指甲。现场一片混乱，直到观众中的两位男性插手。其中一位还惨遭口咬之苦。”

瑞德福德一哆嗦，摩挲了一下右肩。“我当时正拉着潘多拉，她突然咬了我一口。说实话，我当时真想揍她。你的朋友离开了，抛下一些很老套的话，说潘多拉一定会后悔的，但是她的表情更多的是痛苦，而不是嫉恨。”

“潘多拉呢？”

“精神高涨。”他讲述着这段故事时也同样很兴奋，“她整晚的情绪都有些激动，而那场激烈的争斗则是火上浇油。杰莉和贾斯汀惶惶地匆匆离开，我则留下来待了一会儿，想帮助潘多拉平静一些。”

“成功了吗？”

“我没能靠近。她当时有些疯狂。她用尽了各种荒唐的威胁。她打算追上那个小贱人，撕破她的脸。她要废了莱昂纳多。等她的报复行动结束后，莱昂纳多就再也不能在街角摆摊卖货了。让他连乞丐都不如，诸如此类。过了大约二十分钟，我放弃了。她非常气恼，怪我离开得太早，骂了我一通。她不需要我，她有更大的买卖，更好的买卖要做。”

“你声称自己在大约12点半离开了她。”

“差不多。”

“她是独自一人？”

“只有几个做家务的机器人还在。她不喜欢周围有人，除非是她召唤来的。据我所知，当时屋里没有其他人了。”

“离开之后，你去了哪里？”

“我回到这儿，处理了一下肩膀。她咬得很深。我当时想再工作一会儿，打几个电话，安排一下工作。然后我去了健身房，我是从侧门进去的，花了几个小时的时间蒸桑拿、游泳。”

“你到健身房时是几点？”

“大约两点。我记得很清楚，回家时已经四点多了。”

“在这两个小时到凌晨五点这一段时间里，你和谁说过话吗？”

“没有。我经常在这个时间去健身房的一个原因就是为了个人隐私。我在海边有自己的健身设施，但在这儿，只能凑合着用会员卡健身了。”

“能告诉我健身房的名字吗？”

“在麦迪逊大道的奥林匹斯健身房。”他竖起一侧的眉毛。“我知道我的不在场证明并非完美无瑕。不过我进出健身房时都输入了代码。按规定这是必须的。”

“当然是必须的。”而且她知道，如果自己去查的话，也一定会得到这样的结果，“你知道有谁想伤害潘多拉吗？”

“警督，恐怕一辈子也写不完这么长的名单。”他又笑了起来，露出了完美的牙齿，但他喜悦的目光里又藏着捕猎者的锐利。“我自己不在名单里，因为她对我来说没有那么重要。”

“潘多拉最近用过的那种毒品你用过吗？”

他愣了一会儿，有些犹豫，然后放松下来。“这一招真厉害啊。不用推断的语气，通常能让粗心的人失去戒备。好吧，我可以郑重告诉你，我从没有用过任何毒品。”这回他笑逐颜开，故作镇定，好像在轻声告诉伊娃，他在撒谎。“我注意到潘多拉时不时会吸一点儿。我觉得那是她的私事儿。她应该是发现了某种新品，而且有些使用过量。事实上，昨晚早些时候，我还进过她的卧室。”

他顿了顿，好像在回想着，想要记起当时的场景。“她从一个漂亮的小木盒里取出一粒小药丸。木盒应该是中国造的。”他闪过一丝微笑，“我提早到了，她看到我很吃惊，赶紧把盒子塞进梳妆台的一个抽屉里，上了锁。我问她在藏些什么，而她说……”他又顿了顿，眯着眼，“她是怎么说的来着？这是她的宝藏，她的财富。不，不，她说的是，这是她应得的回报。对，她就是这么说的。然后她吞下药丸，用香槟送服下去。然后我们云雨了一番。开始她好像有些心不在焉，然后突然之间变得非常狂野，不知满足。我们之间好像还从未有过那么激烈的性爱。我们穿上衣服，下了床。杰莉和贾斯汀刚到。我就再也没问过她这件事，主要是跟我也没什么关系。”

“有什么想法，皮博迪？”

“他真是个老狐狸。”

“他很狡猾。”电梯下降时，伊娃把双手揣进兜里，摆弄着兜里的信用币。“他瞧不上潘多拉，却和她睡觉，还想利用她。”

“我觉得，他应该意识到了潘多拉的问题和潜在的危险性，但又认为她是有市场号召力的。”

“而如果这种市场号召力减弱，或危险性增强，他会去杀潘多拉吗？”

“他并不是很理智，一时失去了控制会杀人。”皮博迪先迈进车库，“如果他们做的这笔买卖出了问题，或者她手头有把柄逼迫他，他可能会除掉她。他这种自命不凡、控制欲极强的人，内心总会隐藏着暴力倾向的。而且他的不在场证明太差劲了。”

“是的，还用说么？”想到事实的多种不同可能，伊娃露齿而笑，“我们先去潘多拉家，查一下她藏匿的东西，然后再去调查一下瑞德福德的情况。通知调度中心，”她下令，“免得破门时遭到阻挠。”

“这些根本就挡不住你。”皮博迪嘟囔着，但还是接通了通讯器。

小盒子已经不见了。伊娃站在潘多拉奢华的卧室里，盯着抽屉看了足足十秒钟，才不甘心地确认里面是空的，这使她非常失落。

“这就是所谓的奢华吧？”

“人们都是这么说的。看看这些瓶瓶罐罐，这种霜，那种霜的。难怪人们会说这是奢华的生活。”她有些不能自已。皮博迪拿起一个只有大拇指第一指节那么大的小瓶子。“拥抱青春精华液，你知道这鬼东西有多值钱吗，达拉斯？萨克斯第五大道精品百货店柜台价超过500美元。500美元只能买半盎司，真是见鬼的奢华！”

她又放下小瓶，受到诱惑她自觉有些羞愧，她甚至还想过要把小瓶塞到自己口袋里。“所有这些东西放到一起，得值一万到一万五千美元。”

“别流口水了，皮博迪。”

“是，长官。抱歉。”

“我们正在寻找一个小盒子。现场清理员已经采过样本了，取出了她屋内通讯器的记录光盘。我们知道她当晚没有接过电话，也没有打过电话。总之，一切都是源起于这里。她非常气恼，很暴躁。她会做什么呢？”

伊娃继续开着抽屉，一边翻着里面的东西，一边说：“她可能又喝了些酒，咆哮着在屋内走来走去，想着如何蹂躏这个惹到自己的人。混账，贱人，他们以为她是谁？她想要谁就是谁，想要什么就有什么。或许她进了这个屋子，又吃下了一粒药丸，以保持足够的精力。”

伊娃满怀希望地打开一个盒盖，不过这只盒子不是奢华的木头盒子，而只是一个普通的釉面盒子。里面装着各种环，金的，银的，闪光瓷质的，象牙雕刻的。

“首饰放在这儿还真是有趣。”皮博迪评论说，“我的意思是，她这儿有一个大玻璃箱子装衣服，还有保险箱放贵重物品。”

伊娃抬头看了看皮博迪，看她很严肃，也没有坏笑，于是说：“这些不是首饰，皮博迪。是阴茎环，就是套在那个上面，然后——”

“噢……”皮博迪耸了耸肩，尴尬地把头撇向一旁，“我知道这个。只不过——放在这儿还真有意思。”

“噢，是啊，装性爱玩具的盒子放在床头真是很蠢啊。我刚才说到哪儿来着？她正在服药，用香槟送服。有人毁了她的夜晚，必须有人为此付出代价。她要让混蛋莱昂纳多跪地求饶。莱昂纳多背地里跟一个不值钱的婊子乱搞，那个小贱人还乱闯她家——混蛋，竟然去了她家——还和她大吵大闹，她一定要让莱昂纳多为此付出代价。”

伊娃关上一个抽屉，又打开了一个。“安保记录中说她是凌晨两点刚过时离开这里的。门是自动锁。她没有叫出租车。到莱昂纳多的住处至少有六个街区，她穿着尖尖的高跟鞋，却没有叫出租车，也没有任何公司接送她的记录。她注册了一个掌上通讯器，但是我们没有找到。可能是她，或者是其他什么人把它处理掉了。如果她随身带着这个通讯器并打过电话……”

“如果她给杀死她的人打过电话，那个人一定会处理掉通讯器。”皮博迪开始搜查两层的衣橱，克制着内心对成堆衣服的艳羡，那些衣服很多连价签都没摘下来。“她可能很兴奋，但绝对不可能走着到城里。衣橱里的鞋子很多甚至都没有放鞋垫。她可不是个爱走路的人。”

“她应该很亢奋。她肯定不会搭上臭烘烘的出租车。她只要随便拨几个号码，就会有无数人争着为她服务，去哪儿都可以。所以她拨通了几个号码，其中某个人过来接上了她。他们一起去了莱昂纳多那里。可是为什么……”

伊娃站在潘多拉的角度上推测着事件的发生过程，皮博迪听得有些入迷，停下了手中的搜查工作，看着伊娃。“她坚持按自己的方式做事。她对人颐指气使，还喜欢威胁别人。”

“有可能她叫来的是莱昂纳多，或者是别的什么人。他们去了莱昂纳多家，安保摄像机被砸了。也可能是她砸的。”

“或者是凶手砸的。”皮博迪拨开一堆象牙色丝绸。“因为凶手早就打算要做掉她。”

“既然他已经计划好了，为什么还要带潘多拉来莱昂纳多家呢？”伊娃说，“如果莱昂纳多是凶手，为什么要弄脏自家门呢？我还不能肯定谋杀是不是本案的首要目的，这还不能确定。他们来到现场，如果莱昂纳多的口供是真的话，当时屋里应该是空的。他当时在外面喝得烂醉，去找梅维斯了，而梅维斯自己也喝得烂醉。潘多拉想要莱昂纳多在家，她要惩罚他。她开始砸东西，还可能把怒气撒在同行的人身上。他们打了起来，事态愈发严重。他抓起那个手杖，可能是为了自卫，也可能是为了攻击。潘多拉吃了一惊，身上受了伤，非常恐惧。从来没有人敢伤害她。这到底是怎么回事？他停不下手了，或者根本不想停下来。她躺在地上，到处都是血。”

皮博迪什么都没有说。她见过现场的图片，可以把现场的图片与伊娃的描述完全联系起来。

“他站在潘多拉的尸体旁，呼吸沉重。”伊娃半闭着眼，努力将注意力集中在暗中的那个人物身上。“潘多拉的血溅了他一身。血腥味四处弥漫。但他没有惊慌，不能惊慌，迫使自己不要惊慌。这两个人是怎么联系上的？掌上通讯器。他搜出通讯器，装进口袋里。如果机警的话——这种时候必须机警——他会翻看一下潘多拉的物品，确保没有东西会把线索指向他。他擦去了自己留在手杖上的指纹，还有所有碰过的东西。”

伊娃脑中如同在播放一盘旧录像带，影像模糊不清，还有很多阴影。那个人——男性或女性——正在匆忙掩盖踪迹，绕着尸体转，围着血泊踱步思量。“必须要快，可能会有人回来。但必须要彻底。现在基本干净了。然后他听到有人进来了，是梅维斯。她是来找莱昂纳多的，她冲了进来，看到尸体，跪到尸体旁。现在就更完美了。他打晕梅维斯，抓住梅维斯的手按到手杖上，甚至有可能，他又多砸了潘多拉几下。他抬起死者的手，让指甲在梅维斯脸上挠过，扯开了她的衣服。他套上莱昂纳多的一件浴袍，盖住了自己的衣服。”

她搜查完最底层的一个抽屉，站直身子，发现皮博迪正盯着自己。“你就像在现场一样。”皮博迪低声说，“我要能做到这样就好了，像你这样。”

“多调查几个谋杀现场，你就可以了。难的是如何走出来。那个盒子到底跑哪儿去了？”

“她可能随身带着。”

“我觉得不会。皮博迪，钥匙会在哪儿？她锁上了这个抽屉。钥匙在哪儿？”

皮博迪默默地取出自己的现场工具箱，下令列出在受害者钱包里和身上找到的物品清单。“物证里没有钥匙。”

“这么说来是他拿走了钥匙？之后他又回到这里，拿走了盒子和他需要的其他东西。我们去查查安保光盘。”

“现场清理员没查过吗？”

“为什么要查？她又不是在这里遇害的。他们收到的命令只是确认潘多拉离开的时间。”伊娃走到安保监控旁，说出日期和时间，下令重放。她看着潘多拉冲出房子，大步走开，迅速消失到监控范围外。“2点08分。好，我们看看能有什么发现。死亡时间大约在凌晨3点。电脑，快进到凌晨3点，显示时间。”她注视着精密的计时器，“定格画面。狗娘养的！看这里，皮博迪。”

“看到了，时间从4点03分直接跳到4点35分。有人控制了摄像机，一定是用遥控做的。必须弄清他们当时做了些什么。”

“有人迫切地想进潘多拉的家里取走一些东西，他愿意为此冒险，为了一盒毒品。”她脸上露出冷酷的笑容，“我心里有了主意，皮博迪。我们去骚扰一下实验室那些兄弟。”

第九章

“达拉斯，你为什么总难为我？”

技术组队长迪基·波兰斯基胡乱披着实验服——熟悉、憎恶他的人都叫他混球——化验着一束阴毛。他是个一丝不苟的人，也是个彻头彻尾的混蛋。尽管他化验的速度慢得如蜗牛一般，但法庭对化验结果的高度肯定却使他成为警署和安保实验室里的头号人物。

“你没看到我忙得要死吗？上帝啊！”他用自己那如蜘蛛腿一般的恶心手指调整了显微镜的角度。“十起谋杀案，六起强奸案，很多可疑尸体，我手头的案子太多了。我他妈的又不是机器人。”

“你是最接近机器人的人。”伊娃嘟哝着。伊娃不喜欢来实验室，不喜欢这里的防腐剂的味道和白墙。这里太像医院了，更糟的是在这里进行的测试。任何因过度使用武力而被停职的警察，都要在这里参加测试。她的这些经历并不是太愉快。“迪基，你已经花费很多时间来分析这些物质了。”

“很多时间？”他从实验台前退了回来，透过护目镜看去，他的眼睛大如牛眼。“你和那些城里的警察都觉得自己的狗屁案子是最重要的，好像我们应该抛掉手头的一切工作，全心全意为你服务才对。你知道温度升高之后会发生什么吗，达拉斯？尸体会全部烂掉，你知道吗？！你们只需要把他们打倒，但是我和我的团队，我们要自己研究每一根头发和纤维。这需要时间。”

他抱怨的语气让伊娃牙根发酸。“凶杀专案组盯着我的脖子，缉毒专案组跟在我屁股后面，催着我化验某种粉末。你已经拿到初步报告了啊！”

“我需要最终报告。”

“我还没完成。”他撅起朝天嘴，转过身，将发丝的放大图投映在屏幕上，“我得测完这个DNA。”

伊娃知道该怎么对付他。她不喜欢这样做，但还是知道如何应付的。“我有两张明天扬基队对阵红袜队棒球比赛的包厢票。”

他的手指在控制板上缓慢地移动着。“包厢票？”

“三垒旁边。”

迪基摘下护目镜，扫视了一下房间，其他技术员都在各自的工作台前忙碌着。“说不定我能多告诉你一些情况。”他双脚用力一推，椅子向右滑去，来到另一面屏幕前。他小心翼翼地接上了键盘，手动搜索出文档。他一点点地翻看着，注视着屏幕。

"问题就在这儿，看到了吧？这种成分。"

对伊娃来说，眼前只是一团色彩和外国符号，但随着数据的滚动，她还是茫然地答应着。她猜想，应该是那种未知物质，连洛克的仪器都无法辨识。"那个红色的？"

"不，不，不，那是标准的苯丙胺。在宙斯、巴斯和司麦丽这些毒品里都有。咳，几乎所有非处方兴奋剂里都能找到它的衍生物。我说的是这个。"他用手指了指一团绿色的符号。

"好吧，这是什么？"

"这正是问题所在，达拉斯。我从没见过。电脑无法辨识。我猜应该是地球之外带来的某种物质。"

"这样犯案人受到的危险也更高了，对吧？从地球之外带回未知物质，最多可判二十年监禁。你能查出它的功效吗？"

"我正在着手调查。其中的成分与一种抗衰老药很相似，都含有一种刺激剂。它可以刺激自由基。但是，它和你发现的粉末中另外一些化学成分混合之后，会出现一些不良的副作用。这在给你的报告里已经描述过了。它能增强性欲，这倒不是件坏事儿，但紧接着会出现暴力情绪波动。体力增强，但却易于失控。这种药能使人的神经系统兴奋起来。开始你会感觉飘飘欲仙，强大无比，性欲极强，但却不会在意性伙伴的感受。副作用会来得极为迅猛，只有再服一剂才能止住。不断服用，不断飘飘欲仙，再跌进谷底，神经系统就这样慢慢崩溃了。然后你就死了。"

"这些你基本都在报告里讲过了。"

"因为我被卡在这种未知物质上了。我敢说它是来自一种植物的，类似西南地区发现的尖叶缬草。印第安人用这种叶子疗伤。缬草本身有毒，这种物质也一样。”

“它有毒？”

“是的，单独服用，剂量足够的话，它就是毒药。药品里用的很多草药和植物也都一样。”

“这么说，它是一种医用药草咯？”

“我可没这么说。现在还尚未确认。”他鼓了鼓嘴巴，“但很像是地球以外的杂交品种。我现在只能弄清这些了。你和缉毒专案组的人再怎么催我也没用。”

“这不是缉毒专案组的案子，这是我的案子。”

“你去跟他们讲吧。”

“我会的，迪基，现在我要看看潘多拉案里发现的毒素。”

“达拉斯，这可不归我管。我都丢给苏西·Q.了，但是她请了24小时的假。”

“迪基，你可是技术组的队长，我需要那份报告。”她顿了一下，“包厢旁就是更衣室。”

“噢，好吧。反正抽查一下手下的工作也没什么问题。”他输入代码，找到档案。“她加过密了，干得不错。技术组队长波兰斯基，取消代码ID563922-H号，潘多拉档案的密码。”

声音辨识通过。

“显示毒素成分。”

毒素化验仍在继续中，显示初步结果。

“她喝了很多酒。”迪基低声说，“顶级法国香槟。她死前还在享乐。看起来好像是55度法国廊酒。苏西干得不错。里面还加入了一点逍遥粉。我们这位死掉的女士很喜欢派对啊。好像是

‘宙斯’……不对。”迪基收了收肩膀，他好奇或愤怒时总会这样。“这到底是什么？”

电脑开始显示详细的组成，迪基有些不耐烦，停下了电脑的动作，开始手动浏览报告。“这里有些混乱，”他咕哝着，“不对劲。”

他就如第一次开独奏会的钢琴家一样，手指在控制板上流动着。慢慢地，谨慎地，精准地流动着。达拉斯盯着屏幕，上面出现的各种符号和形状正在散开，然后又重组起来。她也看出了这个形状。

“是一样的。”伊娃斩钉截铁地说，看了看默不作声的皮博迪，“是同一种东西。”

“我可没这么说，”迪基打断了她，“闭嘴，等我完成测试。”

“那一团绿色的未知元素，”伊娃又说了一遍，“是一样的。皮博迪，问你一个问题，一个颇有权势的模特和一个二流线人之间有什么相同点？”

“两个人都死了。”

“答对了一部分。想再猜一下吗？他们都是怎样死去的？”

皮博迪的嘴角浮起一丝微笑。“被击打致死。”

“好，现在是最后一轮大奖了：两起看似毫不相关的案件之间有什么联系？”

皮博迪低头看了看屏幕说：“未知元素。”

“我们太有运气了，皮博迪。迪基，把这份报告传到我办公室。我的办公室。”她看到迪基抬头瞥了自己一眼，又接着说到，“缉毒专案组要是问起的话，不准多说别的。”

“嘿，我能管住自己的嘴。”

“好。”她转过身，“五点前我会派人送来球票。”

“你早就知道，”两人登上空中滑道，准备回凶杀专案组办公区时，皮博迪说，“在受害人寓所时，你就知道了。你找不到那个盒子，但却知道里面放着什么。”

“我怀疑，”伊娃纠正说，“那是她私藏的一种新毒品，能提高性能力和力量。”她看了看表，接着说，“我们运气不错，同时调查两个案子，对两个案子的案情都心中有数。开始我还担心可能会有些重叠，但之后就开始怀疑。两具尸体我都见过。同样滥施暴力，同样充满邪恶。”

“我觉得这不是运气。两个案子我也都参与了，但却落在你身后好多步。”

“你学得很快。”伊娃下了滑道，乘电梯来到自己的办公层。“不要气馁，皮博迪。我做这行的时间比你久。”

皮博迪走进玻璃电梯里，电梯上行时，她百无聊赖地瞥了一眼下面的城市。“为什么要带我进这个专案组？”

“因为你有潜力——有头脑和勇气。费尼收我做部下时也是这么说的。当时也是一起凶杀案，两个十几岁的孩子被击打致死，尸体被扔在第二和二十五号街的高楼上。我当时也是跌跌撞撞地落后他很多步，但最后我找到了自己的节奏。”

“你怎么知道自己想进凶杀调查组？”

伊娃走出电梯，沿着走廊走向自己的办公室。“因为不管在何时，谋杀都是对生命的侮辱。如果有人接连犯案，那就是对生命最大的侮辱。我们喝点儿咖啡吧，皮博迪。我想在向警长汇报之前把一切都弄清楚。”

“我觉得恐怕来不及吃东西了。”

伊娃露出牙齿笑了笑。“我也不知道自动厨房里还有些什么，不过……”她走进办公室，声音突然低了下来，因为她看到卡斯托坐在她的椅子上，穿着牛仔裤的长腿翘着，双脚交叉在一起。“哼，杰克·T.卡斯托，你以为这里是自己家啊。”

“我在等你呢，亲爱的。”他朝伊娃抛了个媚眼，又向皮博迪露出迷人的微笑。“嘿，你好啊，迪迪。”

“迪迪？”伊娃咕哝了一声，说着走过去煮上了咖啡。

“警督。”皮博迪的声音如钢铁般僵硬，但脸颊已经泛起了羞怯的粉红。

“我真是个幸运的男人啊，能和这样两位聪明而又美貌的警察一起工作。能给我也来一杯咖啡吗，伊娃？浓黑咖啡，加糖。”

“咖啡可以给你，但没空跟你闲扯。我要写几个文案，几小时后还有个约会。”

“我不会耽误你的时间。”但伊娃递给他咖啡时，他并没有挪开位置。“我一直追着混球迪基的屁股跑。这家伙简直比三条腿的乌龟还慢。你是首席探员，我想你可以帮我申请一点样品。我知道一个私人实验室，偶尔会用一下。他们做得很快。”

“卡斯托，我们可不想把这些东西带出警署。”

“缉毒专案组审核过那家实验室。”

“我是指凶杀专案组。我们再多给迪基一点儿时间。反正博默尔也跑不掉了。”

“嘿，你说了算。我只不过不想把这个案子拖太久。那样的滋味太不好受了，不像这咖啡。”他闭上眼睛，赞叹着，“上帝啊，你这女人，从哪儿弄的这咖啡？简直是天降美味。”

“我有门路。”

“啊，你有个富有的未婚夫，当然。”他又品了一口，“男人想用冰啤酒和墨西哥卷来吸引你，恐怕有难度。”

“我只喜欢咖啡，卡斯托。”

“也怪不得你。”他满怀赞赏地盯着皮博迪，“你呢，迪迪？想一起喝杯冰啤酒吗？”

“皮博迪警官现在有任务，”伊娃替结结巴巴不知如何说话的皮博迪接过话，“我们有工作要做，卡斯托。”

“我不耽搁你们了。”他放下双腿，站了起来，“迪迪，没任务时给我打个电话怎么样？我知道一个吃饭的好地方，格兰德餐厅的墨西哥菜是最棒的。伊娃，如果改主意了要给我那个样品，随时给我打电话。”

“关上门，皮博迪，”伊娃看着卡斯托慢步出去之后下令说，“把口水从下巴上擦掉。”

皮博迪慌慌张张地抬手摸了摸脸，发现下巴并没有口水，但却怎么也幽默不起来。“这一点儿也不好笑，长官。”

“别再叫我‘长官’，总这么叫会让人很不舒服的。”伊娃一屁股坐在卡斯托刚暖过的椅子上说，“他到底想干什么？”

“我觉得他已经说得很清楚了。”

“不，这些还不足以引他过来。”伊娃向前倾了倾，打开了机器。快速查询了一下安保记录，并没有发现任何异样。“如果他来过这儿，就有很多事情说不准了。”

“他为什么要查看你的档案？”

“他很有野心。如果他在我前面结了这个案子，一定会得到各方的赞扬。总之，缉毒专案组可不喜欢与人分享成果。”

“凶杀专案组就愿意分享咯？”皮博迪冷冷地说。

“当然不。”她仰起头，笑了笑，“现在我们赶紧完成报告。我们得去找一位在外星球的毒理学专家。最好能找到财务援助来补救经费缺口。”

三十分钟后，他们被召唤到警察和安保署长的办公室里。

伊娃很喜欢堤波署长。他块头很大，果敢，像警察而不像政客。上任署长留下了一堆烂摊子，这座城市和警署需要堤波这样一位果决、雷厉风行的新领导。

但她不知道召唤她们来做什么。直到她进门，看到卡斯托和警长也在署长办公室时才明白了过来。

“警督，警官。”堤波示意让她们坐下。伊娃策略性地选择了惠特尼警长旁边的座位。

“我们有个小小的争议需要解决。”堤波先开口说，“我们要迅速解决这个问题，并且这将是最终的决定。达拉斯警督，你是约翰逊案和潘多拉谋杀案的首席探员。”

“是的，长官，我是。我被叫去确认约翰逊的尸体，因为他曾是我的一位线人。潘多拉案方面，梅维斯·弗里斯通女士把我叫到现场，她在该案中受到指控。两案的调查工作仍在继续。”

“皮博迪警官是你的助手。”

“是我要求她作为我的助手的，我们警长授权我让她协助办案。”

“很好。卡斯托警督，约翰逊也是你的线人。”

“是的。发现他的尸体时，我正在办理另一起案件，直到后来才有人通知我。”

“而当时缉毒专案组和凶杀专案组同意协同调查。”

“是的。但是，最新信息显示，两案都应属于缉毒专案组的管辖范围。”

“两起都是凶杀案。”伊娃突然打断了他。

“是毒品把两个案子联系在一起了。”卡斯托露出轻松的笑容，“最新化验报告显示，在约翰逊屋里发现的物质，也在潘多拉体内存在。这种物质含有一种尚未定义的未知元素。根据章程B第9部分第6条规定，所有此类案件都应归缉毒专案组牵头调查。”

“除非此类案件已有其他部门负责调查。”伊娃做了个深呼吸，“就前述问题的报告，我将在几个小时内完成。”

“警督，例外不能随意界定。”缉毒专案组的警长对敲着手指说，“实情是，凶杀专案组的人力、经验和设施都不足以调查未知元素，而缉毒专案组可以。而且，隐瞒数据貌似也不算是合作精神的体现吧。”

“我的报告完成之后就会抄送贵部和卡斯托警督。这是我的案子——”

惠特尼不等她说完就抬手打断了她。“达拉斯警督是首席探员。虽然这些案子和毒品联系在一起，但它们仍然是凶杀案，她现在正在调查的凶杀案。”

“请恕我冒犯，警长，”卡斯托露出一丝笑容，“警署里的人都知道伊娃是您最器重的警督了。我们请堤波署长参加这次会议，就是为了保证确定首席探员的公正性。我手头有更多的街头联络资源，与化学制剂商人和分销商也有一定的关系。从事秘密工作时，我还能进入制造车间、工厂和化学药房，而这些都是达拉斯警督所不具备的资源。另外，在潘多拉谋杀案中的一位嫌疑人——”

“这位嫌疑人与约翰逊毫无联系。”伊娃突然插话说，“他们是被同一个人杀害的，堤波署长。”

他的眼神冷峻，完全看不出任何心理活动。“警督，这是你的意见？”

“这是我从专业角度的判断，长官，我将在报告中说明理由。”

“署长，众所周知，达拉斯警督与嫌疑人有着亲密的私人关系。”缉毒专案组的警长简明扼要，“她想把案子搅浑也是再自然不过的。她和嫌疑人是亲密的朋友，又如何能够保持清醒的专业决断力呢？”

堤波抬起手，让伊娃控制住情绪。“惠特尼警长，你的意见如何？”

“我完全相信达拉斯警督的判断力。她能够做好自己的工作。”

“我同意。警长，我不太关心警署里的人是否尽职。”他的斥责很温和，但切中要害，“现在，两个部门都有充分的理由，认为首席探员应该从各自部门派出。而我们现在面对的是一种未知元素，貌似这种元素至少牵涉了两起凶杀案。达拉斯警督和卡斯托警督都有着不俗的办案记录，而我相信两个人都能胜任这项调查任务。你同意这点吧，警长？”

“是，长官，两位都是非常出色的警察。”

“那么，我建议他们二人互相合作，而不是互相竞争。达拉斯警督仍为首席，但要向卡斯托警督及其部门通报案情进展。就这么定了，我不必像所罗门王那样，威胁将一个孩子劈成两半了吧？”

“达拉斯，赶紧完成那份报告，”陆续退出署长办公室时，惠特尼低声说，“还有，下次贿赂混球的时候，干净利落点儿。”

“是，长官。”伊娃瞥了一眼搭在自己胳膊上的手，抬头看着卡斯托。

“没办法，只能这么做。队长喜欢这样打点[1]。”

伊娃并不喜欢卡斯托这些毫不含蓄的棒球暗语。“没问题，我现在还占先。我会把报告转给你的，卡斯托。”

“非常感谢。我会再到街面上去打探一下。至今为止，还没有人听说过新品的事儿。但从地球外来探查这个想法可能会得到些新收获。我在海关认识几个人，欠我点儿人情。”

伊娃犹豫了一下，决定是时候开始真正的合作了。“从五号星开始试试。潘多拉遇害前几天刚从那里回来。我还要追踪一下，看看她是否在某个空间站停留过。”

“好，保持联系。”他微笑着，搭在她胳膊上的手向下滑到她的腰间。“我有一种感觉，现在我们已经尽释前嫌，一定能成为一个了不起的团队。把这个案子结了，我们两人的档案上都会添上了不起的一笔。”

1　打点：一种棒球术语。——译者注

“我更关心早点儿找出凶手，而不是自己的升迁。”

“嘿，我也是主持正义的人。”他的酒窝泛起笑意，“但是有机会升上队长职位的话，总不能让我哭丧着脸吧。你不介意吧？”

“不介意。我以前也这样做过。”

“那就好。我可能还会来转转，再喝点儿昨天那种咖啡。”他捏了伊娃的腰一把，“还有，伊娃，希望能洗清你朋友的罪名。我是说真的。”

“我会洗清她的罪名的。”她迈出两大步，但还是忍不住要问，“卡斯托？”

“怎么了，亲爱的？”

“你给了他什么？”

“混球吗？”他嘴都咧到后脑勺了，“一瓶纯苏格兰威士忌。他舔着酒瓶，就像青蛙舌头卷住了苍蝇一样。”卡斯托吐了吐舌头，又笑了笑。“伊娃，贿赂这种事情，缉毒警察最在行。”

“我记住了。”伊娃把双手揣进兜里，忍不住地露齿而笑，“好吧，他还真有个性。”

“他的屁股很性感，”皮博迪忍不住说了出来，“一点小发现。”

“这点我也得承认。皮博迪，我们拿下了这场战斗。接下来努力打赢整场战争吧。”

完成报告时，伊娃的双眼都酸了。报告副本传到所有相关部门之后，她立马就让皮博迪回去休息了。她想着要取消和心理咨询师的约谈，想过各种应该推迟的理由。

但她还是按时来到了米拉医生的办公室，闻着熟悉的草本茶叶和微微的香水味。

“很高兴你能来见我。”米拉翘起穿着丝质褶皱裤的双腿。伊娃注意到，她换了发型。头发剪短了，变得更加整洁，不像开始那样绑成马尾。当然她的眼神一如既往，平静的蓝眼睛，随时等待着倾听。“你的气色不错。”

“我还好。”

“不知道你现在感觉怎样。你的生活中发生了这么多事情，工作和私人生活都发生了很大的变故。有这么亲密的朋友受谋杀指控，并由你亲自调查，一定非常困难。你是怎么处理这一切的？”

“我一直在做自己的工作。这样我才能洗清梅维斯的罪名，找出是谁陷害了她。”

“尽职和朋友义气，是否难以取舍？”

“没有，我想清楚之后就没有这种感觉了。”伊娃的双手在膝盖上蹭了蹭。每次与米拉会面时，她的手掌都会出汗。“如果我有丝毫的犹疑，犹疑梅维斯是否清白，我就会不知所措。但我对她没有丝毫的怀疑，所以答案很简单。”

“这使你获得了些许宽慰？”

“也可以这么说。等我结了这个案子，使她免受牢狱之苦，那时我才能真正舒下心来。约好与你会面时，我还有些担忧。但现在我感觉形势更容易控制了。”

“掌控局势的感觉，对你来说很重要？”

“我的工作要求我必须掌控局势。”

“那在生活中呢？”

“该死，谁也别想控制洛克。”

“这么说来，是他在掌控一切吗？”

“如果他愿意掌控，他就可以。”伊娃急促地大笑了一声，“他可能也会这么说我。貌似我们两个一直在挣着掌控局势，不过最终都向着同一个方向迈去。他爱我。”

“你好像有些惊讶。”

“从来没有人爱过我。从来没有人像这样爱过我。对某些人来说，这几个字很容易说出口。但洛克不仅仅是说在嘴上。他看透了我的内心，不过这都无所谓。”

“是吗？”

“我也说不清。我一般不太喜欢眼前的世界，但他不同。至少他能够理解眼前的世界。”现在伊娃明白了，这些正是她想说出来的，她内心的黑暗和荒芜。“或许是因为我们都有悲惨的童年。在我们还太小不懂事儿的时候，我们就知道人的残忍。知道坏人掌握权力不仅意味着腐败，而是意味着毁灭。他——我在遇到他之前从未真正地做过爱。我性交，满足了基本的生理需求，却没有任何其他感觉。我一直不知该如何……和另一个人亲密起来，”她说，“这么说没错吧？”

“没错，‘亲密’这个词很棒。你觉得为什么能和他亲密起来呢？”

“一切都很自然。因为他……”伊娃感觉到自己开始流泪，眼睛干涩得一眨一眨。“因为他打开了我那封闭的心灵。不，应该是结痂的伤痕。不知不觉中他就已经占据了我的心，占据了我那受伤的心。在我还是个孩子的时候，我的心就已经死了，当时……”

“伊娃，说出来会感觉好些的。”

“当时我父亲强暴了我。”她的呼吸颤抖着，眼泪尽情地流淌着。“他强暴了我，暴打我，伤害了我。他像对妓女一样对我，那时我还太弱小，无法阻止他。他会把我按到地下，或把我绑起来。他暴打我，直到我的视线都模糊了，有时他会用手捂住我的嘴，让我叫不出声来。他会猛插我的身体，用力地抽动，直到疼痛如当时的场景一样变得模糊不清。当时没有人帮我，什么都做不了，只能等待着下一次痛苦的来临。”

“你知道吗？其实你并不应该受到责备。”米拉柔声问。一处脓疮被刺破之后，她想，就需要有个人小心、彻底、慢慢地把其中的脓毒一点点地挤出来。“当时不该，现在不该，永远都不该。”

伊娃用手背抹干脸颊上的泪水。“我想成为一名警察。因为警察能掌控局面。他们能拦住坏人。我的想法就是这么简单。我成为警察之后，渐渐发现总有人对那些弱小无辜的人虎视眈眈。”她的呼吸变得平缓，“不，不是我的错。是他的错，是那些假装没有看到、没有听到的人的错。但我还要背负着这些记忆生活下去。如果我把一切都忘掉，生活会简单很多。”

“但你很久以前就记起来了，是吧？”

“只有零零碎碎的记忆。我八岁时在一个小巷里被人发现，那之前的一切都是零碎的记忆。”

“现在呢？”

“碎片太多了，碎片越来越多，越来越清晰，越来越近。”她抬起一只手，摸了摸嘴，又刻意把手收回到膝盖上，“我能看到他的脸，过去我都看不到他的脸。去年冬天，在调查德布拉斯案时——我猜可能是那个案子和我的经历太相似了，触动了记忆。认识洛克之后，一切都开始变得更加清晰，更快。我根本就挡不住。”

“你想要挡住记忆吗？”

“如果可以的话，我愿意把那八年的记忆全部抹去。”她恶狠狠地说，满心怨恨。“现在那段日子已经没有关系了。我也不想再和那段日子扯上任何关系。”

“伊娃，不管那八年的日子多么可怕，多么可憎，但那也是你的一部分。是那些日子给了你今天的力量，你同情无辜的人们，你内心复杂，恢复力很强。回想并直面那段记忆，并不会改变你。我常常建议你采用自我催眠疗法加速回忆，但现在我不再这么建议。我觉得你的潜意识正在有节奏地释放这些记忆。”

如果真是如此，伊娃希望这个节奏能放慢下来，让她喘口气。“或许对有些事情的回忆，我还没有准备好，但是记忆不肯停下来。我不停地做一个梦，是最近才开始的，不停地重复。有一个房间，一个污秽的房间，暗红的灯光透过窗户闪着。灯关了，灯开了。有一张床，床上是空的，但沾满了污物。我知道那是血，很多的血。我看到自己蜷缩在一个角落里。到处都是血。我身上也全是血。我在梦里面对着墙，看不到脸。我根本就看不清，但那一定是我。”

“你是一个人吗？”

“应该是。我说不好。我只看到床、墙角，还有那盏闪烁着的灯。在我身旁，地板上有一把刀。”

“人们找到你时，你的身上没有刺伤。”

伊娃抬起头，眼神空洞忧虑地看着米拉，说：“我知道。”

第十章

伊娃走进屋里时早就预料到萨默塞特会冷嘲热讽。她早就习惯了。最初她很失望地发现萨默塞特从来都不站在门口欢迎她，而总是嘲讽她，她也不知道自己是怎么忍得了他的。

她走进门厅，开启墙上的传感器。“洛克在哪里？”

“洛克在健身房，警督。需要联系他吗？”

“不用。断开联络。”她要亲自去见他。现在锻炼出一身汗，可能恰好能清醒头脑。

她从门厅里人工控制板后面的楼梯向下走了一层，穿过泳池区的黑底环礁湖和热带温室。

她心想着，这里简直就是一个全新的世界，洛克的另外一个世界。豪华的泳池有吊顶，只要按一下按钮，就可以模拟星光、日光和月光；有专门的游戏房，有数百种游戏可以用来消磨漫漫长夜；一间土耳其浴室；一个独立的池塘；一个小型影院；一间沉思屋，比任何昂贵的健康疗养间或地球外理疗所都要豪华。

她觉得这些都是有钱人的玩具。或许洛克会把这些称作生存工具——在生活节奏愈发加快的世界里，这是一种必要的放松方式。洛克比她更会平衡工作与放松——这一点伊娃还是承认的。总之，他找到了一种方法，享受自己拥有的财富，守住自己的财富，并累积更多。

过去的几个月里，她从洛克身上学到了不少东西。其中最重要的一课就是，有时她需要把所有烦恼、所有责任，甚至是对答案的渴望都放到一旁，只做真实的伊娃。

她这样想着，溜进健身房里，输入密码，锁上了身后的门。

他从不吝惜在器械上花钱，但他不会花钱去塑型、雕饰肌肉或清洗内脏。他很看重负重器械、水下训练道和阻力训练中心。同样，他也很在乎锻炼时的汗水和努力。因为他喜欢传统，所以健身房里摆放了很多旧式铅球、铁饼、斜板和虚拟现实工具。

他现在正在用负重器械，身体一蜷一伸，眼睛盯着屏幕上闪烁着的原理图，头戴耳麦和某人通着电话。

“蒂斯代尔，度假区里最重要的就是安保问题。如果有什么漏洞，立即找出来，矫正过来。”他朝屏幕皱了皱眉头，将锻炼模式从蜷曲调整成拉伸。“这样还不行。如果费用超支，就必须证明花费是否必要。不，蒂斯代尔，我不是说找理由，是证明这些花费的必要性。地球时间九点之前，向我办公室发送一份报告。结束通话。”

“你表现很强硬，洛克。”

屏幕暗了下去，他回头扫了一眼，朝她笑了笑。“商场如战场，警督。”

“你在商场上的表现就像杀手一样。如果我是蒂斯代尔的话，一定吓得四肢发抖。”

“要的就是这种效果。”洛克放下重力器械，摘下耳机，放到一旁。伊娃看着他调到阻力中心模式，设定了程序，开始做腿部推蹬。伊娃随手抓起一枚哑铃，练着臂部肌肉，继续盯着洛克。

“你看起来很高兴啊，警督。”

“事实上，是见到你才很高兴。”她歪了歪脑袋，上下打量着洛克。“你的身材真棒啊，洛克。”

他的眉毛一扬，伸手摩挲着肱二头肌。“我是个强壮的男人。”

他向伊娃笑了笑。他能看出来，伊娃正在兴头上。只不过不太清楚这兴头是因何而起。“想看看我有多强壮吗？”

“我才不会怕你！”伊娃脱下自己的武器带，挂在一个挂钩上，眼睛仍然盯着洛克。“来啊！”她走向一块垫子，弯着手指做出个挑衅的动作。“看看你到底能不能打倒我。”

洛克依然俯卧着，盯着伊娃。他发现伊娃的眼神中不仅仅是挑衅。如果他没有看错的话，那是欲望。“伊娃，我浑身都是汗。”

伊娃嘲笑道：“胆小鬼。”

洛克的脸抽搐了一下。“我去冲个澡，然后——”

“你退缩了。直到今天还有很多男人坚持着老观点，认为女人不可能在身体对抗中与男人旗鼓相当。我知道你不是这种人，那么退缩只有一个原因，就是害怕我把你打得屁滚尿流。”

伊娃的话激起了洛克的好斗心。“健身结束。”他慢慢地坐起来，伸手抓起一条毛巾，擦了擦脸。“想打架吗？给你点儿时间来热热身。”

她的血液早已沸腾。“我已经够热了。徒手搏击吧！”

“不能用拳头。”他边踏上垫子，边说。洛克听到伊娃不屑地轻哼一声，眯了眯眼说，“我不会打你的。”

“好。就好像你能打到我似的——”

他动作迅猛，推得她一踉跄，一屁股摔倒在地。“犯规。”她嘀咕着，摇摇晃晃地站了起来。

“现在开始讲规则了哈。警察总这样。”

他们半蹲着，环伺着对方。洛克佯攻，伊娃向前一步。十秒钟之后，两人扭在一处。伊娃的双手在洛克光滑的皮肤上游动着。洛克的勾腿差点儿绊倒伊娃，但伊娃预料到他的动作，身子一低，躲了过去。伊娃用地面一撑，身体一扭，把洛克掀翻在地。

“这回平手了。”伊娃又蜷下身，看着洛克站起身，把头发捋到脑后。

“好吧，警督，这回我要全力以赴了。”

“切，全力以赴。你刚才——”

他差点又抓到她，差点儿就再次把她放倒，不过伊娃很快就识破了他的策略——用咒骂来分散自己的注意力。她躲开了进攻，做出还击。他们的脸紧贴在一起，身体扭成一团，这时伊娃拿出自己的杀手锏。

她一只手伸到洛克的两腿之间，轻抚着他的蛋蛋。洛克吃惊地眨着眼睛，一脸喜悦。“那么好吧。”他轻声说，双唇贴向伊娃，就要吻上的一刻，伊娃突然使劲一拧。

洛克还没来得及骂出声就已经被摔了出去。他砰的一声摔在地上，伊娃跨在他身上，一只膝盖抵着他的胯部，双手压住他的肩膀。

“你被压倒了，老兄。出局。”

“刚才还说犯规呢。”

“不要酸溜溜的了，你输了。”

“如果一个女人的膝盖抵着你的下身，再与她争辩可不是什么明智的选择。”

“很好。这回要听我的。”

“是吗？”

“当然，我赢了。”她歪着头，俯身去脱他的衬衫。“配合一点儿，这样我就不用揍你了。呃——呃——”洛克伸手来抓她时，她咬住他的手，把他推回到垫子上。“现在由我说了算。不要逼我把手铐拿出来。”

“唔——这个威胁有趣极了。你为什么不——”伊娃的嘴亲到他的嘴上，打断了他的话，深切热烈的一吻。他的双手本能地动起来，想要触摸她，抓住她。但他知道伊娃想要的不是这些，而是别的。因此他决定让伊娃来控制一切。

“我要你。”她咬住洛克的嘴唇，把火热的欲望传递给他。“我要无情地蹂躏你。”

洛克的大脑已经有些眩晕，呼吸有些急促。“对我温柔点儿。”他费劲地说，伊娃却大笑起来，一阵热流迎面扑来。

“做梦。”

她很强硬、迅猛，双手有力、焦急，嘴唇急不可耐。他只能通过身体的颤动来感受她的狂野欲望，感受她那无比热烈的激情。如果她想要控制一切，他愿意放权。或许他以为自己可以。但在她的猛烈出击下，他已经别无选择。

她的大脑一阵眩晕，血液也沸腾了。紧闭的双眼下一阵绚烂的色彩在舞蹈，她身体里只有洛克，她还想要更多——更多。高潮接连而来，一刻都不停息。身体传来一阵阵的痛感，一阵紧接一阵，直到最后身子软软地瘫倒在洛克身上。她把脸埋在他的脖子上，等待着头脑清醒过来。

“伊娃？”

“嗯？”

“轮到我了。”

洛克把她翻到身下时，她东倒西歪地眨着眼睛。她一时忘记了，他还在自己的身体里，硬着。“我还以为你——我——”

“你已经做过了。”他喁喁细语。他进到伊娃的身体里，看着她的脸上闪耀着喜悦。“现在该轮到你忍受着了。”

伊娃大笑起来，笑到一半就变成了呻吟。“如果不停下来，我们两个人都会死掉的。”

“我乐意为此冒险。不，不要闭眼，看着我。”

“我的脚趾都麻了。”她说，“还有手指。我好像折断了什么东西。”

洛克突然意识到自己可能压住了她的呼吸。他吃力地挪了挪身子。“好些了吗？”

他断续地深吸了一口气。“应该好些了。”

“我伤到你了吗？”

“嗯？”

他轻轻扶起伊娃的头，盯着她空洞的眼神和一脸的傻笑。“没事儿。你完事儿了吗？”

“暂停休息。”

“感谢上帝。”他瘫倒下去，做着深呼吸。

“老天，我们真是一团糟啊。”

“激烈的性爱最能体现人类的原始本能。快来！”

“快来哪儿？”

“亲爱的，”他亲吻了她湿漉漉的肩膀，“你得冲个澡。”

“我要在这儿连睡上几天。”她蜷起身子，打了哈欠，“你去吧。”

洛克摇了摇头，积攒着力气，把她推到一旁，努力站了起来。他深深地呼吸，俯身把她扛到肩头。“哎呀，你要欺负一个精疲力竭的女人啊。”

“你还真重啊。”他嘟哝了一声，穿过健身房，来到换衣间。他又调整了下姿势，使肩上的伊娃更稳当些，然后才踏到瓷砖地面上。他露出一脸坏笑，转身让她的脸正对着一个十字喷头。“17摄氏度，全力喷射。”

“16——”她只说出半句。余下的只有尖叫和咒骂，回响在亮闪闪的瓷砖浴室里。

现在她已经不是绵软无力了，而是一个浑身湿漉漉、挣扎着的绝望女人。他紧紧地夹住她，放肆地大笑着，伊娃则气急败坏，大声地咒骂着。

“33度，”她大喊，“混蛋33度！马上！”

喷头喷出热水时，她才勉强恢复了呼吸。“我要宰了你，洛克。等我暖和过来。”

“这是对你好。”他小心地把她放到地上，递过来一块肥皂，“洗洗吧，警督。我饿死了。”

她也很饿。“等晚些时候再宰你，”她说，“等我吃完饭。”

一小时之后，她冲完澡，心满意足，穿上了衣服，啃着一块6厘米大的牛排。“你应该知道吧，我嫁给你只是为了性和食物。”

他轻啜了一口红酒，看着她狼吞虎咽地吃着。“当然知道。”

她叉起一块油炸薯条塞进嘴里。“还因为你长了一张英俊的脸。”

他很平静，只是笑了笑。“他们都这么说。”

虽然原因只有这么几个，但美好的性爱、可口的食物和英俊的脸蛋儿确实能给人带来好心情。她朝着洛克微笑着。“梅维斯怎么样？”

洛克早就等着她问这个问题了，但他知道要先把她体内郁结的一些晦气排出来。“她很好。今晚她和莱昂纳多在她的屋里相聚了。明天一早你就可以和他们聊聊。”

伊娃低头看着自己的盘子，又切了一块牛排。“你觉得他怎么样？”

“我觉得他无可救药地爱上了梅维斯。因为我也有过类似的情感经历，所以对他现在的处境很同情。”

“我们无法断定他在凶杀案当晚的行踪。”她端起自己的红酒。“他有动机，他有工具，而且很有机会。暂时还没有物证可以把他与该案联系起来，但凶杀案发生在他的住所，凶器也是他的。”

“所以你断定是他杀了潘多拉，然后设计了现场，嫁祸给梅维斯？”

“不。”她把红酒放到一旁，“如果能这样的话就简单了。”伊娃的手指敲打着桌子，又端起杯子。“你认识杰莉·菲茨杰拉德吗？”

“认识，有过一面之缘。”他犹豫了一下，“不过，我没和她睡过。”

“我又没问你。”

“免得你多问一次。”

伊娃耸了耸肩，又抿了一口红酒。“她给我的印象是机敏，有野心，聪明而且强硬。”

“你对人的印象通常很准。我同意你的看法。”

“我对模特行业不是很了解，但也做过一些调查。菲茨杰拉德这样的名模都承担着很大的风险。金钱、声誉、媒体。在莱昂纳多这样大有前景的设计师时装秀上担当首席模特，将带来巨大的利益和铺天盖地的媒体报道。而现在她已经取代了潘多拉。”

“如果他的设计大获成功，首席模特确实会得到很大的好处，”洛克表示同意她的观点，“但这些都只是推测而已。”

“她与贾斯汀·杨格关系密切，而且她承认潘多拉想要勾引杨格。”

洛克想了想，说道：“很难想象杰莉·菲茨杰拉德会为了男人而杀人。”

“的确，她更可能去找新欢，”伊娃也承认，“但是，情况还不止这些。”

她简要地讲述了博默尔手中的数据和他的遇害与潘多拉体内发现的新毒品二者之间的关联。“我们找不到她藏匿的东西。有人觊觎着这些东西，而且知道到哪里去找。”

“杰莉公开宣传反对使用毒品。当然，那只是在公众面前。”洛克又补充说，“而且你现在处理的是利益攸关的事情，而不仅仅是聚会上的欢闹。”

“这只是我的推测。这样一种新型毒品，迅速上瘾，效力强劲，有着很大的盈利前景。即使最终这种毒品会致命，也不会阻挡人们的贩卖和使用。”

她把吃了一半的牛排放到一旁，洛克看着眉头一皱。伊娃吃不下东西时，多半都是因为焦虑。“你好像已经找到追踪的线索了，可以洗清梅维斯的嫌疑。”

“是的。”伊娃不安地站起身来，“这条线索并没有直接指向任何人。菲茨杰拉德和杨格可以互相证明不在场。安保光盘证实了他们在案发时的所在地。除非两人或其中一人对安保摄像机做了手脚。瑞德福德没有不在场证明，或者说他的不在场证明漏洞很大，但我还不能拘捕他。暂时还不行。”

洛克已经很清楚她的想法了。“你对他的印象怎样？”

“老辣，无情，自私自利。”

“你不喜欢他。”

“不喜欢。他狡猾，自鸣得意，自信可以毫不费力地就掌控一位城市警察。而且他十分主动地提供了情况，就像杨格和菲茨杰拉德一样。我不敢信任主动的人。”

洛克心想着，警察的思考方式真是奇怪。“如果是在你的逼问之下他才提供信息的话，你就会更相信他？”

“当然。”这对她而言是最基本的几条准则之一，“他急切地告诉我潘多拉吸毒。还有菲茨杰拉德也是。而且他们三人都毫不掩饰地告诉我他们讨厌潘多拉。”

“我猜你觉得他们并不诚实。”

“一个人如果面对警察时也毫不掩饰，如此坦诚，那么通常在他讲的故事背后都会隐藏着某些见不得人的勾当。我要深入调查他们一下。”她转过身，又坐了下来。“还有和我对接的那个缉毒专案组的警察。”

“卡斯托？”

“对。他想要这个案子，虽然失去案子之后他表现正常，但他肯定不愿和我分享成果。他想当队长。”

“你不想？”

她冷冷地直视着洛克，说：“等我有足够的资本。”

“噢，当然，你现在很愿意与卡斯托分享。”

她撇了撇嘴。“闭嘴，洛克。关键在于，我要找到确凿的证据，把博默尔和潘多拉两人的死联系在一起。我需要找到能把他们联系起来的人、同时认识他们两个的人。在我找到那个人之前，梅维斯只能一直面对谋杀指控。”

“在我看来，还有两个街区需要打探一下。”

“哪两个？”

“通往高级时装店的星光大道和通向那大道的砂石路。”洛克拿出一根香烟点上，“你说潘多拉回地球之前去哪儿了来着？”

“星光空间站。”

“我在那里有些股份。”

“真令人吃惊啊。”她冷冷地说。

“我会去帮忙问一些情况。和潘多拉一样待在娱乐圈的人对警察的反应普遍不是太好。”

“如果问讯没有太多成果的话，我恐怕只能自己走一趟了。”

她的语气使他有些警觉。“有什么事吗？”

“没，没什么。”

“伊娃。”

她又离开桌子。“我从没离开过地球。”

他很困惑地看着伊娃。“你从没离开过地球？从来没有？”

“不是所有人都像你一样，有点儿问题就要跑到地球外面飞一圈。地球上已经有很多事情，够我们忙的了。”

“根本就不用害怕，”他说，他早就明白了她的担心，“空间旅行比在城里开车更安全。”

“狗屁。”她悄声说，“我又没说自己害怕。如果必须要去，我会去的，只不过尽量不要去罢了。案情线索越清晰，我就能越快救出梅维斯。”

“呃——呃。”他心想，发现自己这位勇猛的警督也有害怕的事情，真是有趣。“要不我去看看能帮你找出些什么线索？”

“你只是一个普通市民。”

“我当然会暗地里做调查啦。”

伊娃回头看了看洛克，他一脸愉悦，看起来很理解她，于是叹了口气说：“好吧。我猜你在地球之外的雇员中应该没有能帮上忙的植物专家吧。”

洛克又端起红酒，露出微笑。“其实……”

第十一章

伊娃感觉这件案子同时出现了太多枝节，最好选一个熟悉的方向继续下去。她独自一人走向街头。

她给皮博迪安排了大量的数据分析，打电话问了费尼最新情况，但却一个人出去打探消息。

她不想与人闲聊，不想让任何人靠近自己。她过了糟糕的一晚，惊恐还都留在脸上。

这是迄今为止最糟的一个噩梦。噩梦扼住了她的咽喉，惊醒了她，她一身冷汗，抽泣着。她唯一感到安慰的就是在噩梦最可怕时，黎明来了。她醒来时床上只有自己一个，洛克已经起床去冲澡了。

如果洛克听到她尖叫或看到她的样子，她恐怕再也不敢面对他了。或许这是一种错位的自尊，但她还是要想尽一切办法躲开洛克，给他留下一张小纸条，匆匆地溜出房间。

她也躲开了梅维斯和莱昂纳多，只和萨默塞特打了个照面，看见了他惯常的冰冷表情。

她转身躲开萨默塞特，走出了屋子。而她心中知道，自己躲开的远不止萨默塞特的冰冷表情。

只要工作就能忘掉别的一切，但或许这也只是她一厢情愿。工作与梦境不同，是她能够理解的。她在城东的低俗酒吧前停下车，下了车子。

“嘿，白妞！”

“最近怎么样，咔嚓克？”

“没有什么特别的。”他对着伊娃咧嘴一笑。咔嚓克是个高大的黑人，脸上布满了纹身。他宽阔结实的肩膀上披着一件羽毛状的背心，一直垂到膝盖，腰间系着一条夸张的霓虹色的腰带。“今天肯定又热得不行。”

“有空跟我进去喝一杯，凉快一下吗？”

“小甜心儿，如果你邀请我的话，我倒是乐意喝一杯。你听咔嚓克的话，收起你的警徽，来低俗酒吧工作吧，一展你的才华。”

“这辈子别想了。”

他笑起来，拍着闪闪的肚皮。“真不知道为什么会喜欢你？进来，润润嗓子先，告诉咔嚓克有什么不爽的。”

她去过比这更糟的酒吧，所以很欣慰这个酒吧没那么糟糕。夜里狂欢留下的腐味悬在空气中：熏香、劣质香水、酒精、可疑的烟味、污秽的体味和滥交的遗味。

时间还早，夜店最狂热的粉丝也还没来。椅子都倒放在桌子上，在污秽的地上有一道拖把随意拖过的痕迹，留下一道污秽。

吧台后的酒瓶在彩灯的映照下闪着光。右侧的舞台上，一名舞者披着粉色的网衣，和着模拟的管乐声，练着一些常规动作。

咔嚓克摇了摇巨大的脑袋，示意机器人佣人和舞者走开。“喜欢喝点儿什么，白妞？”

“黑咖啡。”

咔嚓克迈着重重的脚步走到吧台后，依然咧着嘴笑着。“明白啦。要不要尝尝我的特别手艺？”

伊娃耸了耸肩，入乡随俗吧。“好啊。”

她看着咔嚓克调咖啡，只见他打开一个柜子，取出了一个许愿瓶模样的瓶子。伊娃靠在污浊的吧台上，闻着咖啡的味道，稍微放松了些。她知道自己为什么会喜欢咔嚓克这样一个并不熟悉的夜生活者。她一生多半的时间都在咔嚓克生活的这个世界里游荡。

“嘿，小甜妹，你来这么肮脏的地方干嘛呢？警察的公务？”

“恐怕是。”她品了一口咖啡，深吸了一口气。“老天，真是极品啊。”

“这是专为喜爱咖啡的人准备的。打了法律的擦边球。”他眨巴了下眼睛，“好吧，咔嚓克能帮你做什么？”

“你认识博默尔吗？卡特·约翰逊，道上的三流人物，专门打探各种数据。”

“我认识博默尔。他已经是一摊死肉了。”

“是啊，没错，有人把他宰了。你和他打过交道吗，咔嚓克？”

“他偶尔过来坐坐。”咔嚓克喜欢自己的特制咖啡不加冰。他轻啜了一口咖啡，咂着满是纹身的嘴唇，品味着。“他有时兴冲冲，有时没兴致。他爱看表演，总说些屁话。老博默尔不伤人。听说他的脸被打没了。”

“是啊。究竟是谁这么恨他呢？”

“要我说的话，他应该是惹怒了某些人。博默尔爱打听消息。偶尔打探到一点儿消息之后，他还要张大嘴巴。”

“你上次见到他是什么时候？”

“该死，现在记不太起来了，反正几周前吧。貌似他有一天晚上来到这儿，装了满满一口袋信用币。他买了瓶酒，找了个姑娘，包下一个私人包间。露西尔和他一起进去的。不，不是露西尔，是海特。你们白人女孩儿长得都一个样。”他说着，眨了眨眼睛。

“他有没有说过哪里来的那么多钱？”

“可能告诉过海特，他当时乐得屁股都翘起来了。好像海特又给他续了几个小时。他想一直那么乐下去。海特好像说老博默尔就要成为一名企业家了，或者是别的一些什么狗屁玩意儿。我们嘲笑了一番，之后他跑了出来，光着身子窜到台上。我们笑得更厉害了。那家伙的小弟弟真是小得可怜啊。”

“这么说来，他是在庆祝一桩买卖。”

“我猜应该是。我们都很忙。我得去修理几个混蛋，把一些烂醉的家伙扔出去。我还记得当时我走到街上，看他匆匆地冲了出来。我一把抓住他，想逗逗他。他已经不像刚才那么开心了，好像吓得要尿裤子。”

“他说了什么吗？”

“他什么都没说，只是疯狂地摇着脑袋，然后匆匆跑掉了。我想那应该是我最后一次见到他了。”

“谁把他吓成那样了？他和谁说过话？”

“这我可不知道，小美人儿。”

“当晚你见过这几个人吗？”伊娃从包里拿出照片，铺在桌上。上面是潘多拉、杰莉、贾斯汀、瑞德福德，还有伊娃不得不拿出来的梅维斯和莱昂纳多的照片。

“嘿，我认识这两个。她们都是漂亮模特。”他粗壮的手指抚过潘多拉和杰莉美貌的面庞。“这个红头发的时常来这儿，勾搭玩伴，想要找乐子。她那天晚上可能在这儿，但说不准。其他几个人不在我们的来宾名单里。至少我认不出他们来。”

“你见过红头发和博默尔在一起过吗？”

“博默尔不是她的菜。她喜欢高大愚蠢的年轻人。博默尔只是在蠢这一点上够格。”

“咔嚓克，街头有没有新毒品的传言？”

他的大脸表情全无。“没有。”

伊娃知道，友好合作到此为止了。她悄悄拿出一些信用币，放到吧台上。“想起些什么了吗？”

他看了看信用币，又抬头看了看她的脸，权衡着手中的谈判筹码。信用币滑到吧台另一端，消失不见了。

“好像有些关于新毒品的传言，是一种高效持久的玩意儿，很值钱，听说叫‘不朽’。东西还没有流到这一片儿，暂时还没有。在这儿混的人都买不起。他们得等仿冒品出来才行，还要等上几个月。”

“博默尔提到过这种东西吗？”

“他就是陷到这里面了吧？”咔嚓克眼中显出猜测的神色，“他从来没跟我讲过。我已经说过啦，我听到点儿风声。最近传言很盛，倒卖毒品的家伙都很兴奋，但我还没听说过有谁已经搞到手了。这是个很好的买卖。”他微笑着说，“你搞到一种产品，一种新产品，客户的胃口都会被吊起来，饥渴地等待着。然后东西到了，他们都会花钱去买。他们会花大价钱去买。”

“是啊，很棒的买卖。”伊娃向前靠了靠，“咔嚓克，千万不要尝试这个，会丧命的。”他想要摆手让伊娃不要开玩笑了，伊娃伸出一只手按住他结实的胳膊。“我是说真的。这东西有毒，是慢性毒药。如果你的朋友里有谁在用，警告他们远离那鬼东西，要不肯定活不了太久。”

咔嚓克端详着伊娃的表情。“不开玩笑，白人女孩儿？不是警察吓唬人的话吧？”

“不开玩笑，不是警察吓唬人。一般吸食者五年之后神经系统就会不堪重负，然后死去。全是实话，咔嚓克。不管谁在生产这些东西，肯定知道它的副作用。”

“真是混账的赚钱方法。”

“谁说不是。现在，到哪儿能找到海特？”

咔嚓克呼了一口气，摇了摇头说：“反正我怎么说也没人会信我的。上瘾了的人是不会听的。”他回头看了看伊娃，集中了注意力。“海特？该死，我不知道。好几个星期没见过她了。这些姑娘都是来来往往，在一家酒吧干一段时间，就转到另一家了。”

“她姓什么？”

“莫皮特。海特·莫皮特，听说她在第九街租了一个房间，大约在一百二十几号。需要我帮忙的话，小甜心儿，随时叫我。”

海特·莫皮特已经三周没有付房租了，她那瘦削的小屁股也三周没在人前出现了。这些都是房东告诉伊娃的，他还说如果莫皮特女士在48小时内再不出现的话，她的押金和物品都将被没收。

伊娃听着他愤怒地抱怨着，独自走上这破旧、没有电梯的三层楼的楼梯。她手里拿着总代码钥匙，刚打开海特的门，她就猜出房东肯定开过门。

房间是个单人间，床很窄，光线昏暗，窗户上挂着粉色的窗帘，床上摆着廉价的亮粉色枕头，屋子的主人想这样使屋子更有家的感觉。伊娃快速扫视了一圈，发现一个地址簿，一张有3000元余额的账户本，几张镶框的照片，还有一本过期的驾驶证，显示海特的居住地是泽西城。

储物间里半满，从顶层破烂的行李箱看来，伊娃判断这里放着海特的全部东西。她查看了通讯器，把所有的通话都复制到光盘上，又复印了驾驶证。

如果海特是去旅行了的话，她应该只带着一点儿零钱，随身换洗的衣服和职业妓女执照。

伊娃对此并不抱太大希望。

她用车上的通讯器接通了停尸所。“查查无名死者。”她下令说，“白人，金发，28岁，体重大约60公斤，身高1米64。马上给你传送驾照做头像比照。”

她向警署开着车，差不多只有三个街区远时，匹配结果传来。

“警督，我们找到了一具可能匹配的尸体。需要通过牙齿、DNA和指纹最终确认，无法通过影像识别。”

“为什么？”伊娃问，但心中已经知道了答案。

“她的脸剩下的已经不多了。”

指纹匹配……负责这具无名尸体的首席探员把海特移交给

伊娃，头也不回地走开了。伊娃在办公室里，她盯着三个案子的档案。

“工作真是粗枝大叶。”她嘟哝着，“莫皮特的指纹是从她的职业妓女执照上取来的。凯米歇尔几个星期前就应该确认她的身份了。”

“只能说凯米歇尔对这具无名尸体不怎么感兴趣。”皮博迪说。

伊娃压制住怒气，瞥了皮博迪一眼。“那么凯米歇尔真是选错行了啊，是吧？皮博迪，看来这些案子有一些联系。从海特到博默尔，从博默尔到潘多拉。依你看，他们被同一个人杀害的概率有多高？”

“96.1%。”

“好。”伊娃感到一阵安慰，胃蠕动了一阵，“我要把这些都带到检察官办公室，活动一番。或许能说服他们抛开对梅维斯的指控，至少等我们找到更多证据。如果他们不……”她看皮博迪的眼中全无神采。“我要向纳丁·福斯特透露一些消息。这样是违反规定的，我告诉你是因为，只要你跟从我的指挥办这件案子，你就也得承担责任。如果你继续留下来，可能会有受罚的风险。在这之前，我可以重新给你另分派一个任务。”

“警督，我认为让我离开才是对我的惩罚。那样做是不对的。”

伊娃良久没有说话。“多谢。迪迪。”

皮博迪的脸一阵抽搐。“不要叫我迪迪。”

“好。带上手头全部的资料，去找费尼队长，亲手交给他。

我不想通过别的渠道传输这些数据，至少得等到我和检察官谈过，之后我会做一些独立调查。”

她看到皮博迪的眼中闪出一丝光彩，于是微笑了起来。她还记得自己刚入警局，第一次办案时的样子。“去低俗酒吧海特工作的地方，告诉咔嚓克，就是那个大个儿。相信我，你一定能认出他的。告诉他是我派你来的，告诉他海特已经死了。看看能从他嘴里或者其他任何人嘴里套出什么话来。了解一下她平时和谁在一起玩儿，那天晚上她都讲了哪些与博默尔有关的事情，她还和谁一起待过。你应该知道怎么办。”

“是，长官。”

“噢，还有皮博迪。”伊娃把档案塞到包里，站起身，“不要穿警服，会吓到店里那些人的。”

检察官只用了十分钟就粉碎了伊娃的期望。她又争辩了二十分钟，但也不过是不断地重复之前的理由。乔纳森·哈特利承认三个案子可能有一定的关联。他总是很愿意听取别人的想法。他钦佩伊娃的调查工作、她的推断能力以及她的组织表达能力。他敬佩所有办案突出的警察，因为这保证了他管辖下的检察官办公室的高定罪率。

但他和检察官办公室暂时还没有打算放弃对梅维斯·弗里斯通的指控。物证充分，而案件走到这一步已经很难撤回了。

不过他愿意敞开大门。如果伊娃找到其他嫌疑人，他会非常愿意听她讲述情况。

“缩头乌龟。”伊娃一边嘀咕着，一边甩门走进蓝松鼠酒吧。她看到纳丁已经坐在一张桌前，皱着眉头盯着菜单。

“达拉斯，为什么你总是来这儿？”伊娃刚坐下，纳丁就质问说。

“因为我不愿意改变。”但她发现酒吧已经变了，没有梅维斯站在台上，穿着那入时耀眼的表演服，尖声唱着完全听不明白的歌词。“黑咖啡。”伊娃点了饮料。

“我也要黑咖啡。很难喝吗？”

“等会儿喝一口就知道了。你还抽烟吗？”

纳丁不安地环视了四周。“这里是无烟区。”

“像这种酒吧，难道他们还会有什么意见不成。给我一支，好吧？”

“你不是不抽烟吗？”

“我想发展点儿坏习惯。给你两块烟钱。”

“不用了。”纳丁保持着警觉，生怕有熟人在附近走动，伸手掏出两根香烟。“你看起来应该来点儿更强劲的东西。”

“这个就够了。”她靠过身，让纳丁点上烟，吐出一口烟圈儿。她呛了一口。“上帝啊，我再试一下。”她又抽了一口，感觉脑子都晕了，肺就要炸了。她很烦闷地把烟摁灭。“真恶心，你干嘛要抽这鬼东西？”

“要慢慢地才能体会其中的味道。”

“吃狗屎吃久了也一样能体会其中真味。说到狗屎……”伊娃从餐盘上拿起咖啡，鼓足勇气喝了一口，“你最近怎么样？”

“很好，好多了。我做了一些以前一直以为没有时间做的事情。很有趣，一次濒死的经历会使你意识到，没有好好利用时间，就是在浪费生命。我听说莫尔斯已经能上庭了。”

“他又不是疯子，只不过是个杀手。”

“只不过是个杀手。”纳丁伸出一根手指，在脖子上曾经被刀割破流血的地方做了个手势，“你难道没有意识到，作为杀手，他本来就是个疯子？”

“不，有些人只是喜欢杀戮。纳丁，不要再纠结这个问题了。你还是忘不了啊。”

“我一直在努力竭力忘记。我用了几个星期的时间，和家人一起待了一段时间。有一些效果。这段时间还让我意识到，我喜欢自己的工作。我做得很好，尽管我彻底失败——”

“你没有失败。”伊娃不耐烦地打断了她，“你被下了药，脖子上架着刀子，而且吓得要死。让这些都过去吧。”

“是。对啊。好吧。”她吐出一口烟，“你的那位朋友有什么新消息吗？真遗憾她遇到这样的麻烦。”

“她会没事儿的。”

“我就知道你会摆平这件事的。”

“是的，纳丁，而且我需要你的帮助。我这儿有一个未经警局确认的消息给你。不，不要录音，用笔写下来。”伊娃看纳丁的手伸向包里，阻拦说。

“听你的。”纳丁又向里摸索了一会儿，掏出一个记事本和一支钢笔。“该死。”

“我们有三起独立的凶杀案，证据都指向同一个凶手。第一位受害人是海特·莫皮特，兼职舞者，酒吧持照妓女，在5月28日凌晨两点左右被打死。重击多半落在脸和头上，面相已经基本不可辨识。”

“啊。”纳丁叹了一声，继续记下去。

“第二天早晨，她的尸体被发现，无法辨识，警署将其列为无名死尸。在她遇害的同时，梅维斯·弗里斯通正站在你身后的舞台上，在一百五十多名观众的眼前大声唱着。”

纳丁的眉毛一挑，露出了微笑。“哦，哦。继续，警督。”

伊娃继续说着。

现在这是她最好的选择了。一旦电视做了报道，恐怕警署所有人都能猜出匿名的消息是从哪里传出来的。但他们找不到证据。而若被问起，伊娃为了自己，更是为了梅维斯，一定会矢口否认。

她又在警署中心多待了几个小时，联系了海特的哥哥——海特唯一一位还能寻到踪迹的亲戚——通告了他妹妹遇害的消息。

这一段令人振奋的小插曲之后，她回到警署翻看着现场清理员在莫皮特凶杀现场取的样，搜寻着哪怕一点儿可以用作法庭证据的。

毫无疑问，她被发现的地方就是遇害的地方。凶手干净利落地干掉了她。唯一抵抗的痕迹只有断裂的肘部。尚未发现任何凶器。

她沉思着，博默尔凶杀案的现场也没有凶器。几根断手指，纤细的断胳膊，碎裂的膝盖骨——都是在死前造成的。她猜想这应该是刻意的折磨。博默尔手中有的不仅是信息，还有样品和配方化学方程式，而这两样东西凶手都想要。

但博默尔嘴很硬。不管什么原因，凶手没有腾出时间，也不敢冒险去博默尔的小屋里搜查一番。

为什么博默尔被扔到了河里？为了争取时间，她推测着。但这招没奏效，他的尸体很快就被人发现，并且确认了身份。她和皮博迪在尸体发现后几小时内就赶到小屋，把证据打包做好标签带走了。

然后就是潘多拉了。她知道的太多，胃口太大，是个不稳定的合作伙伴，还威胁要和不该知道内情的人讲出实情。伊娃思量着，双手搓着脸，之上几种原因都有可能。

凶手在她的尸体上发泄了更多的愤怒，现场打斗痕迹更重，更乱。而她也因为“不朽”惹火上身。她不像愚蠢的酒吧舞女，被堵在小巷里，也不像可怜的线人，知道了不该知道的东西。潘多拉是个很有权势的女人，头脑灵活，野心很大。而且伊娃还记得，她肌肉发达。

三具尸体，一个凶手，有一条线联系着三者。这条线就是钱。

她在电脑上搜索了所有嫌疑人，查看着日常账户交易。最可怜的就是莱昂纳多了。他已经债台高筑。

她又深入调查了一下，发现瑞德福德做了很多笔交易。取款，存款，又取款。电子转账从国家一头传到另一头，还有几笔转到临近卫星上。

有意思了，她想，很快她又发现了更有意思的事情，他在纽约的账户向杰莉·菲茨杰拉德的纽约账户转账约125,000美元。

“三个月前。”她喃喃自语，又查看了一下日期，“给朋友的话，这可是很大一笔钱。电脑浏览过去十二个月里，该账户向杰莉·菲茨杰拉德或贾斯汀·杨格名下账户转账的所有明细。”

“浏览瑞德福德名下所有账户向前述账户转账的记录。”

浏览中。无转账记录。

“好吧，好吧，换一种说法试试。浏览瑞德福德名下所有账户向潘多拉名下所有账户的转账记录。”

浏览中。转账记录如下：

纽约总行向纽约总行潘多拉账户2/6/58，转账10,000美元。

新洛杉矶账户向新洛杉矶证券潘多拉账户3/19/58，转账6,000美元。

纽约总行向新洛杉矶证券潘多拉账户5/4/58，转账10,000美元。

星光空间站债券账户向星光空间站债券潘多拉账户6/12/58，转账12,000美元。

无其他转账记录。

“哼，这回行了。她逼着你出血了吧老兄，还是她在帮你买卖？”伊娃想飞到费尼身边，自己来完成下面的调查。“电脑，浏览过去一年的同类数据。”

电脑工作着，她调了咖啡，想着该如何继续下一步。

两个小时后，她的眼睛酸涩，脖子僵硬，但现有信息已经足够让瑞德福德再接受一次审问了。她不想通过电子采访，而更愿意明早十点把他叫到警署中心来。

给皮博迪和费尼留言之后，她打算结束一天的工作。

接到洛克在她车载通讯器上的留言之后，她多少有些失落。

“一直联系不上你，警督。我有点儿事情要去处理。我想，你收到这条信息时，我应该已经在芝加哥了。除非事情处理得很顺利，否则我可能要在这里过夜了。如果想见我的话，可以去河宫酒店找我，要么我们就明天见啦。不要熬夜太久哦，我会知道的。”

伊娃心烦气躁地关掉记事本。“我还能干什么？”她满心怒气，“你不在时，我根本就睡不着。”

她摇摇晃晃地走过大门，看到房里灯火通明，心中又燃起了一丝希望。他取消了会议，解决了问题，忘记开回车子。她想，反正他回家了。她脸上带着笑走进房门，迎面传来梅维斯的笑声。

客厅里有四个人喝着酒，吃着开胃小菜，但洛克不在那里。警督的观察能力可真是敏锐啊，伊娃忧郁地暗自想着，在其他人发现她之前，她又在屋内扫视了一圈。

梅维斯还在大笑着，身着家居服。红色的紧身装嵌着银星，外罩一件透明翡翠绿的宽松罩衫，前襟敞开着。脚下蹬着一双15厘米高的细长跟的鞋子，晃晃悠悠地偎依到莱昂纳多怀里。莱昂纳多一手抱着她，另一只手攥着一只玻璃杯，里面盛着透明冒泡的饮品。

有一个女人嚼着开胃小菜，她敏捷又精致，就和工厂里的机器人一样。她做了短盘发的发式，每个卷儿都有不同的宝石颜色。左耳垂包裹在银环中，银环连在一起向下绕过尖尖的下巴，一直连到右耳，挂在一个拇指大的耳钉上。在她小巧高挑的鼻子上，有一个玫瑰花蕾状的纹身。蓝色的电眼上，有一双紫色的剑眉。

伊娃很惊奇地发现，这些与她身上及腰的小吊带装很搭。她的吊带装隐隐地露着胸脯，刚刚盖过乳头。她的胸有农场里长的哈密瓜那么大。

在她身旁，一个脑门上纹着地图的光头男人，一边透过玫瑰色的眼镜看着周围人的动作，一边大口喝着——伊娃推测应该是——洛克的白葡萄酒。他穿着一件宽松的短裤，刚盖过瘦骨嶙峋的膝盖，上身一件红、白、蓝国旗色的护胸。

她想——真的想——偷偷溜到楼上，躲进自己的办公室，反锁上门。

“你的客人，”萨默塞特在她身后用揶揄的口气说，“正在等你。”

“听我说，老兄，他们不是我的——”

“达拉斯！”梅维斯尖声叫着，拖着细高跟一路蹦跳过屋子。她歪歪斜斜地抱住伊娃，差点带着两人一起摔倒。“你回来得太晚了。洛克得出去一下，而且他说比夫和特瑞纳可以过来。他们都很想见见你。莱昂纳多正在给你准备饮料。噢，萨默塞特，这些食物真是太棒了。你真是个好人。”

“你能喜欢，我很高兴。”他微鞠一躬。他那如朗月一般的严肃脸庞上再也没有任何表示，就消失在大厅后面了。

“快来，达拉斯，来加入我们。”

“梅维斯，我真的有很多活儿——”但伊娃已经被拖到了会客厅。

“要喝点儿什么，达拉斯？”莱昂纳多对着她露出忧郁可怜的笑容。伊娃彻底放弃了抵抗。

“当然。好吧。一杯红酒。”

“红酒棒极了。我是比夫。”脑袋上纹着地图的那个男人伸出纤细精致的手。“达拉斯警督，很荣幸认识您，您是梅维斯最好的朋友。莱昂纳多，你说得一点儿没错，”他继续说着，玫瑰色镜片后的眼睛审视着，“古铜色的丝绸在她身上极配。”

“比夫是一位布料专家。”梅维斯用微醺的话音继续说着，“他从一开始就和莱昂纳多搭档。他们正在设计你的嫁衣。”

“我的——”

“还有这位是特瑞纳，将由她来给你做发式。”

“做发式？”伊娃感觉大脑一阵缺氧，四肢充血，“哦，好吧，我不……”即使毫不虚荣的女人面对一位满头彩虹卷的设计师，也会惊慌不安的。“我真觉得不用——”

“免费的。”特瑞纳用锈铁般的音色说，“等你洗清了梅维斯的罪名，我给你做终身免费发型顾问和造型。”她抓起一把伊娃的头发，扯了扯。“质地很好。重量不错。剪得很差。”

“你的葡萄酒，达拉斯。”

“多谢。”她现在真需要喝些酒，“听我说，见到你们很高兴，但是我还有些工作要做。”

“噢，但是你不能走。”梅维斯紧紧地揪住伊娃的胳膊，“这里的人要开始给你打扮啦。”

这回伊娃全身都没了血气。“打扮什么？”

“我们已经在楼上准备好了。莱昂纳多的工作室，还有特瑞纳和比夫的工作室。其他小蜜蜂明天就能嗡嗡地飞过来了。”

“小蜜蜂？”伊娃镇定了一下，“嗡嗡地飞？”

“为了那场时装秀。”莱昂纳多清醒冷静，知道这么做可能不太受欢迎，于是拍了拍梅维斯的胳膊，想要她抑制一下激情，“亲爱的，达拉斯现在可能不想满屋子都是人。我是说……”他闪烁其词，避而不谈调查案件的事情。“婚礼都这么近了。”

“但只有这样我们才能聚在一起，完成时装秀的设计啊。”梅维斯的眼神楚楚可怜，转身看着伊娃，“你不会介意的，是吧？我们不会碍事儿的。莱昂纳多有好多事情要做。他有一些设计要做修改……因为杰莉·菲茨杰拉德将出任首席模特。”

“她和潘多拉很不同。”比夫插话说，“肤色不同，身材也不一样。”他很得意地说出了大家一直躲躲闪闪的那个名字。

“是的。”梅维斯露出灿烂的笑容，“所以有好多工作要做，洛克说没问题的。说房子很大，怎么都行。你们甚至都不会感觉到他们的存在。”

伊娃心想，会不停地有人跑进跑出，会给安保带来大麻烦。“不要担心这些。”她说。她自己却很担心。

“我早就说没问题的。”梅维斯说，在莱昂纳多的面颊上吻了一下。“还有达拉斯，我向洛克保证过，不让你熬夜干活。你得在这儿坐下，放纵一回。我们订了披萨。”

“哦，天啊！梅维斯——”

“一切都很顺利。”梅维斯用近乎绝望的语气继续说道，手指抓紧伊娃的胳膊，“75台报道了一些新线索，还有另外几起凶杀案和一种毒品。我根本就不认识其余几个被打死的人。我根本就不认识他们，达拉斯，所以肯定是别的什么人干的。一切都会过去的。”

“还得花上一段时间，梅维斯。”伊娃停了下来，感觉梅维斯闪着伤心绝望的目光，于是微笑起来。“是的，一切都会过去的。披萨是吧？我可以吃点儿。”

“很好。太棒了！我去找萨默塞特，告诉他，我们已经准备好了。带达拉斯上去，给她看看，好吗？”她匆匆地冲了出去。

“那条报道给了她很大的鼓舞。”莱昂纳多轻声说，“她需要鼓鼓劲。蓝松鼠酒吧解雇了她。”

“解雇？”

“这帮混蛋。”特瑞纳一边吃着零食，一边咒骂着。

“酒吧经理觉得让一个谋杀嫌疑犯做领唱，对酒吧的声誉不太好。她很难过。我想了这个法子转移她的注意力。对不起，本应该先和你商量一下的。”

“不，这样挺好。”伊娃又啜了一口红酒，振奋了一下精神，“现在来打扮我吧。”

第十二章

其实也不算太糟，伊娃心想。没有城市战争时的暴乱可怕，比不上西班牙宗教法庭内庭的酷刑，也没有乘XR–85登月喷气机吓人。她是一名警察，有十年的经验，经常要面对各种危险。

她知道当特瑞纳比量着她乱蓬蓬的头发时，自己就像一匹惊慌失措的马。

“嘿，或许我们只要——”

“让专家来决定。”特瑞纳说。她把剪刀放下时，伊娃松了口气，差点儿要哭出来了。“我们来看看这样好不好。”

特瑞纳又来了，手中什么也没拿，但伊娃依然警惕地盯着她。

“我有头发定型剂。”莱昂纳多从长桌的另一端抬起头说，长桌上摆满了各种布料，他和比夫聊着。“可以做出各种发型。”

“我可不需要什么恶心的定型剂。”为了证明自己的话，特瑞纳用稳稳、宽阔的双手捧住伊娃的脸。伊娃眯起眼，特瑞纳的手向上抚过伊娃的头，又抚过她的下巴，向上摩挲着颧骨。“骨骼结构很好，”她赞许道，“你请谁做的？”

“做什么？”

“面部塑形。”

“上帝啊！”

特瑞纳顿了顿，窃笑着，发出刺耳的笑声，那声音就像生锈了的大号。“梅维斯，我很喜欢你这位警察朋友。”

“她是最棒的。”梅维斯醉着说。她坐在旁边的一个凳子上，看着三面镜里的自己。“特瑞纳，或许你可以给我也做做头发。律师建议我做一个更加沉静的外形，就是那种肤色稍暗之类的。”

“见鬼。”特瑞纳两个大拇指把伊娃的下巴托起来。“我这儿有些新玩意儿，随便什么法官看了都会流口水，非常讨人喜欢。艳丽的粉色搭配银色的装饰，刚刚上市。”

“噢！”梅维斯把自己天蓝色的头发向后捋了捋，思考着。

“我可以给你加一点儿闪光效果。”

伊娃的心都凉了。“就剪剪，行吗？就稍微修剪一下。”

“好，好。”特瑞纳把伊娃的头靠到自己胸前，“头发的颜色也是上帝的恩赐？”她自顾自地咯咯笑起来，猛得把伊娃的头向后拉去，把所有的头发都从脸上拂去。“眼睛很好。眉毛需要修理一下，但我能搞定。”

“再给我点儿红酒，梅维斯。”伊娃闭上漂亮的眼睛，在心下自言自语，不管怎样，都会长回来的。

“好，现在润湿头发。”特瑞纳推着椅子和上面一百个不情愿的人，来到一个便携式水槽前，把椅背向后放，直到伊娃的脖子靠到有垫子的凹槽里。“闭上眼睛享受吧，亲爱的。我的洗发露和头部按摩技巧是业内最好的。”

这种感觉还真的有些奇妙。红酒或特瑞纳灵活的手指使伊娃的情绪逐渐放松下来。她隐隐听到莱昂纳多和比夫争论着到底是用深红色的缎子或猩红色丝绸来做睡裤。莱昂纳多放着古典音乐，是幽怨的钢琴声，空气中弥漫着碎花瓣的味道。

为什么保罗·瑞德福德要告诉她中国造的盒子和毒品的事情？如果他自己回去找过，是否这两样东西都在他手里，为什么他想让别人知道这件事？

双重陷阱？策略？或许根本就没有什么盒子。或许他早就知道盒子不见了……

伊娃一直专注地想着，突然某种冰冷黏糊糊的东西撇到她的脸上。她尖叫一声。

“搞什么——”

“这是萨杜勒尼亚[1]面膜。”特瑞纳又在她脸上抹了一些暗

1　意大利罗马境内的城市，以温泉而著称，水中富含混合矿物质，对人体有诸多疗养功效。——译者注。

色的粘稠物，“可以像真空吸尘器一样清洁毛孔。如果不关爱自己的皮肤，简直就是一种犯罪。梅维斯，别压着那些头发护理液好吗？”

“那是什么——就当我没说。”伊娃无奈地耸了耸肩，闭上眼睛，彻底放弃了，“别跟我讲，我根本就不想知道。”

“最好再来个全身护理。”特瑞纳又在伊娃的下巴上抹了些泥面膜，手指活动极为利落。“你的皮肤有些紧绷，亲爱的。要不要给你上护理教程？”

“不，不。现在这些已经够我受用的了，多谢。”

“好吧。.跟我讲讲你的男人怎么样？”特瑞纳一把扯开伊娃身上穿着的浴袍，用满是泥面膜的手抓住了伊娃的双乳。看着伊娃突然睁大双眼，一脸怒火，她大笑起来。“别担心，我不喜欢女人。等我做完了，你的男人一定会爱上你的乳头的。”

“他本来就很喜欢。”

“好吧，不过萨杜勒尼亚胸部护理是最顶级的。用过之后就像玫瑰花瓣般柔嫩。相信我。他是喜欢舔呢，还是喜欢吮呢？”

伊娃又闭上了眼睛。“就当我是空气好了。”

“好吧。”

她听到水流的声音，之后特瑞纳又回来在她的头发里抹着什么东西，闻起来有香草的味道。

人们可是要花钱才能做这些的，伊娃提醒着自己。要花很多钱，信用卡会出现很大的亏空。

这些人简直是疯了。某种温暖潮湿的东西被敷到她那满是烂泥的胸和脸上，她倔强地坚持闭着眼睛。她周围几个人交谈甚欢。梅维斯和特瑞纳讨论着各种美容化妆品，莱昂纳多和比夫斟酌着线条和色彩。

真是疯了，伊娃心想，突然脚下被人按了几下，她呻吟几声。她的双脚被浸到某种热乎乎的东西里面，感觉异常舒服。她听到有破裂声，感觉双脚被抬了起来，盖住了。之后双手也做了同样的处理。

她忍住了，甚至忍住了眉毛周围的擦擦的修剪声。听着梅维斯轻松的大笑，与莱昂纳多调着情，伊娃感觉自己简直就是一个英雄。

要让梅维斯保持高涨的情绪，她想。这一点和调查案情一样重要。光为死者伸张正义是不够的。

她听到特瑞纳的大剪刀又咔嚓咔嚓地响了起来，感觉到轻微的扯动，梳子梳过头发，于是她把眼睛闭得更紧了。头发，不过是头发而已，她对自己说。外表算不得什么。

噢，上帝啊，可别把我的头皮也扯掉了。

她强迫自己去想工作的事情，思考着自己明早准备问瑞德福德的问题，想着他可能给出的答案。警长很可能会叫她去办公室，问询走漏消息的事情。她会想办法摆平的。

她需要和费尼、皮博迪一起碰个面。是时候了，应该看看三个人搜集的线索是否能够吻合。她会再回那家酒吧走一趟，让咔嚓克引荐一些常客。当晚，他们中可能有人见过缠着博默尔的人。如果那个人也和海特聊过——

特瑞纳把椅子调整成斜向，开始刮掉她脸上的泥巴，伊娃的身子随着抽动了一下。“五分钟就好了。”特瑞纳对着很不耐烦的莱昂纳多说，“我的天才表演从来都是不紧不慢。”她低头对伊娃笑了笑说：“现在你的皮肤很好。我给你留点小样。经常用，你的皮肤就会一直这么好。”

梅维斯低头看下去，伊娃感觉自己就像身处手术台的病人。“特瑞纳，眉毛修得太棒了，看起来很自然。她只需要染一下睫毛就可以了，甚至都不用加长。你有没有发现，她脸上的酒窝真是美极了？”

“梅维斯，”伊娃疲惫地说，“别逼我揍你。”

梅维斯咧嘴笑了笑。“披萨来啦，多吃一点儿。”说着拿起一块塞到伊娃嘴里。“等着看你的皮肤吧，达拉斯。美极了！”

伊娃嘟哝了一声。热奶酪烫得她的上颚火辣辣的，又刺激出很多口水。她冒着被噎到的风险，把剩下的一片塞到嘴里，而特瑞纳则用一条银色的包头巾包裹着她的头发。

“加热护理。”特瑞纳一边把椅子向后撤，一边说，“对发根和发干都有很好的滋养效果。”

伊娃看着镜子中的自己。皮肤看起来好像真的很水嫩，她的手指小心地抚摸了一下，感觉确实很滑顺。但她根本看不到自己的头发。“包头巾下面还有头发吧？是我的头发吧？”

“当然。好啦，莱昂纳多。给你二十分钟的时间。”

“终于轮到我了。”他露出笑容，“脱下浴袍。”

“呃，听我说——”

“达拉斯，我们都是专业人士。你必须要试试婚纱的布样。肯定需要调整一下尺寸的。”

已经被一名造型师摸遍了全身，伊娃心想着，全裸着对着一屋子人又能有什么呢？她一耸肩，把浴袍脱了下去。

莱昂纳多抱着一团白色、光滑的东西走过来。没等她吱声，莱昂纳多就把布料裹到她身上，在后背上固定起来。他的大手伸到衣料里面，仔细地调整着胸部的位置。紧接着又弯下身，整理了一下腿间的衣料，固定好，向后退去。

“啊！”

“天啊，达拉斯！洛克要是看到你的样子，舌头也要掉到地上了。”

“这是什么玩意儿？”

“旧式风流寡妇装的变装。”莱昂纳多又快速地拉扯了几下，把各处都调整好。“我把它叫做完美曲线。胸部稍微垫起一点儿。你的胸很好，但这件衣服需要更凹凸的曲线。只需装饰一点蕾丝，几颗珍珠。不需要任何华丽的东西。”他转过伊娃的身子，正对镜子。

伊娃很惊奇地发现，自己看起来很性感，凹凸有致，透着成熟魅力。衣料微微地泛着光，像是湿的一般。衣服紧包着腰部，凸显了双臀，她必须得承认，穿上后使她的曲线更加迷人了。

“好吧……我想……婚礼当晚可以穿。”

“随便哪天晚上都可以穿。”梅维斯一脸向往地说着，“噢，莱昂纳多。你能给我也做一件吗？”

“已经做好了，用的是调皮的红色缎子。达拉斯，有没有哪里感觉紧？或者不舒服？”

“没有。”她还是搞不太懂。穿上这样的衣服本来应该是很难受的，但现在这件却如运动装一样舒适。她试着弯了弯腰，扭了扭。“感觉就像身体的一部分似的。”

“很好。比夫在富华5号的一家棉料店里找到了这种布料。现在这件衣服还没有完全成型，所以得小心。请抬起胳膊。”

他向上提起衣服，让衣服滑落到地上。布料棒极了，虽然上面布满了裁缝的标记。这件衣服穿到她身上近乎完美，光滑的直筒，舒服的衣袖，简单的线条，但莱昂纳多还是皱着眉头，盯着衣料看着，双臂交叉在胸前，苦思着。

“领部曲线是很好。项链呢？”

“嗯？”

“我不是让你找洛克要一条铜链的宝石项链吗？”

“我又不能直接对洛克说：我要项链。”

莱昂纳多叹了口气，把伊娃的身子转过去，和梅维斯交换了个眼色。他点了点头，开始量伊娃臀部的曲线。

“你瘦了。”他质问说。

“没有，我没有。”

“你最少瘦了1公斤。”他的舌头打着响儿，“我暂时不把这个算进去。看看你能不能胖回来。”

比夫走过来，把一匹衣料举到她脸旁，点了点头就走开了，嘟哝着在笔记本上记着什么。

“比夫，我标记晚礼服尺寸变化时，你给她看看其他设计好吗？”

比夫兴冲冲地打开一面屏幕墙。“请看，莱昂纳多在设计中考虑了你的生活方式和体态。这件简单的日装非常适合公司午宴、新闻发布会，身体不受任何约束，但却非常非常时髦。我们选择的衣料是混合亚麻，添加了一点点丝。颜色选了柠檬黄，加了些石榴红。”

“嗯——嗯。”在伊娃看来，这件衣服简单大方，但看到电脑生成她的形象做模特时，还是有些惊奇。“比夫？”

“什么事，警督？”

“你为什么要在脑门上纹一幅地图呢？”

他微笑着。“因为我的方向感很差。下面要展示的设计图和上一幅风格类似。”

她浏览了12件设计图。所有的图在她脑中混成一团。亮闪闪的柑橘柠檬色，布列塔花边搭配天鹅绒，经典的黑丝。每次梅维斯发出惊呼，伊娃就毫不犹豫地选下那件设计。如果能让自己最好的朋友开心，一辈子都债台累累也值得！

“这些够你们俩忙活一会儿了。”莱昂纳多刚收起衣服，特瑞纳就赶紧用浴袍把伊娃裹起来。“让我们来看看华丽的头发。”她解开包头巾，从自己的卷发间拿出一把很宽的梳子，开始梳理，打毛。

伊娃看到自己的头发还在，一阵安慰，但看着特瑞纳粉色卷曲的头发，心中又一阵敲鼓。“谁给你做头发，特瑞纳？”

“别人可休想碰我的头发。”她眨了个眼，“啊，上帝啊，快看。”

伊娃已经做好了最坏的打算，转过身。镜子里的人毫无疑问是伊娃·达拉斯。最开始她还以为是在开玩笑呢，头发一点儿变化都没有。然后她又靠近了些看，再靠近些。原来乱蓬蓬凌乱的头发不见了。她的头发依然随意，没有刻意的造型，但还是很有型。而且以前也没有现在这种亮闪闪的感觉。头发与她的脸型非常搭，刘海儿很好，映着脸颊上的曲线非常柔美。她甩头时，头发柔顺飘动。

她眯起眼睛，手指捋着头发，看着头发顺滑地拂到脑后。“你在里面加金粉了？”

“没有，天然光彩。靠希娜护理液带出的效果，仅此而已。你有一头小鹿般的秀发。”

“什么？”

“你见过鹿皮吗？它身上有各种颜色，从黄褐到棕色，到金色，甚至还有一点黑色。你的头发就是那样的。上帝对你很好。问题是，给你做头发的人像是用绿篱机清理草坪一样粗糙，也没有用凸显发色的护理品。”

“看起来很好。”

“当然很好。我可是个天才。”

“你看起来很美。”梅维斯突然双手捂脸，哭了起来，“你就要结婚啦！”

“噢，上帝啊，别这样，梅维斯。快别这样。”伊娃手足无措，只能轻拍她的后背，鼓励着她。

“我真喝醉了，但我真的很开心。我好害怕。达拉斯，我的工作没了。”

“我知道，宝贝。别难过。你会找到新工作的，更好的工作。”

“我不在意。我不在意。我根本就不在意。我们要举行一个最盛大的婚礼，对吧，达拉斯？”

“一点儿没错。”

“莱昂纳多在给我做最帅气的婚纱。我们穿给她看看，莱昂纳多。”

“明天。”他走过来，把她搂在怀里。“达拉斯累了。”

“噢，对。她需要休息。”梅维斯的脑袋懒洋洋地靠在他的肩上。“她拼命工作，她担心我。我不想让她担心，莱昂纳多。一切都会好起来的，是吧？一切都会好起来的。”

“会好起来的。”莱昂纳多又不安地看了伊娃一眼，抱着梅维斯走开了。

伊娃看着他们离开，叹了口气。“见鬼。”

“那个温柔的小家伙怎么可能把人的脸打烂啊。”特瑞纳边收拾着自己的工具，一边咒怨着，“我希望潘多拉在地狱里受尽折磨。”

“你认识她？”

“这圈儿里所有人都认识她。烦死她那张贪得无厌的嘴脸。对吧，比夫？”

“她生来就是个贱人，死了也还在犯贱。”

“她只是自己服用毒品，还是也倒卖？”

比夫扫视了特瑞纳一眼，耸了耸肩。“她从不公开买卖，但偶尔有传闻说她手中有很多货。传言说她是个女色魔。她喜欢性爱，可能会向性伙伴兜售。”

“你做过他的性伙伴吗？”

他笑了笑说：“爱情嘛，我更喜欢男人。他们没那么复杂。”

“你呢？”

“我喜欢男人——理由和比夫一样。潘多拉也喜欢男人。”特瑞纳边拿起工具箱边说，“前不久有传言说，她把买卖和性混在一起，逼迫一个男人出血。她买了很多新首饰。潘多拉喜欢用真的宝石来装饰，但却不想自己花钱去买。人们猜想她有货源。”

“知道货源的名字吗？”

“不知道，但她整天都在通过随身通讯器联系交易。那已经是三个月前的事情了。我不知道她在跟谁通话，但至少其中一次通话是和外星联络，因为她当时对延迟到货极为恼火。”

“她总随身带着便携通讯器吗？”

“亲爱的，时尚圈里所有人都这样的。我们就和医生一样。”

伊娃坐到自己的办公桌前时，已经将近凌晨。她不想回卧室，她更想到自己的私密办公间。她调了些咖啡，但却忘了喝。没有费尼在身边，她只能自己迂回着追踪一次三个月前的星球间通话，而且通话的通讯器还不在她手中。

一小时之后，她放弃了努力，趴在了睡椅上。她想稍微睡一会儿，想睡到凌晨5点起来。

毒品，凶杀，还有钱，她想着，搅在一起。必须找到源头，她朦胧地想着。辨识未知元素。

博默尔，你到底在躲谁？你是怎么搞到样品和化学配方方程式的？是谁要抢回这些东西，把你的骨头打断？

博默尔残破的身体浮现在她的脑海中，又被无情地赶了出去。她可不想带着这样的场景睡去，折磨自己。

但在她梦里的景象比眼前的一切还要可怕。

昏暗的红色灯光闪烁着，透过窗户不停地闪着。性爱！现场表演！性爱！现场表演！

她还只有八岁，但头脑已经很灵活了。她不知道人们会不会花钱来看强暴死人的性爱。她躺在床上，看着灯不停地闪烁着。她知道性爱是怎么回事。性爱很丑恶，很痛，很吓人，无法躲藏。

或许今晚他不会回家了。她祈祷着他会忘记住处，或者在路上摔死在某个阴沟里。但最后他总是能回来。

但有时，如果她非常非常走运的话，他会喝得烂醉，回来之后就一头栽倒在床上，打起呼噜来。那样的夜里，她会宽慰地颤抖着，蜷缩在角落里睡去。

她还是不停地想着如何逃跑，想法逃出锁着的门，或从五层楼上爬下去。有时晚上太凶险，她还想过要从窗户跳出去。在空中不会停多久，然后一切就都结束了。

那样，他就再也不能伤害她了。但她很胆怯，不敢跳下去。

毕竟，她还只是个孩子，而今晚她饿了。她还感觉很冷，因为他在发泄怒气时打坏了温度调节器，冷风嗖嗖地吹着。

她挪向房间的角落，准备溜到厨房里。她很熟练，先敲打一下抽屉，吓跑里面的蟑螂。她在抽屉里找到一条巧克力，最后一条。他可能会因此把她打得半死。但不管怎样他都会打她的，那为什么不吃掉巧克力呢？

她像野兽一样风卷残云吃光了巧克力，用手背擦了擦嘴。饥饿仍在翻滚着。她继续搜寻着，找到一大块发霉的奶酪。她不愿去想都有些什么在奶酪上爬过。她小心翼翼地取出一把刀子，切掉奶酪发霉的边。

突然她听到他的脚步声来到门前。惊慌中，刀从手中落了下去。他进门的时候，刀子摔到了地上。

“你在做什么，小姑娘？”

“没什么。我醒了。过来喝点儿水。”

“醒了。”他的眼神迷乱，但还足够清醒。她已经完全看不到希望。“想爸爸了吧。来亲爸爸一下。”

她无法呼吸。她已经无法呼吸，两腿间经常被他伤害的地方已经在恐惧和痛苦中抽搐起来。“我胃疼。”

“哦？让我亲亲就好了。”他满脸淫笑地冲向她，然后笑脸突然消失了。“你又没经我同意吃东西了，是不是？是不是？”

“没有，我——”但她的谎言和希望都淹没在脸上挨的重重的巴掌上。她的嘴唇裂开，眼中闪着泪水，但几乎没有畏缩。“我正在切奶酪。给你，等你——”

他又重重地扇了她一巴掌，她的头上直冒金星。这回她摔倒在地，没等她爬起来，他已经坐到了她的身上。

她尖叫着，尖叫着，因为他的拳头猛烈而冷酷无情。痛苦，令人眩晕麻木的痛苦，但这与心中的恐惧相比，都不值一提。她很害怕，因为这些还不是他对她最恶劣的举动。

“爸爸，求你了！求你了，求你了！”

“我必须惩罚你！你太不听话了！从来都他妈的不听话！我要给你点儿颜色看看！好好地教训你，你可要做个听话的好姑娘！”

他潮热的呼吸落在她脸上，闻起来好像有糖果的味道。他的手已经开始撕扯着她的衣服，摸索着，捏压着，深入着。他的呼吸已经变了，她知道这种变化意味着什么，恐惧涌起。他的呼吸变得急促、贪婪。

"不，不，疼，疼！"

她可怜娇嫩的肉体抵抗着。她向他挥动着拳头，尖叫着，由恐惧变为抓狂。他愤怒地大喊起来，把她的双手扭到身后。她听到骨头扭动时干脆可怕的声音。

"警督，达拉斯警督！"

她惊声尖叫着，闭着眼睛颤动着。一阵狂乱之后，她突然惊起，双腿拌在一起，在地上滚成一团。

"警督！"

她甩开搭在肩膀上的手，向后缩成一团，呜咽尖叫着。

"你在做梦。"萨默塞特小心地说，面无表情。如果不是满脑充斥着记忆，她可能会看清他的眼神。"你在做梦。"萨默塞特重复说，像对着一只落入陷阱的野狼一样，慢慢地靠近她。"你做了个噩梦。"

"离我远点儿。走开，闪开！"

"警督，你知道自己在哪儿吗？"

"我知道自己在哪儿。"她快速大口地喘着气，间歇着吐出这几个字。她浑身冰冷，又像是沸腾了一样，抑制不住地颤抖着。"走开，走开！"她只能勉强地跪起来，用手捂住嘴，剧烈地颤抖着。"给我滚开。"

"让我扶你坐到椅子上。"他的双手很温柔却很有力，伊娃怎么也推不开。

"我不需要帮助。"

"我来扶你坐到椅子上。"在他看来，伊娃现在就是个孩子，一个需要帮助的、受了伤的孩子，就和他的玛琳娜一样。他努力不去想自己的孩子是否也曾像伊娃这样乞求着。他把伊娃扶到椅子上之后，去拿来一条毯子。她的牙齿打着颤，眼睛惊恐地圆睁着。

“别动。”伊娃挣扎着想要起来，但他的命令干脆有力。“待在原地，安静一下。”

他突然转身，大步来到厨房，打开电子厨师。他的眉毛上都是汗珠，他用手帕擦去汗水，命令电子厨师做一点镇定剂。他的手颤抖着。这一点也不惊奇。伊娃的尖叫穿透了他的骨头，把他带到她那个没有出口的房间里。

那是孩子的尖叫。

他稳定了一下情绪，端着杯子来到她身旁。“喝下去。”

“我不想——”

“喝掉，要不我就开心地把它倒进你的嗓子里。”

她想要把他手中的杯子打翻，蜷在床上独自悲伤。萨默塞特放弃了，把杯子放到一旁，把毯子又包紧了一些，出去联系洛克的私人医生。

但他在停车处碰到的却是洛克本人。

“萨默塞特，你难道不睡觉吗？”

“是达拉斯警督。她——”

洛克手中的公文包掉在地上，抓住萨默塞特的脖领。“她受伤了吗？她在哪儿？”

“是个噩梦。她一直在尖叫。”萨默塞特完全丢掉了惯常的沉着，一手抓着自己的头发。“她完全不肯合作。我准备出来叫你的医生。她留在私人房间里。”

洛克把他推到一旁，这时萨默塞特抓住洛克的胳膊。“洛克，你应该早点告诉我她的遭遇。”

洛克只是摇着头，向屋里走去。“我会照顾好她的。”

他看到伊娃紧紧地蜷缩在那里，颤抖着。他一时间百感杂陈，愤怒、宽慰、伤痛又内疚。他克制住所有的情感，温柔地抱起她。“没事了，伊娃。”

“洛克。”她颤栗了一下，等洛克靠到椅子上，蜷到他怀里。“我又梦见那些了。”

“我知道。”洛克在她湿漉漉的太阳穴上深吻了一下，“对不起。”

“它不停地出现，不停地出现。什么都拦不住它。”

“伊娃，为什么不告诉我？”他向后扶了扶她的头，正对着她的脸，“你不必一个人去面对一切。”

“怎么都停不下来。”她重复说，“我之前记不起来。但现在都记起来了。”她用手掌揉着脸。“我杀了他，洛克。我杀了我的父亲。”

第十三章

洛克注视着她的眼睛，感觉她仍然颤栗着。“亲爱的，你做了个噩梦。”

“我梦到了过去。”

她必须平静下来，必须把一切都讲出来。她要平静而理智地说出来，她要像个警察一样，而不是个女人，不能像个受惊的孩子。

“梦里的感觉很清晰，洛克，我现在还能感觉到。我还能感觉他压在我身上。他把我锁在达拉斯的那个屋子里。他走到哪里就把我锁在哪里。有一次我想跑掉，想逃走，但他把我抓了回去。那以后，他总是住在高层的房间，从外面锁上门。我再也逃不掉了。可能根本就没有人知道我在那儿。”她努力地清了清自己刺痛的嗓子，“我要喝水。”

“来，喝下去。”他拿起萨默塞特刚才放在旁边椅子上的杯子。

“不，这是镇定剂。我不要镇定剂。”她做着深呼吸，“我不需要镇定剂。”

“好吧。不要动，我去拿。”洛克把伊娃挪到一旁，看到她疑惑的眼神，“伊娃，我去给你拿白开水。我保证。”

伊娃相信了他的话，接过他拿回来的杯子，心怀感激地喝了下去。等他坐到椅子边上时，她直视前方，继续讲着刚才的故事。

“我记得那个房间。前几周这个梦只出现过片段。但现在细节逐渐清晰起来了。我还去咨询过米拉医生。”她看了一眼洛克，“我没有告诉你。我不能告诉你。”

“好吧。”洛克只好接受这个事实，“但现在你要告诉我。”

“我现在必须告诉你了。”她深吸了一口气，像回忆犯罪现场一样回想着梦境，“我在那个屋里，醒着，希望他回来时已经喝得烂醉，那样他就不能碰我了。当时已经很晚。”

她不需要闭眼也能看到一切：污秽的房间，红色的灯光透过脏窗户闪烁着。

“我很冷。”她低声说，“他打坏了温度控制器，当时很冷。我能看到自己呼出的白气。”她说着，打了个冷颤。“而且我也很饿。我找到了一点儿吃的。他从来都不存很多吃的。我一直都很饿。我正在切着奶酪，这时他走了进来。”

门打开了，恐惧涌起，刀子摔落在地。她想站起来，努力控制住紧张的情绪，但还不确定双腿是否可以支撑住自己。

“我一下就看出来，他没有烂醉。我能看出来。我现在能记得他的样子。他有深棕色的头发，脸色因过度饮酒苍白无色。他过去可能也很英俊，但那都是过去的事情。他的脸破了，有血迹，眼中布满了血丝。他有一双大手。或许只是因为我很小，显得那双手大得可怕。”

洛克双手抓住她的肩膀，给她按摩放松。“它们现在伤不到你了，碰不到你了。”

“碰不到了。”但在梦里可以，她想。在梦中很痛。“他发了疯，因为我偷吃了东西，没经过他同意，他不准我吃任何东西。”

“上帝啊。”洛克又把毯子裹得更紧了些，因为她还在颤抖。他想给她吃的，任何吃的，所有吃的，这样她就不用再担心挨饿了。

“他开始打我，不停地打我。”她听到自己颤抖的声音，看到自己努力地稳定情绪。这不过是一个案情报告，她对自己说，仅此而已。“他把我打倒在地，不停地揍我。打在我的脸上，身体上。我大哭着，尖叫着，求他停手。他撕烂我的衣服，把手指伸到我的身体里。很疼，非常可怕，因为前一个晚上他已经强暴了我，直到那时还疼。然后他又强暴了我。热气喘到我的脸上，他一边要我做个乖女孩儿，一边强暴我，就好像在撕扯着我的身体。非常痛，我就要忍不住了。我抓住他，一定是抓出血了。然后他打断了我的胳膊。”

洛克突然站起身，匆匆走开，戳了下按钮，打开了窗户。他需要透透气。

“我不知道自己有没有昏过去，可能我昏死过去了几分钟。但那种痛怎么都赶不走。有些时候没那么痛。”

“是的，”他无精打采地说，“我知道。”

“但那种痛太剧烈了。剧痛一阵阵地涌来。他一直不停手。我手中拿着刀子。就在我手边。我抓起刀子，捅了他。”她重重地喘了口气，洛克抱住她。“我捅了他，不停地捅着他。到处都是血，还有血那种腥甜的味道。我从他身下爬出来。他可能已经死了，但我还在不停地捅着他。洛克，我能看到当时的自己，跪在地上，手里攥着刀柄，血漫到我的手腕上，溅到我的脸上。痛和愤怒一阵阵地袭来。我完全停不下手。”

谁会停手呢？他想着。谁会在那时候停手？

“然后我躲到角落里，躲得远远的，因为等他站起来，他会杀了我的。我昏过去了，或许是睡过去了，因为我只记得第二天天亮时的事情了。我受伤了——伤得很厉害，全身各处都是伤。我身体不舒服，非常不舒服。等我缓过神之后，我看到了，看到了。”

洛克抓住她的手，像冰一样，单薄易碎的冰。“可以了，伊娃，不要讲了。”

“不，让我说完。我必须要说完。”她把话掏出来，就像挖出心中的石头一样。“我看到了。我知道我杀了他，他们会来抓我的，把我关进笼子里。黑暗的笼子，他是这么说的，他总说如果我不乖，就会是这样的下场。我去了浴室，把身上的血洗干净。我的胳膊——我的胳膊痛得不行，但我不想被关到笼子里。我穿上些衣服，把所有自己的东西装进一个包里。我不停地想象着他会站起来，去追我，但他确实死了，躺在那儿。我没有管他，开始往外走。当时很早，是清晨。街上几乎没有人。我把包扔掉了，或许是弄丢了。我记不得了。我走了很久，然后走进一条小巷，一直躲到晚上。”

她一只手捂住嘴巴。这些场景她也都还记得，黑暗，恶臭，还有恐惧，盖过了身体的痛苦。“我又继续走着，直到再也走不动了。我找到了另外一条小巷，也不知道自己在那里待了多久，他们就是在那儿发现我的。那时我已经什么都不记得了——发生的一切，我在哪里，我是谁。我现在也记不起自己的名字。他从来都没叫过我的名字。”

“你的名字是伊娃·达拉斯。”洛克捧住她的脸，“你生命的那一页已经翻过去了。你活了下来，你克服了那些苦痛。你现在记起了当时的事情，但是一切都过去了。”

“洛克。”伊娃抬头看着他，她知道自己从未如此爱过一个人，永远也不会如此爱上另外一个人。“没有这么简单。我要面对自己的所作所为。我要面对现实，直面结果。我不能嫁给你了。明天我就去上交警徽。”

“你这是犯了什么疯病？”

“我杀了我父亲，你明白吗？必须要进行调查。即使我无罪，但我在大学申请和个人档案中的个人经历也都不是真实的。只要这项调查还在继续，我就不能继续当警察，也不能嫁给你。”她身子稳了一些，站起来，“我要去收拾一下东西。”

“你试试看。”

他的声音低沉而充满敌意，使她停了下来。“洛克，我要按程序办事。”

“不，你得像个人类一样思考。”他大步走到门前，猛地关上门。“你觉得自己就因为自卫打死了一个恶魔，就要走出我的生活，放弃自己的生活吗？”

“我杀了我的父亲。”

“你杀了一个无耻的恶魔。你还是个孩子。你敢直视着我的眼睛，说那个孩子有错吗？”

她张了张嘴，又闭了上去。“洛克，关键并不在于我怎么看。而是法律——”

“法律本应保护你！”洛克的脑中闪现着各种邪恶的场景，突然说不出话来，感觉脑中一根弦在慢慢地拉紧。“去他妈的法律。我们最需要它的时候，它都在干什么？如果你只是因为法律太脆弱，不能保护无辜的人，不能保护孩子，就想放弃自己的警徽的话，那随你的便吧。你可以丢掉你的事业。但你别想躲开我！”

他伸手去抓伊娃的肩膀，但又垂下了双手。“我不能碰你。”他还在刚才的暴力场景中颤抖着，向后退了一步，“我害怕把手放到你身上。我害怕这样会让你想起他的所作所为。”

“不。”她伸出手，“不。你不会。你不会的。你碰我的时候，我心中只有你我。但是我需要面对这一切。”

“独自一人？”他感觉这是最残酷的几个字了，“像你独自面对噩梦一样？伊娃，我不能回到过去，不能为你杀了他。我愿意丢掉一切，为你做这件事，但我无能为力。我不会让你一个人面对一切。这对我们两人都不是个好选择。坐下。”

“洛克。”

“求你了，坐下。”他深呼了口气，缓了缓神。怒气冲冲地对她讲话是没用的，他知道。他和她讲道理也是没用的。“你信任米拉医生吗？”

“是的，我是说——”

“只要你有信任的人就行。”洛克走向她的办公桌。

“你要做什么？”

“我要给她打电话。”

“现在是半夜啊。”

“我知道现在的时间。”他接通电话，“这回我要按她的意见来办。我要你也听她的。”

她想要争辩，但找不到合理的理由，只能疲倦地把头靠在他的双手里。“好的。”

她站在那里，神情恍惚地听着洛克安静舒缓的声音和电话另一端模糊的回应。洛克回到她身旁，伸出一只手。她盯着洛克的手。

“她已经在路上了。到楼下等一等好吗？”

“我这么做不是想伤害你，也不是想惹你生气。”

“你既伤了我，又惹得我很生气，但现在这些都不是关键问题。”他拉着她的手，带着她站起身。“伊娃，我不会让你走的。

如果你不爱我，不想要我，或不需要我，那我只能离开。但你爱我，也想要我。尽管你还不太能接受这个现实，但你需要我。”

我不会利用你的，伊娃想，但她什么都没说，和洛克一起下了楼。

米拉医生很快就到了。她和以往一样，极其迅速，穿戴整齐。她轻声和洛克打了个招呼，看了伊娃一眼，坐了下来。

“如果方便的话，请给我来一杯白兰地。我想警督最好也来一杯。”洛克去取酒的时候，她环视着房间。“多么漂亮的屋子啊！真是赏心悦目。”她微笑着昂起头，“伊娃，你怎么做头发了？真漂亮。”

洛克愣住了，盯着看了看。“你对头发做了什么？”

伊娃耸了耸肩说：“没什么，真的，只不过……”

“男人啊，”米拉接过白兰地，叹了一声，“我们干吗要为此纠结呢？我丈夫总看不出我的变化，而他总会说那是因为他爱的是我这个人，而不是我的头发。我一般也不跟他计较。好吧，”她坐直了身子，“告诉我怎么回事好吗？”

“好的。”伊娃把刚才对洛克讲的又重复了一遍。但这回是用警察的声音，冷静、有条理、客观。

“对你来说是个难熬的晚上。”米拉转头看了洛克一眼。“对你们两人都很难熬。你们可能很难相信，一切都在开始变好。你的大脑已经准备好面对一切了，这点你能同意吗？”

“我同意。记忆开始变得更加清晰，通常这之后——”她闭上眼睛，“几个月前我接到一个家庭暴力的报警。我到现场时已经太晚了。那个父亲服用了‘宙斯’。我到现场时，他已经把那个小女孩儿打死了。我逮捕了他。”

“是的，我记得这个案子。那个孩子，她就像你一样。不过你活了下来。”

“但是我父亲没有。”

“那你对此有什么想法？”

“高兴。还有不安，因为发现自己内心还有如此深的仇恨。”

“他打你。他强暴你。他是你的父亲，你在他身边本应很安全。但你不安全。你对此有什么想法？”

“那已经是好多年以前了。”

“这件事就发生在昨天，”米拉纠正说，“就发生在一小时以前。”

“是。”伊娃低头看着手中的白兰地，忍住了泪水。

“自卫有错吗？”

“没有。自卫没错。但我杀了他。他死了之后，我还不停地用刀捅他。这种盲目的仇恨，无法控制的愤怒，让我像一头野兽。”

“他把你当野兽一样对待。是他把你变成野兽的。”她对着不断打颤的伊娃说，“他不仅偷走了你的童年，你的纯真，还剥夺了你的人性。有专门的术语来描述他对你所做的一切，但用简单的话讲，他就是一个怪物。”她用惯常的平静语气说着。

米拉看到伊娃的眼神投向洛克，停留了一会儿，然后向下看着。

“他剥夺了你的自由，”米拉继续说，“剥夺了你的选择机会，给你打下烙印，玷污了你。你在他眼中根本就不是人，如果不是后来的变故，即使你能够活下来，可能你也只能像头野兽一样。但是，在你逃走之后，你重新塑造了自己。你现在是做什么的，伊娃？”

“一名警察。”

米拉微笑起来。她等的正是这个答案。“还有呢？”

“一个人。”

“你是一个有责任感的人吗？”

“是的。”

“你能够交友，有忠诚感，有怜悯心，有幽默感，能够去爱别人吗？”

伊娃看了洛克一眼。“是的。但——”

“那个孩子有这些能力吗？”

“没有，她——我只有害怕，不敢去想。好吧，我变了。”伊娃一只手揉着太阳穴，惊奇而宽慰地发现一阵阵的头痛已经舒缓了很多。“我成了一个体面人，但这些都不能掩盖我杀了他的事实。必须进行调查。”

米拉竖起一侧眉毛。“好吧，如果找到你父亲的尸体对你很重要，那就开始调查。这对你来说很重要吗？”

“不，我才不在乎呢。这只是程序——”

“不好意思。”米拉抬起一只手，“你想要调查自己八岁时杀死父亲的案子？”

“这是程序。”伊娃固执地说，“而且在调查结束之前，我必须自动停职。另外，在案件结束之前，我的私人计划最好也能相应延迟。”

米拉能感觉到洛克的愤怒，暗示性地瞥了他一眼，看着他费劲地控制住了情绪。“最终要达成什么结果？”她很理性地问道，“警督，我不想告诉你该如何着手调查，但我们现在讨论的是一个二十二年前发生的事件。”

“这件事就发生在昨天。”伊娃用米拉刚才的话反驳她，感到一阵空洞的快感，“就发生在一小时以前。”

“从情感上讲，是的。”米拉平静地表示同意。“但实际上从法律角度讲，这已经是二十多年前的事情了。没有知情人，也没有任何物证。当然，我们可以找到你被发现时的记录，你当时受过虐待，营养不良，无人照管，深受创伤。而现在，你记起了过去的经历。那你觉得自己接受审问时这一切会有什么不同吗？”

“不会，当然不会，但是……这是程序。”

“伊娃，你是位很优秀的警察。”米拉温柔地说，“如果这个案子放在你的案头，就像现在这样，你从专业客观的角度来分析，会怎么做呢？回答之前仔细思考，说真心话。你没有必要惩罚自己，也没有必要惩罚那个无辜的孩子。你会怎么做？”

“我会……”她身心憔悴，把酒杯放在一旁，双手揉搓着眼睛。“我会直接结案。”

“那就结案吧。”

“不是由我说了算。”

“我很愿意私下和你们警长聊聊，向他讲讲真实情况和我的建议。我想你应该知道他会做出怎样的决定。我们需要像你这样的警察来服务大众，保护大众，伊娃。这里有个男人，我需要你相信他。”

“我很相信他。”她侧身看了看洛克，“我不愿意利用他。

我不管别人怎么想财富和权力的问题。我永远都不想让他以为我会利用他。”

“他这么想吗？”

她的一只手抓住胸前悬着的钻石。“他现在太爱我了，所以不会这么想。”

“好吧，我觉得这样很美好。用不了多久，你就能依赖自己的爱人和信任的人了，这和利用他人是不同的。”米拉站起身，“我建议你服一些镇定剂，明天休息一天，但我知道你不会听我的。”

“是，我不能按您说的做。不好意思大半夜把您拉过来。”

“警察和医生都总是这样，我们早就习以为常了。你还会再来找我聊的吧？”

她想拒绝——就像过去很多年那样一直拒绝、否认。但伊娃知道，那些都已成为过去。“我会的。”

米拉一时兴起，一手轻抚着伊娃的脸颊，吻了她一下。“你会好起来的，伊娃。”之后，她转向洛克，伸出手。“很高兴你叫了我。我很喜欢这位警督。”

“我也是。多谢。”

“希望你们能邀请我参加婚礼。我自己出去就好了。”

洛克走过来，坐在伊娃身旁。“如果我把所有的钱和资产都抛开，丢掉我的公司，从头再来，你会不会觉得更好一些？”

伊娃完全没有想到他会这么说。她盯着他。“你会吗？”

洛克向前靠了靠，轻轻地吻了她，说：“不会。”

洛克的笑声让她吃了一惊。“我感觉自己就像个傻瓜。”

“你就是个傻瓜。”他与她手指相扣。“来让我帮你赶走伤痛吧。”

“从你进门起就一直在抚平我的伤痛。”伊娃叹了口气，眉头靠在洛克眉头上。“原谅我，洛克。我是个好警察。戴着警徽的时候，我知道该怎么做事。但脱下警服之后，我会有些不知所措。”

“我是个大度的男人。我能接受你心中黑暗的角落，伊娃，就像你也能接受我的一样。快来，我们该上床睡觉了。”他又抱起伊娃。“如果再做噩梦，不准躲着我。”

“不会，再也不会了。怎么了？”

伊娃眯着眼盯着洛克，他的手指拂过她的头发。“你确实有些变化。细微，但很迷人。还有……”他的大拇指抚弄着她的下巴。

伊娃摆了摆眉毛，希望他能看出自己的新造型，但他只是一直盯着。“怎么了？”

“你真美。真的很美。”

“你累了。”

“不，我不累。”他向内斜了斜身子，温柔地长吻着她。“一点儿也不。”

皮博迪睁大眼睛四处张望着，伊娃决定假装没看到。她准备了咖啡，甚至还准备了一篮小松饼，期盼着费尼赶紧过来。纽约美丽的夜色渐渐在她眼前展开，郁郁葱葱的草地背后显出一片开阔的天空。

她觉得也不能怪皮博迪这样。

“很感激你答应在这儿见面，而不是一定要去警局。”伊娃先打开话匣。她知道自己现在还没有完全恢复，但她也知道梅维斯的事情不容一刻耽搁。“我想在明天上班之前把一切都理清。等我理清时，我猜惠特尼就该叫我了。我需要足够的弹药。”

“没问题。”皮博迪知道世上有人就是这样生活的。她听说过，读到过，也在电视上见过。而且警督的房间也没有什么特别与众不同的。当然，房间都很好——空间宽阔，家具装饰很好，设施一流。

但是这座别墅，上帝啊这别墅，完全超越了豪宅的概念，简直就是一座城堡，或者已经能算作宫殿了。绿草地，开满花的树木，还有喷泉、塔楼和几座假山。然后一位管家领着你走进别墅里面，迎面是耀眼的大理石、水晶和木料。还有那空间，太过宽阔的空间。

“皮博迪？”

“什么？对不起。”

“没事儿。这地方确实挺唬人的。”

“这里简直不可思议。”她转回头看着伊娃，“你在这里也显得不同了。”她想了想，眯着眼看着伊娃。“你确实有些不同。嘿，你剪头了，还修了眉毛。”她的兴头被吊起来了，又靠近了些看着。“还做了肌肤保养。”

“只不过做了面部保养。”伊娃有些局促不安，但还是调整了过来。“我们干正事儿行吗？还是说你想要我这位护理顾问的名字？”

“用不起。”皮博迪高兴地说，“但看起来很好。你再过几周就要结婚了，是在为此精心打扮吧。”

“不止几周，要下个月呢。”

“我猜你还没注意到吧，现在已经是你的下个月了。你太紧张了。”皮博迪嘴边写满笑意，“很少看到你紧张啊。”

“闭嘴，皮博迪。我们现在正在研究一起凶杀案呢。”

“是，长官。”皮博迪有些羞愧，收起一脸的傻笑。“我还以为在费尼队长来之前可以消磨一下时光呢。”

“我十点时要审问瑞德福德。我可没时间消磨。说说你在酒吧那边都有什么进展。”

“我带来了报告。”皮博迪转入工作状态，从包里拿出光盘。“我在十七点三十五到达，找到目标对象咔嚓克，告诉他我是您的助手。”

“你对他有什么看法？”

“很有个性。”皮博迪一本正经地说，“他觉得我能成为一名不错的桌舞舞者，因为我有一双强壮的大腿。但我告诉他现在不会考虑改行。”

“很好。”

“他很配合。我能感觉到，我通知他海特的死和死状时，他很愤怒。海特在那里并没有工作太久，但他说海特脾气好，有效率，工作卓有成效。”

“他用了这些词儿？”

“用的口头语，达拉斯。他特有的口头语，在我的报告中有引述。他并没有注意海特在博默尔的小插曲之后，都和谁说过话，因为当时酒吧挤满了人，而他非常忙。”

“真狡猾。”

“的确是。但他还是介绍了其他几位雇员和常客，说他们可能见过海特和某人在一起。我记下了这些人的名字和陈述。他们都没有见过异常的人出入。其中一位客人称曾见过海特和一个男人一起进了一个私人包间，但他记不得时间，描述也很模糊，‘一个高个儿老兄’。”

“非常好。”

“她在凌晨两点十五分打卡下班，比她通常的下班时间早了一个小时。她对一位伙伴说自己已经完成了一天的任务，准备下班休息。她挥舞着一把信用币和现金，夸耀说自己遇到了一位大方的新顾客。这是人们最后一次在酒吧见到她。”

“三天之后，有人发现了她的尸体。”伊娃有些沮丧，推身离开桌子。“如果我能早点儿发现这个案子，或者凯米歇尔能花点儿力气去调查的话……好吧，算了。”

“大家都很喜欢她。”

“她有男朋友吗？”

“没有认真或长期的恋情。这一类酒吧不鼓励与顾客在店外交往，而海特明显很支持这项政策。她确实在不同的酒吧里工作过，但至今为止我还没发现其他记录。即使遇害当晚她在别的地方工作过，那也没有留下任何的记录。”

“她吸毒吗？”

“偶尔吸。根据我的探访结果，她没有烈性毒品服用史。我查过她的档案，只在很久以前有几项指控。”

“多久以前？”

“五年。”

“好，继续调查下去。海特归你管了。”她瞥见费尼悠闲地走了进来。“欢迎。”

“嘿，外面的交通简直要人命了。松饼！”他猛扑过来。“皮博迪，你可好啊？”

“早上好，队长。”

“做了点儿调查，嗯？新衬衫啊，达拉斯？”

“不是。”

“看起来来有些不同。”费尼倒着咖啡，而伊娃则在一旁转着眼珠。“找到身上纹蛇的家伙了。梅维斯大约两点时来到零地酒吧，买了一杯‘尖叫酒’，点了一名桌舞舞者。昨天晚上找到这个家伙之后，我和他谈了谈。他还记得梅维斯，说梅维斯当时已经意识混沌，极力想要恢复意识。他给了梅维斯一个单子，列出了可以提供的服务，但她都没选，蹒跚地走出去了。”

费尼叹了口气，坐了下去。“就算她去过别的酒吧，应该也没有留下任何信用记录。从她两点四十五分离开零地酒吧之后，就再也没有任何行踪可寻了。”

“零地酒吧在哪里？”

“距离凶杀现场六个街区。她离开潘多拉的住所之后，就一步一步地走过小镇，向之字酒吧走去。其间，她还去过另外五家酒吧，一路上点着‘尖叫酒’，多半都是三连杯。真不知道她怎么还能站着。”

“六个街区。”达拉斯盘算着，“凶杀案前三十分钟。”

“对不起，孩子。情况对她而言并没有什么转机。还有安保光盘。莱昂纳多的监控器是在当晚十点被打碎的。在那片地区经常有人抱怨，一些孩子常在外面砸监控摄像机，可能监控器就是这样被打碎的。潘多拉的监控器是用代码钥匙关上的。没有动手脚，也没有损坏的痕迹。不管是谁进去的，肯定是轻车熟路。”

“认识她，知道房内的设置。”

“必须知道。”费尼表示同意，“在贾斯汀·杨格别墅的安保监控录像中，看不出任何动手脚的痕迹。可以看到他们在凌晨一点半左右进到房内，第二天早晨十点或十二点，菲茨杰拉德从别墅外出。之间没有任何记录。但是……”他顿了顿，营造一下气氛。“他有个后门。”

“什么？”

“内部通道，经过厨房的一个货物升降梯。升降梯上没有任何安保设置。货梯可以通向其他六层楼和车库。车库和其他六层楼都有安保摄像机。但是……”他又顿了顿，“货梯还可以通向房后的设施，底层。别墅维护区，那里只有零星的安保设施。”

“他们有可能在没人注意的情况下出去吗？”

“有可能。”费尼呷了一口咖啡。“如果他们了解整座大楼，了解整个系统，仔细计算一下出门的时间，避免与清洁人员碰面。”

“那他们的不在场证明就要再斟酌一下了。上帝保佑你，费尼。”

“哈，好吧。给我钱。或者把这些松饼给我。”

“都是你的。我觉得要跟那对小情人再聊聊了。我们这里有几位很有趣的玩家。贾斯汀·杨格过去和潘多拉睡过，现在和杰莉·菲茨杰拉德相好，而菲茨杰拉德又与潘多拉相熟，并且是职业道路上的最大竞争对手。菲茨杰拉德和潘多拉都在寻求演艺事业的发展。这时制片人瑞德福德介入。他想和菲茨杰拉德合作，他和杨格合作过，他和潘多拉有性关系。凶杀案当晚，四个人都参加了在潘多拉家举行的聚会。那么，潘多拉为什么想让他们来——她的对手，过去的情人，和制片人？”

“她喜欢演戏。”皮博迪说，“她喜欢争斗。”

“是，确实如此。她还喜欢给人不自在。我在想她是不是手中有什么东西，可以惹恼他们。但他们在接受问讯时非常平静。”她回忆到，“非常沉着，非常轻松。看看我们能不能震一震他们。”

伊娃和洛克两人办公室之间的门打开了，伊娃抬头看了一眼。

“门没有上保险。”洛克在门槛处停了下来，“打搅你们啦。”

“没事儿。我们本来也该结束了。”

“嘿，洛克。”费尼举起松饼，打了个招呼。“是不是跟老婆性福一下啊？开玩笑啦。”他看到伊娃恶狠狠的眼神，又嘟哝了一声。

“我想最好还是老实点儿。”他瞥了一眼皮博迪，眉毛一扬。

“不好意思。洛克，这是皮博迪警官。”

伊娃介绍之后，他微笑着走进房间。“皮博迪警官，听说你办事极有效率。很高兴认识你。”

皮博迪努力控制着激动的情绪，和洛克握了握手。“幸会。”

“我能借用警督一小会儿吗？之后就不打扰你们了。”他伸手搭在伊娃肩膀上，捏了一把。伊娃起身跟着洛克向外走去时，费尼高声大笑。

“皮博迪，看你都快咬到舌头了。为什么在一个魔鬼面庞、天使身材的男人面前，女人都会变呆呢？”

“荷尔蒙。”皮博迪嘟哝着，但依然盯着洛克和伊娃。她最近对男女感情问题很有兴趣。

“你还好吗？”洛克问。

“我还好。”

他捧着伊娃的脸颊，大拇指轻轻抚摸着她的酒窝。“我觉得你应该还在调查这个。我今天早上要到市中心参加几个会议，但觉得你应该需要这个。”他递给伊娃一张自己的名片，背面潦草地写着一个人名和地址。“这是你问起过的那位地球外专家的信息。她会腾出时间帮你的。她已经拿到你给我的那些样品，但还需要一份。交叉试验，我记得她是这么说的。”

“谢谢。”伊娃把卡片塞进口袋里，“真是太感谢了。”

“从星光空间站传来了消息——”

“星光空间站？”她想了一会儿，“上帝啊，我都忘记问过你了。我的脑子都晕了。”

“和案子很有关系。总之，我的消息来源说，潘多拉上次旅行中活动频繁——这倒也正常。貌似她并没有对某个特定的人产生兴趣。至少没有和同一个人超过一晚。”

“见鬼，难道她只知道做爱吗？”

“对她来说，这是首要的事情。”他看到伊娃警觉地眯起眼睛，不禁笑了笑。“我告诉过你，我们两人之间那段短暂的交往已经是很久之前的事情了。除此之外，她还打过一些电话，都是用随身通讯器打的。她从来不用度假区的通讯系统。”

“没有任何外部通话记录。”伊娃思索着。

“我猜应该是。她有事在身，按照自己惯用的套路做事。有人听她吹嘘自己有一种新品准备上市，另外还有一段录像。”

伊娃哼了一声，把数据都收了起来。“感谢你花时间帮忙。”

“能够为你帮忙是我的荣幸。我们约好3点见花商。你能来吗？”

她满脑子想的都是各种责任义务。“如果你能挤出时间来，我也能。”

洛克害怕伊娃又忘记了，于是从她的口袋里掏出记事本，自己录入了这次碰头时间。“到时见。”他低下头，看着她的眼神转向屋子另一端的桌上。“不知道我们这么做，你会不会觉得权威受到了挑战，”他低声细语，温柔地吻了她，“我爱你。”

“啊，好吧。”她清了清嗓子，“好吧。”

“你真美。”他逗着乐，一手拂过她的头发，又吻了她，故意拨乱她的心绪。“皮博迪警官，费尼，再见。”他点了点头，退回到自己的办公室。门板滑落，关了上去。

“别一脸傻笑了，费尼。有个任务给你。”她回到桌前，从兜里掏出那张卡片。“我要你把从博默尔屋里找到的粉末，取一点样品给这位专家送去。她是洛克的人，不是警察，也不是安保人员，请低调处理。”

“没问题。”

“今天晚些时候我会去找她，查看一下进展。皮博迪，你跟我一起。”

“是，长官。”

皮博迪坐进伊娃的车里，这才开口说：“警察要有一段感情，真的太麻烦了。”

“还用说。”要拷问嫌疑犯，要向警长撒谎，要骚扰化验人员，还要定结婚花束。上帝啊！

“但如果你们能一步一步来，小心谨慎，就不会拖累你的事业了。”

“如果要我说的话，警察成家就是下错了赌注。但我又能说什么呢？”她紧张地拍打着方向盘。“费尼早就结婚了。警长也有个快乐的家庭。其他很多警察也都结婚了。”她使劲喘了口气。“我也在努力。”车子开出大门时，她突然想到了点儿什么。“皮博迪，你的情感生活有新进展吗？”

“说不清。我正在考虑。”她的双手在裤子上搓了搓，握在一起，又收了回来。

“我认识吗？”

“其实，”皮博迪挪了挪双脚，“是卡斯托。”

“卡斯托？”伊娃开车穿城而过，向第九街驶去，摇晃着绕过一辆通勤电车。“见鬼。什么时候的事儿？”

“呃，我昨晚碰到他。我发现他跟踪我，所以——”

“跟踪你？”伊娃把车子调成自动驾驶。车子抖了一下，发出一阵怪声，然后吱吱地继续跑着。“你说什么？”

“他嗅觉灵敏，闻到我们已经领先了很多。发现他时，我出了一身冷汗，不过，我也干过类似的事儿。”

伊娃的手指敲打着方向盘，思考着。“是我的话，也会这么做的。他有什么动作吗？”

皮博迪的脸通红，结巴了起来。

“上帝啊，皮博迪，我不是那个意思——”

“我知道，我知道。我还不太习惯，达拉斯。我是说，当然，我喜欢男人。”她捋着头发，翻弄着制服衬衫的领子，“我也交过男友，但像卡斯托这样的男人——你懂的，像洛克。”

“他们帅得冒火。”

“对。”伊娃能够明白她的意思使她倍感宽慰。“他确实想从我口中套出些信息，但我拒绝了之后，他的表现也很正常。他懂得规矩。署长说部门间要合作，但我们一般都视而不见。”

“你觉得他手中有什么线索吗？”

“可能有。他也像我一样在酒吧打探过。我就是在那里发现他的。之后，等我离开时，他就跟着我。我带着他绕了些路，看看他想做什么。”她露出灿烂的笑容，“然后我反跟踪了他。你真应该看看他当时的表情，我突然从他身后跳出来，他知道自己被发现了。”

“干得不错。”

“我们争论了一会儿各自的权利范围。然后，我们，我们一起喝了一杯，约好暂且放下警察的身份。感觉很好。工作之外，我们有不少共同的兴趣，音乐和电影之类的。真见鬼，我还和他睡了。”

“哦。”

“我知道这很蠢。但是，已经这样了。”

伊娃顿了一会儿。“感觉如何？”

“哇哦！”

“有那么棒吗？”

“然后今天早晨，他说或许我们可以一起吃晚餐什么的。”

“听起来好像挺正常的。”

皮博迪又恢复了冷静，摇着头说：“像他那样的人不会对我有兴趣的。他对你有些——”

伊娃突然抬手。“等等，你说什么？”

“算了吧，达拉斯，你知道他确实对你有意思。他迷上你了。他艳慕你的本领，你的头脑。还有你那双腿。”

“别告诉我，你们俩讨论过我的腿。”

“没有，但我们讨论过你的头脑。总之，我不知道该不该继续深入这段感情。我必须专注于事业，而他也很有抱负。等这个案子结束后，我们就中断联系。”

洛克盯着她的双眼看时，伊娃难道就没有这么想过吗？确实会有这样的感觉。“你被他迷住了，你喜欢他，你发现他在身边时很有趣。”

“他确实很有趣。”

“性也很棒。”

“简直棒极了！”

“那么作为你的上级，皮博迪，我建议你放手去追。”

皮博迪笑了笑，转头看向车窗外。“或许我会考虑一下。”

第十四章

伊娃对自己的时间控制力非常满意。她在9点55分刷卡进入警署中心，直奔审问室。为了不去办公室，她故意忽略了惠特尼警长要求她前去汇报的消息。她希望自己在见警长之前，能够找到一些新线索。

她必须承认，瑞德福德很准时。而且他和第一次见面时一样圆滑、镇定。

“警督，希望这些问话不会太久。我的时间不是很多。”

“那我们现在就开始。请坐。”她关上身后的门，上了保险。

审问的气氛很和缓。想象中的审问本不应该像这样。会谈桌很小，椅子硬邦邦的，墙面朴素。镜子明显是单侧透视玻璃，给受讯者以威慑感。她直接开始录音，打开录音器，录入一些必要的数据。

“瑞德福德先生，你有权请律师或派代表参加此次审问。”

“你是在申明我享有的权利吗，警督？”

“如果你需要我读的话，我会按章阅读的。你并没有受到指控，但在接受正式审问时有权请律师。你需要律师出席吗？”

“这次不需要。”他择掉衣袖上的一点线头。手腕上的袖口链闪着金光。“我很愿意配合这次调查，所以才答应今天到这里来。”

“我将重放您上次的陈述，以便您补充、撤回或修改。”她把带标签的光盘塞到插槽里。瑞德福德听着，眼神中有些许烦躁。

“您对上述陈述没有什么新想法吧？”

“没有，我的记忆没问题。”

“很好。”伊娃把光盘收起来，交叉着双手。“你和受害人是性伙伴？”

“是的。”

“你们都不是对方唯一的伴侣。”

“不是。我们都不希望被对方独占。”

“在凶杀当晚，你是否和受害人一起吸过毒？”

“没有。”

“你是否在其他时候和受害人一起吸过毒？”

他微笑起来。他扭动脖子时，弯曲着垂在锁骨的光滑辫子间又闪出了金光。“没有。我和潘多拉不一样，并不喜欢吸毒。”

“你有没有受害人在纽约城内房子的安保代码钥匙？”

“她的安保代码钥匙？”他的眉头紧蹙。“可能有吧。”他的脸上第一次出现不安的表情。伊娃能够看出他在权衡着自己的回答和后果。“我记得她好像是给过我，方便我去见她。”他又琢磨了一会儿，打开记事本，输入要搜寻的数据。“对，确实有，就在这儿。”

“在她遇害的当晚，你是否使用该代码钥匙进入过她的房间？”

"是机器人佣人带我进去的。根本没有必要使用。"

"的确，在她遇害之前确实没有必要。你是否注意过，她的安保密码钥匙还可以启动和关闭监控系统？"

他的眼神冉次变得谨慎起来。"我不太明白您的意思。"

"你宣称自己手中有这个密码钥匙，而它可以关闭建筑外的安保摄像机。在谋杀之后，摄像机被关闭了大约一小时。在那段时间里，瑞德福德先生，你宣称自己在健身俱乐部里，一个人。正是在那段时间里，某个认识遇害者的人，拥有她的代码钥匙，并清楚她房内的安保设置，关闭了监控系统，进到房里，而且据现有情况看来，应该是从屋内取走了某些物品。"

"我根本没有理由去做这些事情。我当时正在健身，警督。我是输入代码出入的。"

"会员即使不出入健身房，也能输入进出代码。"伊娃看到他的脸色愈发难看。"你说你看见了一件华丽的小物品，可能是一个中国古董盒子，死者从盒子里面取出了什么东西并吸入体内。你又说，然后死者锁上了盒子，放进了奢华的卧室里。后来并没有人找到盒子。你真的看到有这样一个盒子吗？"

室内一片死寂，但在一片静寂的下面，她知道自己抓到了些什么。还没有惊慌，暂时还没有。但对方已经开始有了戒心，开始担忧。

"瑞德福德先生，你之前描述过的盒子确实存在吗？"

"我见过。"

"那钥匙呢？"

"钥匙？"他伸手拿了一杯水。伊娃注意到，他的手仍然很稳，但思考的时间已经开始拖长。“她把钥匙挂在一条链子上，金链子，挂在脖子上。”

“在尸体上和凶杀现场都没有发现任何链子或钥匙。”

“那有可能是凶手拿走了，是吧，警督？”

“她会把钥匙露在外面吗？”

“不会，她——”他停了下来，下巴的肌肉抽搐着。“很好，警督。据我观察，她是把钥匙藏在衣服下面了。不过，我说过了，我并不是唯一一个见过潘多拉裸体的人。”

“你为什么要付钱给她？”

“你说什么？”

“过去18个月里，你向受害者的账户里转账共30万美元。为什么？”

他的眼神一片空白，但伊娃能看出他眼中第一次出现了恐惧。“那些都是我自己的钱，想怎么用都是我的私事。”

“不，这不是私事，如果牵涉凶杀案就不是了。她有没有勒索过你？”

“太荒唐了！”

“我有个想法：她手中有你的什么把柄，令你感到尴尬并且受到了威胁，她可以利用这一点来威胁你，控制你。她一点点地蚕食你，时常要求你给她一些小钱，有时金额还不小。我想她应该是那种乐于炫耀力量的人，她喜欢享受权力。男人们可不喜欢这样，他们会逐渐意识到只有一种方法能够结束一切。瑞德福德先生，这确实不是钱的问题！是权力，是控制欲，是她蹂躏你的颜面时的那种快感。”

他的呼吸又粗又重，但面色还没有变。“要我说，潘多拉确实会干出勒索之事，警督。但她手里没有我的把柄，而且我也不会容忍别人的威胁。”

“你会怎么做？”

“像我这样地位的人根本不会在意。我的经商信条是，成功比流言重要得多。”

“那你为什么要付钱给她？为了性爱？”

“你这话是对我的侮辱。”

“好，我同意，像您这样有地位的男人是不会花钱买性爱的。不过，付钱可能会增加一点叛逆的快感。你常去城东的‘低俗酒吧’吗？”

“我不常去城东，当然也不会常去一家二流性爱酒吧。”

“但你知道那家酒吧是做什么的。你有没有和潘多拉一起去过那里？”

“没有。”

“你单独去过吗？”

“我已经说过了，我没去过那儿。”

“6月10日将近凌晨两点钟，你在哪里？”

“又怎么了？”

“你能证明当天当时自己的行踪吗？”

“我不记得自己在哪儿。我不需要回答这个问题。”

“你支付给潘多拉的钱是业务款，还是礼物？”

“是业务款，不是礼物。”他在桌下的手攥成拳头。“我要求我的律师在场。”

“没问题，请便。这次审问结束了，受讯人可以行使雇佣律师的权利。结束录音。”她微笑着，“你最好把知道的一切都告诉他们。你把一切都告诉律师。如果你有同伙的话，我建议你现在开始好好安排一下。”她推开桌子，站起身。“外面有公共通讯器。”

“我有自己的通讯器，”他声音僵硬，“请给我找一间房间，通个私密电话。”

“没问题。跟我来。”

伊娃更新了回报信息，绕开自己的桌子，以此躲避惠特尼。

“你镇住了瑞德福德。你真的镇住了他。”

“要的就是这个效果。”

“是你那种多角度讯问的方法打乱了他。最开始一切都是直来直往，然后，砰！你问他酒吧的事儿，他答不上来了。”

“他会恢复镇定的。我手里还有他给菲茨杰拉德付钱的证据，但他会准备得更充分，还会跟律师沟通。”

“是的，而且他不会再低估你。你觉得是他干的吗？”

“我认为他有可能。他恨潘多拉。如果我们能把他和毒品联系起来……我们走着瞧。”还有很多头绪需要缕清，伊娃想，而且时间紧迫——要赶在梅维斯的预审听证会之前。如果未来几天找不到确凿证据的话……“我必须确认那种未知元素。我需要知道源头。我们得找到源头，顺着源头追踪。”

“到那时你就会让卡斯托介入吗？他能提供专业上的帮助。”

“他在这方面的关系网更广。未知元素一旦确认，我们就分享现有资料。”通讯器响了起来，她的脸上一阵抽搐。“该死，该死，该死。我就知道是惠特尼，感觉就是他。”她平静了一下，接通来电。“我是达拉斯。”

“你究竟在干什么？”

“长官，我在调查一条线索。我正在赶往实验室的路上。”

“我给你留了口信，让你9点来我办公室。”

“对不起，警长，我没有收到。我还没去办公室。如果您收到了我的报告，应该会看到我今天早上一直在进行审问。受讯人正在咨询律师。我认为——”

“别给我绕圈子了，警督。我几分钟前刚和米拉医生聊过。”

她全身都僵住了。“长官。”

“我对你很失望，警督。”他徐徐地说，眼神锐利，“你竟然会浪费部门的时间和人力来调查这样一个案子。我们没有任何理由对这个事件进行正式的调查，而且也没有这个打算，我们也不会启动任何正式的讯问。这件事已经过去了，不要再提。听明白了吗，警督？”

一时间百感交集：宽慰、愧疚、感激。“长官，我——是。明白。”

“很好。有人向75台泄露了消息，引起了不小的麻烦。”

“是，长官。”她心下命令自己迅速恢复状态，想想梅维斯的处境。“泄露消息肯定会引来麻烦的。”

“你应该知道，部门对未经许可向媒体泄露消息的相关政策吧。”

“非常清楚。”

“福斯特女士现在可好？”

“我觉得她在电视上的表现还不错，警长。”

他脸色有些阴沉，但眼中却有一丝光彩。“你要集中注意力，达拉斯。晚8点来我办公室。我们要召开一次新闻发布会。”

“真是好托辞。”皮博迪说，“除了你说正在赶往实验室的路上，其余说的全是实话。”

“我又没说是什么实验室。”

“还有其他情况吗？他好像很生气。你是不是有什么别的事儿？和案子有关吗？”

“没有关系，是老案子了，已经结了。”一切就这样过去了，伊娃心怀感激，大步走向“未来实验研究室”的大门，这里也归洛克实业公司所有。“纽约警察署，达拉斯警督。”她对着检测仪说。

“我们正在等您，警督。请将车开到蓝色停车区。下车乘坐传送器C到东6区1层。有人在那里等您。”

一台实验室机器人在那里等着他们，她的皮肤如炼乳般纯白诱人，蓝眼睛十分清澈，安保牌上显示她的名字是安娜-6号。她的声音就如教堂的钟声一般悦耳。

“下午好，警督。希望找到这里没有浪费你们太多时间。”

“没用太久。”

“那就好。英格瑞芙博士在温室里等您。这里很舒适。只要你们跟着我走就好。”

“这是个机器人。”皮博迪对伊娃嘀咕着。安娜-6号转过头，粲然一笑。

“我是新的试验款。现阶段只生产了10台，只在这片实验室内使用。我们有希望在六个月内上市。为了生产我们，已经做了大量试验，但不幸的是，价格对多半人来说仍然很高。希望等我们能够大批量生产时，大型工业应用商能觉得我们物有所值。”

伊娃翘起脑袋说：“洛克见过你吗？”

“当然。所有新产品都要经过洛克批准。他参与了很多设计工作。”

“我猜也是。”

“从这儿走，请。”安娜–6号继续向前，走进一条长长的纯白拱形走廊。“英格瑞芙博士对您的样品非常感兴趣。我保证她会给您很大帮助的。”她在一面微型屏幕前停了下来，输入了序列码。“安娜–6号，”她说，“和达拉斯警督及其助手。”

瓷面墙打开，后面是一个巨大的房间，里面有各种植物和令人愉悦的人造太阳光。有清脆的流水声，懒散的蜜蜂飞行时的嗡嗡声。

“我就带你们到这儿，一会儿回来带你们出去。这里有点心，你们可以随意吃点儿。英格瑞芙博士总会忘记这些事情。”

“安娜，带着你的微笑走开。”一个暴躁的声音从一丛蕨类植物后面传出。安娜–6号微笑着，退后一步，贴瓷的墙合了起来。“我知道机器人都有自己的预设程序，但他们会使我浑身发毛。我在这儿，在绣线菊后面。”

伊娃小心翼翼地穿过一丛蕨类植物。那里有一个女人跪在肥沃的黑土上。她斑驳的白发随意地系了一个结，双手红通通的，沾满了泥土。连体工作服以前可能是白色的，但现在沾了各种的污渍。她抬起头，狭长的脸和衣服一样污秽不堪。

“我正在查看我的蠕虫，正在试着养一个新品种。”她举起一团蠕动着的泥块。

“好吧。”伊娃看着英格瑞芙把那一团扭动的土块埋到地下，这才缓了口气。

“这么说来，你就是洛克的那个警察女友咯？我一直以为他会从那些尖酸刻薄、纤腰大胸的纯种女人里面选一个呢。”她瘪着嘴唇，上下打量着伊娃。“很高兴他没选她们。纯种都有个毛病，总需要人伺候着。我只喜欢杂交品种。”

英格瑞芙在衣服上擦了擦沾满泥土的双手，站起身，她大约有1米5高。“挖挖蠕虫是一种很好的理疗方法。人们应该多试试，这样就不需要靠毒品也能熬过每一天了。”

“说到毒品……”

“知道，知道，在这边。”她迈开大步，开始步速很快，但她渐渐慢了下来，最后像漫步一般。“需要修剪一下。多加氮肥，少浇水，限制根部生长。”她在一片翠绿高耸、蜿蜒的藤蔓和盛放的繁花前停了下来。“他们付钱让我来栽培它。能搞到这个很不容易。知道这是什么吗？”

伊娃看了看一朵喇叭状的紫色花朵。她心里很清楚这是什么，但又小心翼翼怕是个圈套。“一种花。”

“是矮牵牛花。哈！人们都忘记了从前的好东西。”她在一个水槽前停了下来，洗掉了手上的一些泥土，参差不齐的指甲里留下了更多的脏土。“如今所有人都想要异域风情，想要更大的、更好的、不同的花。矮牵牛花只需要稍微照看一下，就能茂盛地生长。不要怀着过分的期望种矮牵花，只要享受美丽就行了。它们生命力顽强，不会因为疏于照管就枯萎。一片美丽的矮牵牛花真是有趣极了。好吧。”

她坐到一张长凳上，长凳前的工作台摆满了各种园艺工具、瓶瓶罐罐、纸张，闪着空箱灯的电子厨帅，还有一台最高配置级别的电脑。

“你派那个爱尔兰人送来的那一包东西很有趣。顺便说一句，他居然认识矮牵牛花。”

“费尼是个多才多艺的男人。”

“我给了他一些三色堇，送给他妻子。”英格瑞芙打开电脑。“我已经化验过洛克带来的样品了。他说了不少好话，让我赶紧研究一下。又是一个爱尔兰人！上帝真是对他们厚爱有加！他觉得我肯定会仔细研究这种东西。检测新鲜的样品花了我更多时间。”

“这么说来，你已经有结果了——”

“姑娘，不要催我。只有帅气的爱尔兰人催我才有用。而且我可不喜欢为警察工作。”英格瑞芙露出灿烂的微笑。“他们不懂得欣赏科学的艺术。你连元素周期表都记不下来吧？”

“听我说，博士——”伊娃看着屏幕上闪出配方方程式，舒了口气，“这台机器是限制使用的吧？”

“有密码保护，不要担心。洛克说这是最高机密。我学会小心行事的时候，你还没出生呢。”她伸出一只脏手拉了伊娃一下，另一只手指向屏幕。“我就不说基本元素了。孩子们都能认出来，我猜你应该已经查出了其中的成分。”

“只有一种未知——”

“这些我都知道，警督。你们犯了一点儿小错误。”她指出了几个关键问题。“你们在配方方程式里无法标出这种元素，因为他们进行了编码。你们眼前只有一团乱码。这里就是一团乱码。”她伸手取来一小块布满粉末的玻璃片，“即使你们最顶尖的实验室也很难弄清这种东西。它看起来像某种物质，闻起来又像另外一种。当这些东西混在一起，呈现出现在这种状态时，就出现了化学反应，改变了混合物。你了解化学吗？”

“有必要吗？”

“如果更多的人懂——”

“英格瑞芙博士，我只想弄清谋杀案。你告诉我这是什么，让我去找凶犯。”

“没有耐心是当今时代的另外一个问题。”英格瑞芙叹了口气，取出一张带盖子的培养皿。里面有几滴乳状液体。“既然你根本就不想了解太多，就不和你讲我都做了些什么了。你只要知道我们做了些化验，使用了些基本的化学反应，分离出了你那种未知物质。”

“这就是？”

“是的，这是液态。我保证实验室的化验员会告诉你，这是一种缬草——美国西南部的一种土生品种。”

伊娃露出疑问的眼神。“然后呢？”

“他已经很接近正确答案了，但还没猜对。这是一种植物，的确没错，嫁接这个品种时使用了缬草。这种植物的汁液会引得蜂、鸟围着它转，让世界也旋转起来。这根本就不是本土品种。”

“并非美国本土品种。”

“本来在任何地方都没有的品种。”她伸手拿起一株盆栽植物，砰的一声放在地上。“这就是你找的宝贝儿。”

“真漂亮。”皮博迪说，走近那些边缘有褶皱、色彩斑斓的繁花。她嗅了嗅，闭上眼睛，更用力地吸着气。“上帝啊，真是太美妙了。就像……”她就像沉在水中一样，大脑开始缺氧。“气味真浓烈啊！”

“当然很浓烈。够了，快停下来，要不你会变得昏昏沉沉，得等个把小时才能缓过来。”英格瑞芙把植物放到一边。

“皮博迪？”伊娃拉着她的胳膊，摇了摇。“振作一下。”

“就好像一口喝了一杯香槟。”她伸手揉着太阳穴，“感觉太妙了。”

“一种试验性杂交品种。”英格瑞芙解释说，“代码是‘不朽之花’。这一株有14个月大，一直繁花盛开。最初是在伊甸园殖民地嫁接成功的。”

“坐下，皮博迪。这种植物产出的汁液就是我们寻找的东西吗？”

“这种汁液效力很强，会使蜜蜂出现类似喝醉的效果。这种植物和熟过头的植物一样，比如说被风吹落的桃子，汁液浓度很高。我们发现，除非控制摄入，否则蜜蜂会一直围着这些植物转，摄取汁液。它们欲罢不能。”

“蜜蜂染上了毒瘾？”

“可以这么说。一般情况下，它们再也不会采其他花朵，因为它们被这种花诱惑住了。你们实验室没能找出这种植物，因为它还在园艺殖民地的限制清单中，受银河系海关管制。殖民地正在设法缓和汁液的毒性，打算把遍布伤口的地球作为潜在出口地。”

“这么说‘不朽之花’属于限制品种。”

“暂时是。有一些药用，特别是在整形手术中有一些应用。注入这种汁液会使皮肤光洁，重塑弹力，并使面容变得年轻。”

“但它有毒，长期使用会造成神经系统崩溃。我们的实验室确认了这一点。”

“那又怎样？砒霜也和它一样有毒，但在过去，优雅的女士都会用少量砒霜使皮肤更白，更清爽。对有些人而言，美貌和青春比生命还重要。”英格瑞芙不解地耸了耸瘦削的肩膀。“这种汁液和这个方程式里其他元素混合之后，就变成了催化剂。结果产生了一种极易上瘾的化学物质，可提高体力和力量，增强性欲，使人产生重获青春的感觉。如果不加任何限制，这种杂交品种可以像兔子一样迅速繁殖，因此有着大规模低成本生产的潜力。”

“这种植物可以在地球环境下繁殖？”

“当然。伊甸园殖民地专门生产适于地球环境生存的草木、花朵和各种植物。”

“你有不少这样的植物，”伊娃若有所思，“有实验室，还有其他化学药品。”

“你手中还掌握着市场潜力巨大的毒品呢！可以换钱。”英格瑞芙露出一脸讽刺的微笑。“变强壮，变美，变得年轻性感。研制出这个配方的人，肯定对化学深有研究，深入地理解人性，懂得制造美丽就能获得巨大的利润。”

“致命的美丽。”

“是啊，常规服用四到六年神经系统就会受到破坏，就会造成死亡。但四到六年是很长一段时间，这段时间足够某些人大赚一笔了。”

“既然‘不朽之花’是限制在伊甸园殖民地培养的品种，你又怎么会对它了解这么多？”

“因为我是这个行业里最顶尖的人，做了很多调研，还有我女儿恰巧是伊甸园的养蜂主管。像我们这样经过认证的实验室或园艺专家，在一定的限制条件下可以引进这种植物的样本。”

“你是说我们在地球上已经有这种植物了？”

“多半都是复制品，无害的仿真品，但也有一些真货。真货是受管制的——只能在室内种植，严格控制使用。现在我要嫁接玫瑰了。带着报告和那两份样品去找警署那些聪明的大男孩儿吧。如果有了这些他们还弄不明白的话，那他们就真是该死了。”

“你还好吧，皮博迪？”伊娃小心地紧紧扶住皮博迪的胳膊，一边打开车门。

“还好，只不过感觉特别放松。”

“你太放松了，连车都开不好了。”伊娃发现皮博迪有些不太对劲，“我准备在花商那儿把你放下。B计划，我们找个地方吃点儿东西，中和一下这种花的效果，然后你带着样品和英格瑞芙的报告去实验室。”

“达拉斯，”皮博迪的头靠到椅背上，“真的感觉太美妙了。”

伊娃谨慎地盯着她。“你不会打算亲我，或者做出什么过分举动吧？”

皮博迪斜眼看着伊娃，说：“你不是我喜欢的类型。而且，我也没有强烈的性冲动。但是我感觉非常好。如果吃下那种毒品就像闻了这种花朵一样的话，人们一定会疯狂地追逐它。”

“是啊。已经有人变疯狂了，已经杀死三个人了！”

伊娃冲进花商的店里。她只有20分钟的时间，然后就要去追踪其他几位嫌疑人，审问一番，然后回到警署，完成报告，再参加新闻发布会。

她看到洛克在一株开着花的小树前游荡着。

“园艺顾问正等着我们。”

“对不起，我迟到了。”她真搞不明白有谁会去买一株不足30厘米高的树。在她眼中，他们简直就是一群变态。

“我也才刚到。英格瑞芙博士帮上忙了吗？”

“岂止帮忙。她真有个性。”她跟在洛克身后，穿过一片芳香的葡萄藤网架。“我见到安娜-6号了。”

“啊，安娜生产线！我觉得一定会大受欢迎。”

“特别是在青少年人群中。”

洛克大笑起来，催着她赶紧进去。“马克，这是我的未婚妻，伊娃·达拉斯。”

“啊，是是。”他模样像个慈祥的大叔，他伸出手，握手很有劲，就像掰手腕一样。“我能帮你们做什么？婚礼很复杂，而且你们没给我太多时间准备。”

“他给我的时间也不多。”

马克大笑起来，轻拂着自己的银发。“请坐，休息一下，喝点儿茶。我有很多东西要给你们看。”

伊娃并不怎么关心这些。她喜欢花儿，但真的不知道会有这么多该死的品种。五分钟之后，她满脑子都塞满了兰花、百合、玫瑰和栀子花的样子。

“很简单，”洛克说，“选传统的。不要仿真品种。”

“好的。我这里有一些全息图像，可能会给你们一些灵感。你们要举行露天婚礼，所以建议你们架起花园藤架，用紫藤装饰。复古，充满可爱古典的优雅气质。”

伊娃研究着这些全息图，想象着自己和洛克站在藤架下，互诉誓言的情景，胃里一阵反酸。“矮牵牛花怎么样？”

马克眨巴着眼睛。“矮牵牛花？”

“我很喜欢矮牵牛花。它们简单，毫不做作。”

“当然可以。矮牵牛花很迷人。或许能用百合做背景。至于颜色嘛……”

“你这里有‘不朽之花’吗？”她一时冲动，问了一句。

“不朽之花——”马克的眼睛亮了起来。“它们很特别。很难引进，但装进篮子里时非常壮观。我这里有一些仿真品。”

“我们不要仿真品。”伊娃提醒他说。

“恐怕出口量很少，其余的都是留给持证的花商和园艺师的，而且只能在室内使用。但是你们的婚礼是在室外——”

“你卖过很多吗？”

“很少，而且只卖给其他持证的园艺专家。我这里还有一些同样漂亮的——”

“你有销售记录吗？能给我一个购货人名单吗？你有网店，

可以做全球发货，对吧？”

“通常是这样，但是——”

“我想知道过去两年里，所有订购‘不朽之花’的人名。”

马克露出迷惑的眼神，洛克看着他，舔了舔牙齿，说：“我的未婚妻是一位狂热的园艺爱好者。”

“好吧，我明白了。可能需要一点儿时间。你想要所有人的名字？”

“过去两年里，所有从伊甸园殖民地订购‘不朽之花’的名字。可以从美国开始。”

“你们稍等，我去找找看。”

“我很喜欢搭藤架这个主意。”伊娃说，她看着马克离开，猛地站起身，“你觉得呢？”

洛克也站了起来，双手搭在她的肩膀上。“为什么不让我来安排婚礼鲜花的摆放呢？我会给你惊喜的。”

“那样我真要欠你的了。”

“你确实要欠我的了。不过只要你记住周五参加莱昂纳多的时装秀，就算报答我了。”

“这个我记得。”

“还要记得我们有三周的蜜月旅行。”

“我记得是两周的。”

“本来是两周。但你又欠我人情了。现在能不能告诉我，为什么你突然对这种来自伊甸园殖民地的花儿这么着迷吗？还是你已经找到那种未知物质了？”

“是它的汁液，是联系三起谋杀案的重要线索。我需要一点点突破。”

“希望这是你想要的。”马克带着一叠纸回来了，“没有我想得那么难。订购‘不朽之花’的人并不多。多数订购者要仿真品就已经足够了。这种植物的真品还存在一些问题。”

“多谢。”伊娃接过记录本，浏览着名单。“逮到了！”伊娃嘀咕着，突然转身对洛克说，“我得走了。你多买些花儿，买上满满一车。不要忘了矮牵牛花。”她匆匆跑了出去，掏出通讯器。“皮博迪！”

“但是——但是捧花怎么做？新娘捧花？”马克一脸迷惑，转头看着洛克。“她还没选呢。”

洛克看着伊娃飞奔了出去。“我知道她喜欢什么。”他说，“说不定比她自己更明白她的喜好。”

第十五章

“很高兴你又来了，瑞德福德先生。”

“警督，这样不停地反复审问很令人厌烦。”瑞德福德在审问桌前坐下。“我几个小时之后要赶到洛杉矶。希望不要耽搁我太长时间。”

“我一直坚信要对数据进行校准。不想漏过任何信息或任何嫌疑人。”

她朝墙角皮博迪站着的地方瞥了一眼，看到她身着非常扎眼的整齐警服。伊娃知道，在玻璃的另一侧，惠特尼和检察官正盯着里面的一举一动。她今天要把这件案子搞定，但也很有可能她会被别人搞定。

她坐到座位上，向大屏幕上瑞德福德请的律师点了点头。很显然，瑞德福德和他的代理律师都认为情势并不十分严重，不需要律师亲自到现场。“律师先生，你手中有你委托人的陈述记录副本吧？”

“有。”这位身材修长、眼神锐利的律师交叉起双手。“我的委托人一直都全力配合您和贵部门的工作，警督。我们同意参加这次审问，为的是尽快给整个事件画上句号。”

你们同意接受审问是因为别无选择，她心想，但面色依然平静。“感谢您的配合，瑞德福德先生。你曾宣称自己与潘多拉熟识，并且和她保持着亲密关系。”

“没错。”

“你和她有过什么商业交易合作吗？”

“潘多拉在我制作的两部卫星电视剧里扮演过角色。另外还有一部戏正在筹划阶段。”

“这几个项目成功吗？”

“一般。”

“除了这几个项目之外，你与受害人之间还有别的商业往来吗？”

“没有。”他的嘴角露出淡淡的微笑。“但有少量投机性投资。”

“少量投机性投资？”

“她曾对我说她准备着手建立自己的时尚美容生产线。当然，她需要资助人，而我很好奇，也投入了一些。”

“你给她钱了？”

“是的，在过去一年半的时间里，我给她投资三十多万美元。”

找到擦屁股的托词了，伊娃心想着，身子靠到椅子上。“你所说的死者这条时尚美容生产线经营状况怎样？”

“根本就没有任何经营，警督。”他抬起双手，又放了下来。“我被耍了。直到她死了之后，我才发现根本就没有什么生产线，也没有别的资助人，没有产品。”

“知道了。你是一位成功的制片人、投资人。你肯定问过她的商业计划书、投入资金、费用情况、项目回报等相关问题。或许还应该要一些产品样品。”

“不。”他低头看着双手，双唇紧紧地抿着，“我没有问过。”

“你想让我相信，你把钱投在了一个根本不存在的项目上？”

“这确实很让人难堪。”他又抬起双眼，“我在这行声誉不错，如果这个消息传出去，我的声誉肯定会受损。”

“警督，”律师插话说，“我的委托人的声誉是非常重要的一项资产。如果这些信息在此次调查以外的地方传播，肯定会对这项资产造成损失。我有权申请要求禁止传播上述口供，以保护我的委托人的利益。”

“请便。瑞德福德先生，这真是个很出奇的故事。现在，您能告诉我，为什么一个有着你这样声誉和资产的人，会向一个根本就不存在的项目投入30万美元呢？”

“潘多拉是个很有说服力、很漂亮的女人，而且她很聪明。我要求她提供策划和相关数据，但她都避而不谈。我之所以继续向她支付投资款，是因为我认为她是这个领域的专家。”

“而你直到她遇害之后才知道她的项目子虚乌有？”

“我向一些人咨询过——联系了她的经纪人和代理。”他鼓着腮帮子，看起来很有些可怜。“谁都没听说过这条生产线的事儿。”

“你是什么时候咨询的？”

他犹豫了一下说：“今天下午。”

“在我们上次审问之后？在我询问了这些付款用途之后？”

“是的。我想在回答你的问题之前，弄清楚所有模糊不清的细节。在我的律师的建议下，我联系了潘多拉的人，发现自己被骗了。”

“你的时间选择……非常有技巧。你有什么爱好吗，瑞德福德先生？”

“爱好？”

“您的工作压力很大，您恰好又资产……雄厚，肯定会有一些放松的方式。比如集邮、电脑涂鸦，或园艺之类的。”

“警督，”代理律师有些疲惫地说，“这和本案有关系吗？”

“我对你的委托人的业余时间很感兴趣。我们已经知道了他在工作时间都做些什么。或许，您把投资当成了发泄的出口。”

“不，潘多拉的事情是我第一次犯错，也是最后一次。我没有时间发展兴趣爱好，也没有这种想法。”

“我明白您的意思。今天有人对我说，应该有更多的人去种种矮牵牛花。我根本无法想象花时间挖土、照料花儿是怎样的景象。并不是说我不喜欢花儿。您喜欢花儿吗？”

“它们确实有一定的用处。这也是我专门雇人管理花卉的原因。”

“但你是一位持证园艺师。”

“我——”

“你申请了证书，并在三个月之前获得了证书，这个时间正是你向杰莉·菲茨杰拉德支付一笔125，000美元款项前后。而两天前，你从伊甸园殖民地订购了一株‘不朽之花’。”

“我的委托人在园艺方面的个人爱好跟本案毫不相关。”

“有很大关系，”伊娃回击道，“而且这只不过是一次审问，不是庭审。我根本就不需要相关性。你为什么要买‘不朽之花’？”

“我——那是个礼物，是给潘多拉的。”

“你花了很长时间，费了很大麻烦，破费很多金钱才获得了证书，然后用很大的价钱购买了一株受限制的物种，作为礼物送给一个只是偶尔有些性交往的女人。这个女人还在过去的18个月里骗了你将近30万美元。”

“那是投资。这是礼物。”

“这是鬼话。省省你的抗议吧，律师先生，没用的。这株花放在哪里？”

“在洛杉矶。”

“皮博迪警官，安排人去没收。”

“给我等等。”瑞德福德把椅子向后一推，“那是我的财产，是我花钱买的。”

“你在执照上伪造了信息。你非法购买了一株限制物种。植物要没收，而你也将受到相应的指控。皮博迪？”

“在，长官。”皮博迪得意地一笑，拿出通讯器，接通了电话。

“这是蓄意骚扰。”代理律师怒气冲冲地说，“还有这些小小的指控简直是无理取闹。”

“噢，我才刚开始呢。你了解‘不朽之花’，知道它是制造某种毒品的必要成分。潘多拉打算在这种毒品上大赚一笔。她是不是要赶你出局？”

“我不知道你在说些什么。”

“是不是她勾引你迷上了这种毒品，给了你足够上瘾的分量？或许这时她又收紧了供应，最后你只好求她。你想要杀了她。”

“我从没碰过这种毒品。”瑞德福德发作了。

“但你知道这种毒品。你知道潘多拉手中有这种毒品，而且她有办法得到更多毒品。你是不是想要抛开她？你是不是要让杰莉入股？你买了这种植物。我们会弄清你是否找人分析过这种物质的。有了这种植物，你就可以自己生产了。你就不需要她了。但是你也控制不了她，是不是？她会要更多钱，要更多毒品。你发现这种毒品是致命的，但为什么要等五年呢？如果她出局的话，你的前景就会一片光明。”

“我没有杀她。我跟她已经两清了，完全没有理由要杀她。”

“当晚你去了她家。你和她上了床。她摄入了那种毒品。她是不是以此嘲讽了你？为了保护自己和你的投资，你已经杀了两个人了，但还有她在前面挡着你的路。”

“我没有杀人。”

伊娃对他的大喊大叫和代理律师不停的抗议威胁置之不理。“你是跟着她去了莱昂纳多家，还是你带着她去的？”

“我根本就没去那儿。我根本就没碰过她。如果我要杀她的话，在她家里，她威胁我的时候就已经下手了。”

“保罗——”

“闭嘴，给我闭嘴。”瑞德福德对代理律师吼道，“她想把谋杀案安到我身上，上帝啊！我和她争辩。她想要更多的钱，许多钱。她让我看到她的毒品存量，让我知道她有很多。那些存货值很多钱。但我已经找人化验过其中的成分。我不需要她了，我也是这么告诉她的。一切准备好之后，我就可以让杰莉代言这种产品。她愤怒至极，威胁要毁掉我，要杀了我。把她扔在那里，我心情非常畅快。”

“你打算自己生产销售这种毒品？”

“这只是一部分计划。”他说，用手背抹着嘴。“我在等待时机成熟。这种诱惑很难抵挡，因为能赚很多钱。她的威胁根本没有任何意义，你明白吗？她毁掉我的同时也会毁掉自己。而她永远也不会毁掉自己。我跟她已经没有任何关系了。听说她的死讯时，我开了一瓶香槟庆祝，举杯向杀她的人致意。”

“很好。现在我们从头再问一遍。”

伊娃把瑞德福德移交给看守人员之后，走进警长的办公室。

“干得漂亮，警督。”

“多谢，长官。我更希望以谋杀罪逮捕他，而不是贩毒罪。”

“这是下一步。”

“会很快的，检察官。”

“警督。”伊娃刚进门，他就站起了身。他的仪态举止在法庭内外都颇有声名。即使面对血雨腥风，他也保持着一贯的派头。“我很欣赏您的审问技巧。我希望请您做该案的庭审证人，但我认为这个案子应该不需要庭审。瑞德福德先生的代理律师已经联系了我的办公室。我们会就此进行商谈。”

“那谋杀罪名呢？”

“我们没有足够的证据指向他，没有任何物证。”没等伊娃反驳，他就继续说了起来，“而且动机不足……你已经证明了，潘多拉死前他们确实有利益冲突。他很有可能是有罪的，但我们需要再做一些工作，证实指控的合理性。”

“你可以申请撤销对梅维斯·弗里斯通的指控。”

“但需要有说服力很强的证据。”他又补充道。

“检察官，你知道她没有杀人。你知道这三起谋杀是紧密相连的。”伊娃看着卡斯托悠闲地坐在椅子里，“缉毒专案组应该明白这一点。”

“我很同意警督的这个看法，”卡斯托慢吞吞地说，“我们调查了弗里斯通女士和那种叫做‘不朽’的违禁物之间的关系，但发现她和这种毒品没有任何联系，和其余死者也没有任何关系。她的个人档案中有一些污点，但那都是很久以前的事情了，而且都是些微不足道的小事儿。如果要我说的话，这位女士是在错误的时间去了错误的地点。”他朝伊娃笑了笑。“我支持达拉斯的观点，建议暂时撤销对梅维斯·弗里斯通的指控，等待进一步调查。”

“警督先生，我已经记下了您的建议，”检察官说，“检察官办公室在做出判断时会充分考虑您的建议。现阶段，我们认为三起凶杀案之间的关联性尚缺少切实的证据。但是，检察官办公室愿意接受弗里斯通女士代理律师的请求，对弗里斯通女士再次进行测谎试验、催眠试验和模拟现场试验。测试结果会成为决策的重要依据。”

伊娃长舒了一口气。这已经是很大的让步了。“多谢！”

“我们在同一条船上，警督。我们最好记住这一点，要在新闻发布会之前协调好我们的立场。”

在准备新闻发布会的间隙，伊娃挪到卡斯托身旁，说：“刚才要感谢你了。”

他耸了耸肩，表示无所谓。“这是我从专业角度提出的观点，希望能帮到你的朋友。要我说，瑞德福德百分之百是有罪的。要么是他自己动的手，要么是花钱请人干的。”

她也想相信他的话，但还是慢慢地摇着头。“你是从专业角度提出观点的，但在我听来却掺杂了很多私情。不过，还是要感谢你的帮助。”

“如果能把这起十年来最大的贩毒案移交给我来处理，就是对我最好的报答了。只要我们查清一切，向公众宣布‘不朽’这种毒品和一系列爆炸性新闻，我就肯定能赚到一枚队长的警徽了。”

“那提前祝贺你啦！”

“应该祝贺我们俩。伊娃，你也会逮到那些杀人犯的，然后我们就都能得到嘉奖。”

“我会逮到他们的。”她感觉到卡斯托的一只手抚弄着自己的头发，于是皱了皱眉头。

“我很喜欢你的头发。”他脸上闪出一丝笑容，把手揣进口袋里，“你真的决定要结婚了？”

伊娃歪着脑袋，也笑了笑。“我听说你和皮博迪一起吃晚餐了。”

“她的确是个不错的姑娘。我对强悍的女人有着特别的好感，伊娃，请原谅我说这话的时机不对。”

“为什么我觉得你这阿谀奉承不怎么讨人喜欢呢？”她看到惠特尼在招手，叹了口气。“噢，该死，要开始了。”

“你是不是觉得自己像一块人人争抢的肉骨头？”卡斯托低声说着，大门打开了，迎面涌来一大群记者。

他们挺过了新闻发布会，伊娃本来觉得一天的工作还算顺利，但纳丁突然在地下停车场冲到她面前。

“这里禁止未经授权的人进入。”

“省省吧，达拉斯！”纳丁依然闲适地靠在伊娃的车盖上，笑呵呵地露着牙齿。“能搭个车吗？”

“以后75台别想从我这儿得到任何消息。”伊娃看着纳丁一直在笑，愤愤地说，一边启动了车子。“进来。”

“你今天真漂亮，”纳丁随口说道，“谁做的造型？”

“朋友的朋友。我已经懒得再讨论头发的事情了，纳丁。”

"好吧，那我们来谈谈谋杀、毒品和钱吧。"

"我刚刚整整说了45分钟。"伊娃向安保摄像机扬了扬警徽，开车上了大街。"我想你应该在场。"

"我只听到了各种闪烁其词的回答。这吱吱声是怎么回事儿？"

"我的车子会奏乐。"

"哦，你的手头又紧了，是吧？真可惜。不管怎样，这次重新调查到底是什么情况？"

"正在进行的这项调查，我不方便做任何评论。"

"呃——呃。保罗·瑞德福德犯了什么事儿？"

"我在新闻发布会上已经说了，瑞德福德被指控犯有欺诈罪，非法持有违禁物种罪，和企图制造、销售毒品罪。"

"这和潘多拉凶杀案有什么联系呢？"

"我不方便透露——"

"好吧好吧，该死！"纳丁猛得靠回到座位上，怒视着堵在前面的车子。"做个交易怎么样？"

"可以啊。你先说说看。"

"我要独家采访梅维斯·弗里斯通。"

伊娃根本就懒得回答，只是轻蔑地哼了一声。

"别这样，达拉斯，让她把自己的故事讲给公众听听。"

"去他奶奶的公众。"

"我能引用这一句吗？你和洛克安排人一直保护着她，没人能和她说上话。你知道我会很公允的。"

"没错，我们是一直保护着她。不过，任何人都别想和她接触。我相信你会很公正，但她不能和媒体交谈。”

“这是她的决定，还是你的决定？”

“别逼我，纳丁，不然你就得自己去乘公共交通了。”

“只要转达我的要求就行了。我只要求这么多，达拉斯。让她知道，我有兴趣报道她的故事。”

“好吧，我们换个话题。”

“好吧。今天下午我从八卦频道的主播那里听到了一些有趣的传闻。”

“你觉得我会对那些富人和怪人的生活非常感兴趣吗？”

“达拉斯，你认了吧，你很快就会成为他们中的一员。”纳丁看着伊娃的苦脸，大笑起来。“老天啊，我真喜欢逗你！你真是太容易上当了。总之，有传闻说最近非常火的一对俊男靓女大吵了一架。”

“我真是太感兴趣了。”

“你会感兴趣的，这很火的一对儿正是杰莉·菲茨杰拉德和贾斯汀·杨格。”

伊娃的兴趣被吊了起来，她不想把车上的这位乘客丢到公共汽车站里了。“说来听听。”

“今天在莱昂纳多的时装秀彩排现场出现了一段很惹眼的插曲。这对小恋人动起了手，互相挥了几拳。”

“他打了她？”

“根据我的消息源说，动作远不如爱抚那么温柔。杰莉回到她的化妆间。现在她有了自己的明星化妆间。贾斯汀气冲冲地离开，眼还有些肿。几个小时之后，他到了毛伊岛，和另外一位金发女郎出现在派对上，也是一位模特，一位更年轻的模特。”

“他们为什么打了起来？”

“没人知道。人们猜想应该是性爱引起的。杰莉指责贾斯汀背着她偷腥，而他也反过来指责杰莉。她忍不下这口气，他也一样。她不再需要他了，而他也不再需要她。”

“这很有趣，纳丁，但什么也说明不了。”不过这个时机的选择，伊娃想，噢，时机的选择太凑巧了。

“或许能说明些什么，或许什么也说明不了。但这很有趣，像他们那样的公众人物居然在众人面前动起手。我看他们绝对是在演戏。”

“我承认，太有趣了。”伊娃在75台的安全门前停下车。“你到了。”

“你可以带我到里门。”

“坐电车去，纳丁。”

“听我说，你也知道自己肯定会去调查我刚才告诉你的情况，给我透露点儿消息怎么样？达拉斯，我们俩可是老关系了。”

伊娃知道纳丁说的确实没错。“纳丁，现在的情况很微妙。我不敢冒险。”

“没有你的许可，我什么都不会报道出去的。”

伊娃犹豫了一下，然后摇了摇头。“我不能。梅维斯对我来说太重要了。在她彻底清白之前，我不能冒险。”

“她很快就能重获清白吗？告诉我吧，达拉斯。”

“告诉你一个小道消息吧，检察官办公室正重新考虑对她的指控。但还没有取消指控，暂时还没有。”

“你有其他嫌疑人了吗？瑞德福德？他是最新的首要调查对象吗？”

“不要逼我，纳丁。我差点就要把你当成朋友了。”

“该死！我们这样吧。如果我今天告诉你的消息，或者以后告诉你的消息对你查案有帮助，你就要给我补偿。”

“我会给你新闻的，纳丁，只要有确切的消息。”

“在消息透露给媒体之前，我要对你进行十分钟的一对一独家采访。”

伊娃倾下身，打开纳丁一边的车门。“再见。”

“五分钟。该死的，达拉斯，只要五分钟。”伊娃知道这五分钟意味着巨大的竞争优势和巨额的收入。

“好吧，五分钟——如果你能等到那个时候的话。我只能做这么多承诺。”

“我一定会等到你成功。”纳丁满意地下了车，靠在车门上说，“你知道吗，达拉斯？你不会失手的。我能等到你成功的时候。你天生就是为死者和无辜者伸冤的能人。”

死者和无辜者，伊娃想着，身子一阵颤栗，开着车子走开了。她知道有太多的死者，本身也是有罪的。

月光透过天窗洒在床上，洛克把伊娃的身子挪开。现在的感觉和以往很不同，他在做爱的过程中始终都有些神经紧张。伊娃依然像以前一样蜷在他的身旁。当然神经紧张的原因有很多，或许这种想法只是他在自我安慰。屋子里全是人。莱昂纳多的工作小组占了半边楼，充满热情地工作着。他手头有很多项目和交易，正处在各个开发阶段，他希望在婚礼之前能把这些生意都敲定。

还有婚礼本身。在这种时候，男人当然会有些心不在焉。

但独自一人时，他总会直面现实。他知道出现这种紧张只有一个原因。他的脑中不断闪出伊娃的样子，她被打得痛苦不堪，全身是血，几乎崩溃。

他害怕只要一碰她，就会回到过去，把美好的情景变得丑恶。

伊娃在他身旁翻动着，撑起身子，低头看着他。她的脸还泛着红晕，眼睛乌黑。“我不知道该对你说些什么。”

他抚摸着她的下巴。“说什么？”

“我没那么脆弱。你没有必要这样对待我，就好像我是个受伤的女孩儿。”

他紧蹙着眉头，不自觉地烦躁起来。虽然眼前的人是伊娃，但他还是没想到自己会把想法全都写在脸上。他很不喜欢现在这种感觉。“我不知道你是什么意思。”他准备起身去倒一杯酒，不过他并不想喝，但是伊娃紧紧地抓住了他的胳膊。

“逃避可不是你的风格，洛克。”这使她有些担心，“如果你的感受因为我的经历和我的记忆而发生变化——”

“不要这么羞辱我。”洛克突然打断她的话，眼神中的怒气使她顿感宽慰很多。

“你要我怎么想？这是那晚之后，你第一次碰我。更像是爱抚，而不是——”

“温柔一点不好吗？”

他很聪明，伊娃心想。不管是平静还是兴奋时，他都知道该如何把事情转向对自己有利的方面。她的手一直抓着他的胳膊，上下打量着他。“你以为我看不出你为什么畏手畏脚吗？我不想要你畏手畏脚。我很好。”

“我不好。”他挣开伊娃的手。“我不好。有些人的情感并不那么坚强，需要更多的时间来平复。别管我。”

洛克的话就像一记响亮的巴掌，扇在她的脸上。她点了点头，躺到床上，转身背对着他。“好吧。但那时使我受尽摧残的不是性爱，而是猥亵的场景。”她紧闭着双眼，希望能赶紧睡去。

第十六章

通讯器响起时，天还没亮。伊娃闭着眼伸出手。“关闭视频。达拉斯。”

“伊娃·达拉斯警督。紧急任务。有一起疑似凶杀案，死者是男性，108街19号。立即处理。”

伊娃的胃里一阵翻滚。她没有值班，不应该叫她的。“死因呢？”

“明显的击打。死者的身份尚未确认，面部损伤很严重。”

“明白了。该死！”她伸腿坐到床边，眨着眼睛，看到洛克已经起身，正在穿衣服。“你在做什么？”

“带你去凶杀现场。”

“你是普通市民，不应该去凶杀现场。”

伊娃边说边穿上牛仔裤，洛克瞥了她一眼，说：“警督，你的车还在修。”伊娃突然记了起来，低声咒骂着。洛克听她咒骂着，心里洋洋得意。“我载你，然后在去办公室的路上把你放下。”

“随你便。”她说着，一抖肩穿上武器带。

这是个不堪入目的街区。几座大楼上喷着各种肮脏的涂鸦，装饰着破碎的玻璃和破烂不堪的标牌。当然，人们还住在这里，挤在肮脏的房间里，躲着巡逻队，为拿到药效强力的毒品而欣喜若狂。

洛克站在警戒线后，日光阴暗。他想，世界上到处都有这样的街区。他成长的街区就和这个很像，尽管那是在3000英里外的大西洋彼岸。

他理解这里的生活，理解这里的绝望和暗中的交易，就像他能理解造成伊娃创伤的暴力一样。

他看着伊娃，看着那些流浪汉、昏昏欲睡的站街妓女和可怜的看热闹的人，他突然意识到自己也能理解她。

她的动作迅捷，面色严肃。但她看着那个面目全非的男人时，眼中闪出了一丝怜悯。洛克心想，她能干，强悍，适应力极强。不管受到怎样的伤害，她都能挺过来。她不需要他来帮助疗伤，只需要他能接受自己。

“你不太习惯这里的环境吧，洛克。”

洛克看着费尼走到自己身旁。“我经历过比这里更可怕的。”

“大家都有过痛苦的经历啊。”费尼叹了口气，从口袋里掏出一包丹麦面包。“吃早餐了吗？”

“算了。你自己吃吧。”

费尼三两口吞下了点心。“最好去看看我们的姑娘们干得怎么样了。”他穿过警戒线，拍了拍胸前的警徽，让看守现场的警员不要紧张。

“很幸运，媒体还没来。”他说。

伊娃抬头瞥了一眼。“在这种街区发生凶杀案本来就引不起他们的兴趣——至少在找到凶杀手法之前。”她跪在尸体旁边，洁白的双手已经沾上了血。“拍照片了吗？”摄像技术人员点头之后，她把手伸到尸体下面。“费尼，我们把他的身子翻过来。”

他是摔倒的，也可能是被打趴在地，脑后的洞上流出了很多血和脑浆。转过身之后的样子也不怎么好。

“没有身份证。”伊娃汇报说，“皮博迪正在大楼里挨家挨户探查，看看是否有人认识死者，或者看到了些什么。”

费尼转头看了看大楼的后面。有几扇窗户上摇晃着破碎而肮脏的玻璃。他扫视着这座混凝土筑造的庭院。有一个垃圾回收筒已经破了，里面装着垃圾、废物和锈铁的垃圾袋。

“这里没什么好看的，”他说，“弄清他的身份了吗？”

“我取了他的指纹。有一位警员正在化验。凶器已经装起来了。有一根铁棍扔在垃圾回收筒下面。”伊娃眯着眼睛，研究着尸体。“他在博默尔和海特·莫皮特的案子里都没有留下凶器。他在莱昂纳多住处留下凶器的原因显而易见。费尼，这回他开始和我们玩游戏了，他把凶器扔在一个瞎子都能找到的地方。你觉得这个人是怎么想的？”她打了个响指，手上方恰巧挂着一条亮粉色的宽大内裤。

费尼咕哝了一声。死者打扮入时，穿着彩虹条纹的及膝短裤，闪着月光色彩的亮面T恤，和昂贵的珠饰拖鞋。

“居然有钱来买这些破衣服。”费尼又看了看周围的大楼，“如果他住在这里的话，显然是没把钱投入在房产上。”

“是毒品贩子。”伊娃断定，“中间阶层的毒贩子。他肯定住在这里，是因为生意都在这儿。”她站起身，习惯性地把手上的血擦在牛仔裤上。

“警督，我找到匹配的人了。死者叫雷蒙特·罗，外号‘蟑螂’。他有很多犯案记录，多半与毒品有关。包括故意持有毒品，生产毒品，还有几次人身攻击记录。”

“有警察和他接头吗？他是谁的线人？”

“暂时还没有找到任何信息。”

她看了费尼一眼，费尼哼了一声，知道伊娃想要他帮忙。他会去查一下，找出答案。“好啦，我们把他装进袋子里，拉走。我需要一份毒品摄入报告。让现场清理员进来吧。”

她的视线越过凶杀现场，落到洛克身上。“我得搭个便车，费尼。”

“可以。”

“稍等我一会儿。”她向警戒线跑去。“我以为你回办公室了。”

“我确实要回去。你这里完事儿了吗？”

“还有几件事情。我可以搭费尼的车。”

“你觉得是同一个凶手做的？”

一开始她说这些都是警察的事儿，百姓就不要管了，但后来她耸了耸肩。反正用不了一个小时，媒体就会伸来贪婪的触角。“死者的脸被打成了肉酱，可能性很大。我要去——”

这时她听到一声尖叫，便四处环视了一圈。这声悠长刺耳的哀嚎简直能在钢板上刺出洞来。她看见一个哭喊着的女人从大楼里冲了出来，她身材高大，浑身赤裸，只穿了一条红色短裤。她推开两名正喝着咖啡的警员，像打鸭柱[1]一样把他们掀翻在地，准备扑向“蟑螂”破碎的身体。

“噢，混蛋，该死！”伊娃咒骂着，一边冲过去拦阻。在距离尸体不到一米的地方，她飞身扑倒那个女人，两人都重重地摔在混凝土的地面上。

“那是我男人！”那个女人在地上扑打着，就像一条90公斤重的鱼，一双肉呼呼的手捶在伊娃身上。“那是我男人，你这个贱人警察！”

伊娃提起拳头，在那个女人肉墩墩的下巴上重重地打了一拳，她必须维持秩序，保护现场，她也必须自卫。

“警督，你还好吗，警督？”两位警员都过来帮伊娃从胖女人身上爬起来。“上帝啊，不知道她从哪儿突然冒出来了。对不起——”

“对不起？”伊娃扭身起来，恶狠狠地怒视着两个人。“对不起？你们这些没长脑子的混蛋。再晚两秒钟，她就会破坏现场。下次安排你们干正经事儿时，别用手一直护着老二，好好盯着。现在，打电话叫医疗小组来，让他们看看这个蠢女人。再给

1　鸭柱：鸭柱是在鸭柱球中用的小木柱，鸭柱球是一种类似保龄球的地滚球游戏，主要流行于美国。——译者注。

她找件衣裳穿上，把她关起来。你们能干好吗？”

她根本没等他们回答，就一瘸一拐地走开了。她的牛仔裤破了，自己的血和死者的血混在一起，她和洛克四目相对时眼睛还在不住地跳。“你笑什么？”

“警督，看你工作总是充满乐趣。”他突然捧住伊娃的脸，深深一吻，她的双脚不禁也踉跄了一下。“不准躲闪。”洛克看着伊娃不断向自己眨眼，“让医疗小组也给你看看。”

几个小时之后，她收到通知，请她去惠特尼的办公室。皮博迪在她身边，两人一起走在人行天桥上。

“对不起，达拉斯。我本来不应该让她跑出去的。”

“上帝啊，皮博迪，别提了。她跑出来的时候，你还在大楼的另一边。”

“我早该想到，其他房客会告诉她。”

“呃，我们都应该把自己的预言水晶球擦得亮亮的。关键是结果，她只不过在我身上弄出点小伤罢了。卡斯托来过电话吗？”

“他还在现场。”

“是在你的房间现场吧？”

皮博迪的嘴角一动。“昨晚我们在一起，本来只打算吃晚饭的，但不知不觉中……我发誓，自我还是个孩童之后，就再也没有睡得那么死过。谁能想到畅快的性爱会有这么强的镇定作用。”

“我早就该告诉你了。”

“总之，我的电话刚打完，他就接到一通电话。我猜他应该认识受害人，或许能够帮上我们的忙。”

伊娃哼了一声。她们一点儿也没多等，就直接被带进惠特尼的办公室。警长指了指椅子，示意她们坐下。“警督，我知道你的书面报告很快就会完成，但还是希望听听你对这起最新的凶杀案的口头汇报。”

“是，长官。”她汇报了凶杀案发生地和现场的情况，死者的姓名和特征，另外汇报了发现的凶器、伤口和法医鉴定的死亡时间。“皮博迪已经挨家挨户访查过了，没有什么结果，但我们很快会再去探访。和死者一起生活的那个女人倒帮了不少忙。”

惠特尼扬起了眉毛。伊娃身上还穿着脏衬衫和破牛仔。“你是说现场遇到了麻烦？”

“不值一提的小事儿。”伊娃知道如果自己大加责备的话会引来怎样的后果。没有必要给那个女人再增加一项官方指控。“她以前是个街头持证职业妓女，没有钱办证书年检。她也服用毒品。我们利用这一点，稍微施加了些压力，从她嘴里套出了死者昨晚的行踪。根据她的供述，他们两个人一直在屋里待到凌晨一点。他们喝了些红酒，交欢了一番。那个男人说必须要出去一下，有笔买卖要成交。她吸了点儿毒品，昏睡了过去。法医初步判定死亡时间大约为凌晨两点。”

“证据显示，死者是在被发现的地方遇害的。有明显的迹象证明凶手很可能与杀害莫皮特、博默尔和潘多拉的是同一个人。”

她喘了口气，继续用很正式的语言汇报着。“梅维斯·弗里斯通在该起凶杀案发生时的行踪有其他多人可以作证。”

惠特尼很久没说话，一直盯着伊娃的脸。“本部认为梅维斯·弗里斯通女士与本案没有任何关联，检察官办公室意见也与本部一致。我这里有米拉医生对梅维斯·弗里斯通女士测试的初步分析。”

“测试？”伊娃把规矩完全抛到了脑后，突然蹦了起来，“您说她的测试是什么意思？计划要下周一才进行的啊。”

“我们重新安排了。”惠特尼平静地说，“中午一点已经办完了。”

“为什么没有人通知我？”她自己测试时的不适经历又涌上了心头，感觉一阵反胃。“我本应该在那里的。”

“不论对谁，你不在现场都是最好的选择。”他伸出一只手，“别急着发火、违背命令。我要告诉你的是，米拉医生在报告中说弗里斯通女士通过了所有测试。测谎试验证明了她的证词是真实的。另外，米拉医生认为弗里斯通几乎不可能表现出潘多拉谋杀案中那种极端的暴力行为。米拉医生明确建议撤销对弗里斯通女士的指控。”

“撤销了？”伊娃又坐了下来，眼睛一阵放光。“什么时候？”

“检察官办公室正在认真权衡米拉医生的报告。我可以私下告诉你，除非有其他证据证明米拉医生的分析有误，对弗里斯通的指控在周一就会被撤销。”他看着伊娃，发现她的身体在微微地颤抖。“那些物证很明确，但是米拉的报告和几宗相关连的谋杀案件的调查证据已经超过了物证的分量。”

“谢谢你。”

“我没有宣布她无罪，达拉斯。你现在也不能宣布她无罪，但你离成功已经不远了。去逮住那个混蛋吧，尽快！”

“我也是这么想的。”这时她的通讯器响了起来。她等惠特尼点头许可之后才接通了通讯器。“我是达拉斯。”

“我收到你那该死的紧急任务命令了！”迪基一脸怒容地看着她，“好像我是一直闲着没事儿干似的。”

“现在没时间抱怨。你有什么发现？”

“最近发现的这具尸体在死前摄入了大量的‘不朽’。我猜应该是在死前刚摄入的。估计还没来得及享受。”

“把报告传到我办公室。”伊娃说，没等迪基抱怨她就切断了通讯。然后她站起身，脸上挂着微笑。“我今晚要参加个活动，我觉得应该能确认几件事。”

在高级时装模特走秀中，混乱、惊慌和高度紧张的神经就和美丽的纤细模特、绚烂的布料一样司空见惯。看着秀场里的人工作，充满了乐趣和喜感。撅着嘴的时装模特觉得每件配饰都有问题，化妆师在头发上别着亮闪闪的针和别针，发型师在模特身前穿梭，模特则像准备上战场的士兵一样，还有打造这一切混杂炫目场景的倒霉家伙，站在一片混乱之中，紧握着汗淋淋的大手。

“我们慢了。我们已经慢了。我要莉莎两分钟内穿上螺旋棉质礼服出现。音乐已经响起了，我们慢了。”

“她会赶上的。上帝啊，莱昂纳多，镇定。”

伊娃过了好久才认出发型师。特瑞纳乌黑的头发高高地竖起，就算近在眼前也很难认出来。但她的声音把她暴露了，伊娃四处搜寻着，被另外一位狂乱的化妆师挤到一边去。特瑞纳把一些黏糊糊的东西粘到鬃毛上，然后整成平滑的锥形。

“你在这儿做什么？”一个眼大如牛、长发及膝的男人像凶猛的小狗一样向伊娃扑过来。“赶紧脱掉衣服，上帝啊。你难道不知道雨果就在前台吗？”

“雨果是谁？”

那个男人哼了一声，伸手就要脱伊娃的T恤。

“嘿，老兄，你不想要手指了？”她一把打开了他的手，怒视着他。

“脱光，快脱光。我们已经没时间了。”

伊娃的威胁一点用处也没有，他又要伸手脱她的牛仔裤。伊娃本想把他打翻在地，但最后还是拿出了警徽。“退后，要么就要以袭击警员的罪名逮捕你。”

“你在这里做什么？我们有证件，我们交税了。莱昂纳多，这里来了个警察。我可没想过还要和警察打交道。”

“达拉斯。”梅维斯匆匆跑过来，胳膊上垂着五颜六色的布料。“你确实挡道了。你为什么不在看台上呢？上帝啊，你怎么还穿得这个样子。”

“我没空换衣服。”伊娃随意地拉了拉身上那件污秽的衬衫。“你还好吗？我不知道他们重新安排了测试时间，否则我会参加的。”

“我通过了！米拉医生太了不起了，不过我只想说，很高兴一切都结束了。我现在不想说这些。”她的语速很快，环视着混乱拥挤的后台。“至少现在不行。”

“好吧。我要见见杰莉·菲茨杰拉德。”

“现在？时装秀已经开始了。时间都是以微秒计算。”梅维斯就像经验丰富的老兵一样，穿过一群长腿模特。“她必须集中注意力，达拉斯。这简直是生死时速。”她歪着脑袋，听着音乐的节奏。“再有不到四分钟，她就要再次出场了。”

“那我会长话短说的。她在哪儿？”

“达拉斯，莱昂纳多——”

“在哪里，梅维斯？”

“在那后边。”梅维斯疯狂地招着一只手，把一层衣料递给经过身边的一位化妆师。“在明星化妆间里。”

伊娃闪转腾挪，挤过人群，来到一扇标着杰莉名字的门前。她连门也不敲就推门而入，看到自己准备审问的这个女人已经被塞进了一条金色的长筒里。

“穿上这个根本就喘不上气。骷髅在这里面也喘不上气。”

“小宝贝儿，你根本就不该吃东西。”化妆师不依不饶，“你就不该吃。”

“这装扮真是太有趣了！”伊娃站在门口，评论着，“就像魔法小仙女。”

“这是古典设计，20世纪早期的神奇装束。我他妈的根本就不能动。”

伊娃走近了些，眯着眼盯着杰莉的脸。“化妆师的手法不错，根本看不出淤青。”而且她会去问特瑞纳，杰莉脸上到底有没有淤青。“我听说贾斯汀·杨格打了你好几拳。”

“那个混蛋，在这么重大的时装秀之前打了我的脸。”

“我说，他还没用全力呢。杰莉，你们为什么打起来了？”

“他以为自己能和歌舞队的舞女厮混。别想在我眼前这么嚣张。”

“打架的时机很有趣啊！他是什么时候开始和那些舞女厮混的？”

“听我说，警督，我现在很紧张，愁容满面地上台肯定会毁了这场时装秀的。我们这么说吧，她是贾斯汀的老相好了。”

尽管杰莉嘴里说自己完全不能动了，但事实上却迅速灵巧地走过了六房门。伊娃站在原地，听着杰莉上台时台下如潮般的掌声。恰好六分钟后，她回到了化妆间，金色的筒子衣已经脱了下来。

“你是怎么发现的？”

“特瑞纳，快给我做头发，上帝啊！老天啊，你还真是锲而不舍啊。我听到了风声，仅此而已。我打电话问他时，他矢口否认。但我知道他在撒谎。”

“呃——呃。”伊娃集中注意力思考着杰莉这样的人会如何撒谎。特瑞纳用手持烫发器把杰莉乌黑摇荡的长发做成复杂的发卷儿，有彩虹色装饰的纯白丝质礼服披到她的胳膊上。“他在毛伊岛上没有待太久。”

“我才不管他在哪儿呢。”

“他昨晚飞回纽约。我查过航班。杰莉，你不觉得这很奇怪吗？又是时机问题。上次我看到你们俩时，你们就像连体婴儿一样形影不离。你和他一起参加了潘多拉的晚会，当晚一起回家。直到第二天早上，你还在他家。我听说他还陪你参加了试穿和彩排。看起来他应该没时间和舞蹈队舞女厮混。”

“有些男人可以用很短的时间偷腥。”她伸出一只手，方便化妆师给她戴上了一摞手镯。

“你们在公共场所打了起来，有很多目击者，正好还有媒体追踪报道。但我认为，这些举动让你们的证词更不可信。如果我是那些容易相信表面现象的警察，我会这么想。”

杰莉转身对着镜子，看了看服装的线条。“你想要什么，达拉斯？我在工作呢。”

“我也在工作。告诉你我是怎么想的吧，杰莉。你和朋友与潘多拉一起做买卖。但潘多拉很贪婪，貌似她想把你们都赶出局。你们起了冲突。恰好梅维斯进来了，来到打斗现场。像你这样一位精明的女人，肯定能想出个主意的。”

杰莉端起杯子，摇晃着里面亮闪闪的蓝色液体。“你已经有两个嫌疑人了，达拉斯。还说别人贪婪？”

“你们三个人是不是讨论过？你、贾斯汀和瑞德福德。你和贾斯汀离开了，串通了口供。瑞德福德却没找到人帮助串供。或许他没有你们那么聪明。或许你们本应支持他，但你们却没有。他带潘多拉去了莱昂纳多的住处。你们则等待着时机。究竟发生了什么超出预想的事情呢？是你们哪一个拾起的手杖呢？”

“真是荒唐。当时我和贾斯汀在他家中，安保录像可以证明。如果你想给我安上别的指控，带着调查令再说。没有调查令就给我躲远点儿！”

“你和贾斯汀打完那一架之后就没有再见过面？我觉得他可不像你这样能控制住自己，杰莉。事实上，我们正在着手调查。明天早上我们就能收到你们的通讯记录。”

“他给我打电话了又怎样？那又怎样？”杰莉看伊娃悠闲地向外走着，冲到门口大喊，“根本就证明不了任何事情。你什么证据都没有。”

“我又找到了一具尸体。”伊娃停了停，回过头，“我猜你们两个昨晚不能互相证明不在场了吧？”

“贱人！”杰莉愤怒地把杯子扔出去，恰好打在一个倒霉的化妆师肩膀上。“你别想逮到我，你什么证据都没有。”

后台的噪音和混乱相比之前更甚了，梅维斯无奈地闭上了眼睛。“噢，达拉斯。你怎么能这样？莱昂纳多还需要她再走十场呢。”

“她会继续工作的。她太爱镁光灯了，不会错过这个机会。我要去找洛克了。”

“他在前台。”梅维斯疲惫地说，莱昂纳多则冲过来安抚他的明星。“别穿成这样就过去了，穿上这个。这套已经走过台了，去掉过分的装饰和围巾，应该没人能认出来。”

“我只是想——”

“求你啦。你穿上他的设计坐在前台真的能给他很大帮助。衣服线条很简单，达拉斯。我再给你找双能搭配的鞋子。”

十五分钟之后，伊娃把破衣服塞进包里，看到洛克坐在前排。他正看着三个一组、身着透明短袖连裤衫的大胸模特，礼貌性地鼓着掌。

“真是太好了。姑娘们走在第五大道上时，人们就想看她们穿成这样。”

洛克扬了扬一侧的肩膀。“事实上，他的很多设计非常吸引人。我倒不介意你穿上右边那件试试。”

“做梦吧。”她翘起腿，黑色的绸缎随着动作嘶嘶地响着。“我们要在这里待多久？”

“一直待到最后。你什么时候买的这件衣服？”他伸出手指，指尖抚弄着胳膊上扎的窄丝带。

“不是我买的。梅维斯要我穿上这个，是莱昂纳多的设计，他把装饰都去掉了。”

“买下这件。和你很搭。”

她不屑地哼了一声。她那件破烂的牛仔更适合此时的心绪。

“啊哈，女主角上台啦！”

杰莉滑步走上台，她那华丽的玻璃鞋每向前迈出一步，舞台就闪出不同光彩的灯光。翻卷的灯笼裙和闪亮的紧身上衣引得观众阵阵欢呼，但伊娃对这些却并不在意。她盯着杰莉的脸，一直盯着她的脸——时尚评论家在他们的报道中忙碌地评论着，无数的顾客通过便携式通讯器疯狂地订购，也要整形成这样的面庞。

杰莉的脸平静如水，对躺在身前的数十位年轻肌肉男视而不见。她的身形优雅地扭动着，舞蹈编排恰到好处，迈着轻捷的舞步踏上一群壮男搭起的金字塔。

人群掌声四起。杰莉摆定姿势，冰冷的蓝眼睛恶狠狠地盯着伊娃。

“哎呦！”洛克细声说，“这可是恨之入骨的目光啊！发生了什么事情吗？”

“她想撕烂我的脸。”伊娃轻声说，“我的任务成功了。”她心满意足，靠到椅背上，打算享受剩下的表演。

“你看到了吗？达拉斯，你看到了吗？”梅维斯踮着脚尖转了一圈，张开双臂抱住伊娃。“最后一场，他们都站起来为他鼓掌，甚至连雨果也站起来了。”

“雨果到底是谁？”

“他是业内最有声望的人，是这场时装秀的赞助人之一，但当时是为了支持潘多拉。如果他退出——好在他没有退出，哦，真得感谢杰莉的加入！莱昂纳多已经走上了成功的大道。他能归还借债了，订单已经蜂拥而至。他会有自己的设计展览室，还有再过几个月，到处都能看到莱昂纳多时装店了。”

“那真是太好了。”

“一切都好起来了。”梅维斯对着女士休息室里的镜子打量着自己的脸，“我要再找一家酒吧，穿着莱昂纳多的独家设计唱歌。一切都回到正轨了。是吧，达拉斯？”

“是的。梅维斯，是莱昂纳多主动找的杰莉·菲茨杰拉德，还是杰莉主动找来的？”

“你是说时装秀吗？最开始是莱昂纳多找的她，潘多拉提议的。”

等等，伊娃想，自己怎么会忘记这一点呢？“潘多拉会让莱昂纳多请杰莉在她的时装秀里出境？”

“她就是这样的人。”梅维斯兴头来了，擦掉原来的唇彩。她盯着自己裸妆的嘴唇看了一会儿，选了一支口红。“她知道杰莉不会做第二主演，至少不会做她的第二主演，即使杰莉知道这场时装秀会引起轰动也不会。所以请她来本身就是一种嘲弄。她或者答应过来担当配角，或者错过本季最火热的一场时装秀。”

“她没有答应？”

“她说自己档期已满，只是为了留点儿脸面。但潘多拉一退出，她就打通了莱昂纳多的电话，主动要求加入。”

“这一场下来她可以赚多少钱？”

“这场时装秀？她能赚100万美元，但这还算不了什么。首席模特可以用批发商的价格随便挑选时装，卖出每件衣服还可以收取佣金。当然还有媒体曝光。”

“都有哪些媒体？”

“呃，当红的模特可以上时装频道、脱口秀，还有其他类似的节目。她们可以借着设计提升人气，还有不菲的出场费。往后的六个月将有大量的出境机会和源源不断的资金进项，而且此后还可以续约。这次表演她能赚近五六百万美元，还有各种独家设计时装。”

“能拿到这些可真是不错的买卖。潘多拉的死使她赚了六百多万美元。”

“也可以这么说。不过即使没有这场时装秀，她也不至于经济拮据啊，达拉斯。”

“或许不会。但现在她肯定不会拮据了。她会在表演后的庆功会上出现吗？”

“当然。她和莱昂纳多是今天的大明星。如果想吃东西的话，最好还是不要在那儿了。那些时尚评论家就像土狼一样，连块骨头都不会剩下。”

“你和杰莉，还有其他一些模特也一起待了不少时间了，”两人并肩向宴会厅走去时，伊娃问，“她们服用毒品吗？”

“上帝啊，达拉斯。”梅维斯不自在地耸了耸肩，“我又不是线人。”

“梅维斯，”伊娃把她拉进一个装饰着华丽的盆栽蕨类的内室，“别这样。到底有没有？”

“当然有，各种都有。多半是‘花炮’和‘零食欲’。这是很残酷的行当，而且也不是所有底层的模特都能负担得起塑身的费用。有几个毒贩子常来，但多半都是现金交易。”

“杰莉呢？”

“她用的都是些健康的东西，就是她喝的那种饮料。她偶尔抽烟，但那是一种特别的安神混合成分。我从没看见她用危险品。但是……”

“但是？”

“她从不许别人动自己的东西，你懂吧？几天前，有个模特感觉不太舒服，熬了一夜。她喝了杰莉的蓝色饮品，杰莉发现后大发雷霆，差点儿炒了她的鱿鱼。”

“有趣，不知道里面是什么东西。”

“某种蔬菜提取液。她说有利于她的新陈代谢。她还嚷嚷着要把那种饮品投放市场。”

“我需要一点儿样品。我手头的证据还不够申请搜查令或没收令的。”她顿了顿，想了想，微笑起来。“但是我知道该怎么解决了。我们赶去派对吧。”

“你打算做什么？达拉斯。”梅维斯紧赶了几步，追上了迈着大步的伊娃。“我可不喜欢你眼中的神色。不要找麻烦。求你了，千万不要。这对莱昂纳多来说，是个重大的日子。”

“我打赌，更多的媒体曝光会增加他衣服的销量的。”

她踏入舞厅，人群在舞池里翩翩舞蹈，或围坐餐桌吃着东西。伊娃发现了杰莉，直奔着走了过去。洛克注意到她的眼神，匆匆跑了过来。

“你突然变得像个警察一样。”

“多谢。”

“我可不是在赞美你。你打算大闹一场吗？”

“我会尽力的。想躲远点儿吗？”

“才不。”他很好奇，于是抓住伊娃的手，和她并肩走了过去。

“祝贺你，表演非常成功。”伊娃把一位谄媚的评论家挤到一旁，正面对着杰莉。

“多谢。”杰莉举起一杯香槟。“但据我观察，你并不是时尚领域的行家。”她对着洛克妩媚一笑。“不过你挑选男人的品味很好。”

“比你的好多了。你听说了吗？今晚有人在秘密酒吧看到贾斯汀·杨格和一个红头发的女人在一起。和潘多拉长得很像的一位红发女子。”

“你是个说谎的贱人。他不会——”杰莉镇定了一下，从牙缝里嘶嘶地喘着气。“我对你说过，我才不在乎他和谁在一起，也不在乎他都做了些什么。”

“为什么要这样呢？不过，即使不停地进行美容疗程、塑身美体和面部保养也抵挡不了时间吧。我猜贾斯汀是想要体验一下年轻的味道。男人都是这么混蛋。”伊娃从服务生手上的托盘里拿过一杯香槟，呷了一口。“并不是说你看起来不美。以你的年龄，长成这样已经很漂亮了。那些舞台灯光只会使女人看起来更加……成熟。”

“滚你妈的！”杰莉把杯里的酒泼到伊娃脸上。

“你以为这样就能解决问题吗？”伊娃眨着刺痛的双眼，低声说，“袭击警察，你被捕了。”

“把你的手拿开！”杰莉愤怒地推开伊娃。

“还有拒捕。这真是我的幸运日啊！”伊娃两下就把杰莉的双臂扭到背后。“我会马上派一名警员带你去警局。你应该不用多久就能假释。现在，老实点儿，我要宣读你享有的权利。”她冲着洛克粲然一笑。“用不了太久。”

“不着急，警督。”他接过伊娃的香槟，一口气喝了下去。他等了十分钟，然后漫步走出舞厅。

她站在酒店入口处，看着杰莉被带进一辆巡逻警车。

“这是要干什么？”

“我得争取点儿时间，找点儿东西。嫌疑人表现出强烈的暴力倾向，举止紧张，迹象表明可能用过毒品。”

真是警察，洛克心想。“你把她惹火了，伊娃。”

“对，还有易怒。恐怕还没进警局，她的人就已经把她弄出来了。我得赶紧行动了。”

“去哪儿？”洛克问到，一边匆匆跑过舞厅，跑向后台。

“我需要她喜欢的那种饮品的样品。这次袭击事件给了我机会——如果我们稍微歪曲点儿事实的话。我希望能化验一下其中的成分。”

“你真以为她会如此公开地使用毒品？”

“我认为像她——潘多拉、杨格和瑞德福德——这样的人都极度傲慢。他们有钱，貌美，有权力和名声，使他们觉得自己可以凌驾于法律之上。”她溜进杰莉的化妆间。“你也有这样的倾向。”

“非常感谢。”

“算你走运，有我管着你，你比他们老实了很多。看着门，行吧？如果她的律师够快的话，时间恐怕不够干完这里的事情。”

“当然，我们都是规矩人。”洛克评论道，他站在门口，看着伊娃搜索着房间。

“上帝啊，这里的化妆品真是值很大一笔钱啊！”

“她做的就是这行生意，警督。”

“我看她每年在这些虚荣的东西上就要花去数十万美元，仅仅是局部护理。鬼知道在饮食调养和塑身上要花多少钱。如果我能找到那种粉末，一切就会明朗起来。”

“你在找‘不朽’？”他大笑起来。“她或许很傲慢，但却不至于这么蠢。”

“或许你是对的。”她打开保鲜箱的门，微笑起来，“但是她这儿有一罐饮料。罐子锁着。”伊娃咬着嘴唇，看着洛克。“我猜你应该会……”

“你不打算做规矩人了啊。”他叹了口气，走过来，研究着透明罐子上的锁。“很复杂。她对这个东西很谨慎。从外观上看，罐子应该打不碎。”他边说，边研究着锁的机理。“给我找个指甲刀，或者发卡，或者类似的别的东西。”

伊娃翻腾着抽屉。“这个行吗？”

洛克对着伊娃递来的小修指甲剪皱着眉头。“差不多。”他用着巧劲儿晃动着锁，然后身子往后一退。“好啦。”

“你对这个太在行了。”

“只不过是个不值一提的小小本领而已，警督。”

“好吧。”她翻着自己的包，抽出一个取样瓶，装了几盎司的样品。“应该足够了。”

“需要我再锁上吗？只用一小会儿就够了。”

“不用了。我们在路上可以去实验室一趟。”

“去哪儿的路上？”

“我派皮博迪监视的地方，贾斯汀·杨格的后门。”伊娃迈步向外走去，给了他一个笑容。“你知道吧，洛克，有一件事杰莉说得很对。我选男人还是很有品味的。”

“亲爱的，你的品味简直是完美无瑕的。”

第十七章

在伊娃看来，和一个有钱人交往有很多不利的地方，但有一点却非常好，那就是食物。在返回的路上，她从洛克车里塞满食物的电子厨师里翻出了基辅鸡，大吃了一通。

“谁的车里会存着基辅鸡啊。”她嘴里塞满食物，支吾地说。

“如果要服侍你的话，车里就得备上。否则你只能整天吃土豆汉堡和受辐射污染的鸡蛋粉了。”

“我恨死受辐射的鸡蛋粉了。”

“就是。”听着她窃笑，洛克心里很满足。“你的心情很好啊，警督。”

“一切都开始明朗了，洛克。他们周一早上就会撤销对梅维斯的指控，到那时我也会抓住那些混蛋——都是钱惹的。”她一边说着，一边用手指戳点着野生稻米粒。“该死的钱。潘多拉手里有‘不朽’，其他三个人都想要分一杯羹。”

“所以他们把她骗到莱昂纳多家，然后杀掉了她。”

“去莱昂纳多家可能是她的主意。她还是不能释怀，并且非常想打架。在莱昂纳多家下手是个非常好的选择。梅维斯进入现场只不过是个意外。要不他们早就让莱昂纳多死翘翘了。”

“我不是想质问你那灵敏、迅捷且充满怀疑精神的头脑，可是他们为什么不在小巷子里干掉她？如果你的猜测是对的话，他们以前应该也干过类似的事情。”

“这回他们想做点儿表演。”她挪了挪肩膀。“海特·莫皮特是个潜在的危险。他们中的某个人找到她，可能还质问了她，然后干掉了她。谁都不想冒险，鬼知道博默尔在做爱时会说漏什么呢。”

“然后就是博默尔了。”

“他知道的太多了，掌握的东西也太多。他不太可能知道三个人都与此有关。但他至少确定了其中一个人与此有关，当他看到那个人出现在酒吧之后，就悄悄躲了起来。他们想办法揪出了博默尔，折磨他，杀了他。但他们没有足够的时间去找回那些东西。”

“都是为了利益？”

“是为了利益，如果我的分析没错，他们应该是为了‘不朽’。毫无疑问，潘多拉用了这种毒品。我觉得，不管潘多拉有什么或想要什么，杰莉·菲茨杰拉德都会想要更多。有一种药可以使你看起来更美，更年轻，更性感。对她这种闯荡模特行的人来说，这绝对值很大一笔钱。而且，她还很自负。”

“但这是致命的啊。”

“他们也是这么说吸烟的，但我还是看到你一支支地点烟。”她对着洛克抖了抖眉头，“21世纪下半叶，没有防护措施的性爱也是致命的，但没有什么阻止人们四处乱搞。手枪也是致命的，但我们花了数十年才使街头不再有手枪出现。还有——”

“明白啦。我们多数人都以为自己可以永生。你测试过瑞德福德吗？”

“我们测试过。他没有吸毒。但这并不说明他手上沾的血会更少。我要让他们坐五十年的牢。”

洛克放缓车速，在红绿灯前停了下来，转头看着她。“伊娃，你对他们这么恨，是因为谋杀案，还是因为他们搅乱了你朋友的生活？”

“结果是一样的。”

“但你的感受是不同的。”

“他们伤害了她。”她坚定地说，“他们使她的生活如地狱一般，迫使我替他们逮捕了梅维斯。她丢了工作，也没有了以前的自信。他们要为此付出代价。”

“好吧。我只有一点要说。”

“老兄，我可不要一个开锁自如的人来批评我的办案程序。”

他拿出一张纸巾，擦了擦她的下巴。“下次，在你说自己没有家人之前，”他的声音变得轻柔起来，“仔细想想。梅维斯就是你的家人。”

她开始说话了，口气有些变化。“我在做自己的工作，”她说，“只不过恰巧从中获得了一些快乐，这又有什么错呢？”

“没什么错。”他轻轻地吻了她，开车向左转。

“我要到大楼后面。下个拐角向右转，然后——”

“我知道怎么到那座大楼后面。”

“不要告诉我，这座楼也是你的。”

“好吧，我不说就是了。顺便说一句，如果你早问我杨格家的安保设置是怎样的话，我能帮你——或者应该说是费尼——省下不少时间和麻烦。”看着伊娃一脸的怒容，他微笑起来，“我因为拥有大半个曼哈顿而获得了快乐，这又有什么错呢？”

她转头看向窗外，不让洛克看到自己的一脸傻笑。

对洛克而言，好像不管何时，总能在最豪华的酒店里有预留座位，在最火爆的表演中有前排看台，在大街上最方便的地方有停车位。他的车子转进停车场，关了引擎。

“我想你应该不愿意让我在这儿等着吧。”

“我想的事情通常跟你都说不通。不过别忘了，你是平民百姓，而我不是。”

“这事儿我一刻也没忘记。”他输入代码，锁上了车子。这片街区很安定，但这辆车很贵，值这座大楼里最豪华房间的六个月租金。“亲爱的，在你转换成警察模式之前，告诉我，你这件衣服下面穿着什么呢？”

“一种引得男人发狂的设计。”

“确实起作用了。我记得好像从来没见过你的屁股那样扭动。”

“现在这是警察的屁股了，所以老兄，尽情看吧。”

“不用你说，我正看着呢。”他微笑着，使劲拍了一巴掌。

“晚上好，皮博迪。”

“洛克。”皮博迪从灌木丛里迈步走出来，面无表情，好似根本没听到眼前的谈话，“达拉斯。”

“有什么迹象——”伊娃听到灌木丛里一阵沙沙声，突然做出半蹲的防御性姿势，她看到卡斯托一脸笑意地钻了出来，便骂道，“该死，皮博迪。”

“啊，不要责备迪迪。你打电话时，我们俩刚好在一起。她怎么都甩不开我。伊娃，我们来一次跨部门合作怎么样？”他依然微笑着，伸出一只手。“洛克，很高兴见到你。杰克·卡斯托，缉毒专案组。”

“幸会。”洛克发现卡斯托一直盯着伊娃那黑色绸缎包裹的身体看，皱起了眉头。洛克像充满敌意的公狗一样，露出了尖牙。

“衣服不错啊，伊娃。你说要带某种样品去实验室。”

“你经常偷听别的警察的通话吗？”

“呃……”他拍了拍自己的脸颊，“那个，电话接通的时间比较特殊，除非我聋了才听不到。”他转而很严肃地说，“你认为抓到杰莉·菲茨杰拉德使用‘不朽’的把柄了？”

“我们还要等分析结果。”她转身看着皮博迪，“杨格在里面吗？”

“他肯定在里面。安保录像显示，他于十九点进入大楼。自那以后就没有出来过。”

“除非他从后门走。”

“没有，长官。”皮博迪微微一笑。“我刚到时向他家中打了个电话。我说打错了电话，并道了歉。”

“他看到你了？”

皮博迪摇摇头。“像他那样的男人不会记得普通人的。他根本就没开视频通话，而从二十三点三十八分我到达之后，就没有过任何动静了。”她伸手指着楼上。“他的灯都亮着。”

“那我们就等着。卡斯托，你可以帮点儿忙，到前门看着。”

他露齿一笑，说：“你想要摆脱我。”

她的眼神一亮。“没错。我们可以找技术人员来。作为莫皮特、约翰逊、潘多拉和罗等四起凶杀案的首席探员，我有权调遣调查人员。所以——”

“你真是个强硬的女人，伊娃。”他叹了口气，耸了耸肩，对着皮博迪眨了眨眼。“迪迪，为我留着点儿兴致。”

“对不起，警督。”看着卡斯托走开了，皮博迪用很正式的语气汇报。“他恰巧听到了通话。我无法阻止他来到现场，只能让他帮忙。”

“这应该不算什么问题。”这时她的通讯器响了起来，她转身去了另一边。“我是达拉斯。”她停了一会儿，抿着嘴唇，点着头，“多谢。”伊娃想把通讯器装进上衣口袋，突然记起这件衣服没有口袋，只能又塞回包里。“菲茨杰拉德出来了，具结释放。她能很快摆脱时尚舞会上的一场小闹剧，这也不算什么新鲜事儿。”

“如果实验室结果没有达到预期呢？”皮博迪说。

“如果真是这样的话，我们就等等看。”她向洛克瞥了一眼，“可能要很晚，你不用在这儿等着我。完事儿之后，皮博迪和卡斯托可以搭我一程。”

“我喜欢长夜。借步说句话，警督。”洛克紧紧抓住伊娃的胳膊，拉着她往边上走了几步。“你从来没告诉我，缉毒专案组还有一位你的仰慕者。”

她伸手理了理头发，说：“我没告诉你？”

“这种仰慕者肯定想抱着你，舔遍你的身体。”

“你说得还真有趣。听我说，他现在和皮博迪是一对儿。”

“但这也挡不住他想要舔你的欲望。”

伊娃喘着粗气大笑了一通，然后盯住洛克的眼睛，冷静了一下，清了清嗓子说：“他根本就没有任何危险。”

“我可不这么觉得。”

“算了吧，洛克，只不过是你们男人的雄性激素在起作用。”他的眼睛仍然有些不安的闪动，看得她胃部一阵抽动。“你不会是……嫉妒了吧？”

“是的。”承认这一点很丢面子，但他就是这种男人，该做的事情必须要做。

“真的？”胃部的抽动变成一股温暖的喜悦，四散开来。“噢，谢谢。”

没有必要叹气。当然也没有必要和她握手言别。他把手揣进口袋里，歪着脑袋。“不客气，伊娃，我们再过几天就要结婚了。”

胃部又开始剧烈地抽动起来。“是啊。”

“如果他再那么看着你的话，我就不客气了。”

伊娃微笑着，拍了拍他的脸颊。“放松点，小伙子。”

伊娃刚咯咯笑了一声，洛克就一把抓住了她的手腕，把她拉到身边。“你是我的。”她的眼睛燃着热情，露齿一笑。她显露出的热情使洛克立即放松下来。“你也属于我，亲爱的，不过恐怕你没有注意到，我还是告诉你吧，我对自己的东西也有很强烈的独占欲。”洛克吻了她嘟嘟的嘴唇。“我真的很爱你，伊娃，爱得都有些荒唐了。”

“很荒唐，好吧。”她缓缓地做着深呼吸，平缓了一下情绪。“听我说，其实我觉得没什么好解释的，但我确实对卡斯托没兴趣，对其他人也没有兴趣，而且恰巧皮博迪和他在一块儿。所以请控制一下你那好斗的情绪。”

“没问题。现在，要我去车里拿点儿咖啡出来吗？”

她歪了歪脑袋，问：“是想要用小恩小惠平息一切吗？”

“我得提醒你，我的咖啡可不怎么便宜。”

“皮博迪的不要太浓……别动！”她一把抓住洛克的胳膊，拉着他躲到灌木丛后面。“别动！”伊娃低声说，看着大街另一头有一辆车飞奔而来。车子急停，发出一阵刺耳的摩擦声，然后做了个直角急转，停在顶层的停车点上。驾驶员很不耐烦地等着车子越过缓冲器。一个身着银装的女人大步走下斜坡，迈步走向人行道。

“我们的姑娘来了。”伊娃轻声说，“真是一刻都没有耽搁啊。”

“警督，你赌对了。”皮博迪评论说。

“看起来是的。我们分析一下，为什么一个刚经历过一段不愉快、不方便而且处境很尴尬的女人，会径直来到刚刚分手的男人这里？她还曾指责这个男人欺骗，并且这男人还打了她的脸。这一切都发生在公共场合。”

“她有虐待和受虐倾向？”洛克说。

“我可不这么想。”伊娃说，很感谢他的提醒。“虐待和受虐的背后，通常是性爱和金钱。看那边，皮博迪，我们的女主角知道那里有后门。”

杰莉四处张望了一番，径直向大楼维护入口走去，输入钥匙代码，消失在大门后面。

“我得说，她以前肯定从这儿走过。”洛克的手搭在伊娃的肩膀上，“这足够打破他们的证词吗？”

“这是个很好的开头。”她伸手从包里拿出监视镜，带到头上，对准贾斯汀·杨格的窗户，调整着焦距。“看不到他。”伊娃嘀咕着，“客厅里没人。”她头抬高了些。“卧室里也没人，但床上有个打开着的手提箱。很多门都关着。从这里看不到厨房和后门的情况。该死！”

伊娃把双手背在身后，继续扫视着。“床头柜上放着一杯什么东西，屋里有灯光。我觉得应该是卧室的电视屏幕开着。她来了。”

伊娃一直抿着嘴唇，看着杰莉冲进卧室。带着监视镜，她能清楚地看到杰莉愤怒的表情。杰莉的嘴动着。她俯下身，脱下鞋，扔到一旁。

“发火了，她发火了。”伊娃嘀咕着，“她在大喊大叫，又扔了东西。年轻的男主角进来了，舞台左侧。哇，他的身材真不错啊。”

皮博迪也带上了监视镜，轻哼了一声表示赞同。

贾斯汀一丝不挂，身上的水珠闪着光，金发光洁耀眼。不过杰莉对此毫不在意。她对着贾斯汀一通发火，推搡着他，贾斯汀则无奈地举着双手，摇着头。争吵越来越激烈，有些过分了，伊娃心想着，开始动手动脚了，还互相摇着对方的头。然后突然之间，基调发生了变化。贾斯汀撕扯着杰莉那身一万美元的银色礼服，两人一起倒在床上。

“啊，看他们多甜蜜啊，皮博迪。他们在互相爱抚。”

洛克敲了敲伊娃的肩膀。“你还有监视镜吗？”

“变态。”不过这个提法很公平，她摘下监视镜，递给洛克。“你可以做目击证人。”

“怎么做？我根本就没来过这儿。”他带上监视镜，调整了一下。过了一会儿，他摇了摇头。“他们是不是很有创造力呀？告诉我，警督，你是不是经常在监视时偷看别人私通？”

“男女之间那点事儿我早就看腻了。”

洛克听出她的口气，摘下监视镜，递了回去。“这真是个痛苦的工作。我同意，凶杀嫌疑人不应该有隐私。”

她转了转肩膀，重新调整了监视镜。她体会着话中的幽默。她知道有些警察会透过他人的卧室窗户偷窥，而监视镜常常被人滥用。她把监视镜看成一种工具，一种重要的工具，但是它在法庭上经常受到质疑和挑战。

“好像已经结束了，”她面无表情地说，“他们还真是迅速啊。”

贾斯汀的胳膊肘支着身体，进到她的身体里面。杰莉的双脚紧紧压在垫子上，挺起身子迎着他。两人的脸上闪着汗水，双眼紧闭，表情既痛苦又享受。看到贾斯汀瘫在杰莉身上，伊娃开始说话。

她顿了顿，看着杰莉伸出胳膊，抱住贾斯汀。贾斯汀的头蹭着杰莉的脖颈。两人抱成一团，轻抚着，脸颊互相蹭着。

“我真该死。”伊娃嘀咕着，“这不仅仅是性爱。他们很在乎对方。”

不光是性欲，还有人类特有的那种难言的情感。他们稍微分开了一会儿，坐起来，腿互相缠绕着。他轻抚着她凌乱的头发。她把脸送到他的手间。两人开始交谈。从他们的面部表情来看，两人都很紧张，脸色也很严肃。有那么一会儿，杰莉低下头，抽泣着。

贾斯汀吻了她的头发，她的眉毛，然后站起身，走过房间，从一个迷你小冰箱里拿出一个细长的玻璃瓶，倒了一杯蓝色液体。

杰莉从他手中抢过杯子一口气喝下去时，他的面色凝重。

“说这是健康饮品，完全是胡说八道。她在吸毒。”

“只有她喝了。”皮博迪补充说，“他一点儿也没喝。”

贾斯汀一手托着杰莉的腰，从床上抱起她，抱着她出了卧室，消失在视线之外。

“继续监视，皮博迪。”伊娃下令说。她摘下监视镜，挂在脖子上。“她已经快到崩溃的边缘了。我猜这不是因为我们两个之前那次小争执。她身上承担着很大的压力。有些人天生并非杀手的材料。”

“如果他们本想故意疏远对方，以此加强证词的可信性，那她今晚来这儿是很冒险的。”

伊娃点点头，看着洛克。“她需要贾斯汀。上瘾的方式有很多种。”伊娃的通讯器又响了起来，她伸手从包里掏出来。“我是达拉斯。”

“快，快，快。”

“迪基，希望是好消息。”

“这是一种有趣的混合液，警督。除了添加的液化成分、漂亮的颜色、淡淡的水果口味之外，其余完全匹配。此前分析的那种粉末中所有的成分，包括‘不朽之花’的汁液都有。不过，这种混合物的药效更温和一些，口服摄入之后——”

“这些就够了。把完整的报告传到我办公室的电脑里，抄送惠特尼、卡斯托和检察官。”

“需要我在上面系上一条红丝带吗？”他满口挖苦地说。

“不要这么刻薄，迪基。你很快就能收到距离看台50米的包厢票了。”她切断通讯，咧嘴笑着。“皮博迪，申请搜查令和没收令。我们去把他们拿下。”

“是，长官。啊，卡斯托呢？”

“告诉他我们准备到大楼前。缉毒专案组会得到他们那份功劳的。”

他们完成官方文件并进行完第一轮审问时，已经是凌晨五点了。菲茨杰拉德的律师坚持要求休息至少六小时。伊娃别无选择，只能下令皮博迪休息到八点，自己则回到办公室。

“难道没听我说让你去睡吗？”她看到洛克坐在自己的办公桌后。

“我有些工作要做。”

她盯着办公桌电脑的屏幕，皱着眉头。那些复杂的设计图看得她嘶嘶地直抽冷气。“这是警署所有财产。盗用警署所有财产，可以判你在家监禁十八个月。”

“能晚些再逮捕我吗？我就快做完了。显示东楼全景，所有楼层。”

“我不是在开玩笑，洛克。你不能用我的电脑做私人业务。”

“嗯。记住调整娱乐中心C区，面积不足。将所有记录，修改后的尺寸，建筑图纸和设计传送到自由星一号办公室。保存至光盘，断开连接。”他抽出光盘，塞进口袋里。“你刚才说什么来着？”

“这台电脑有我的声控识别，你是怎么进入操作系统的？”

他只是微笑着。“真要我说吗，伊娃！”

“好吧，别告诉我了，反正我也不想知道。你难道不能回家再做这些事儿吗？”

“当然可以。但那样我就不能荣幸地带你回家，看着你睡几个小时觉了。”他站起身，“我现在就要带你走啦。”

“我在休息室打个盹儿就行了。”

“不，你肯定会在这儿梳理证据，浏览一些信息，直到眼睛再也睁不开。”

她本想否认，多半时候撒谎并不是什么难事儿。“我只想把手头的几件事处理一下。”

他歪着头看了看，问：“皮博迪呢？”

“我让她回家了。”

“还有那位了不起的卡斯托呢？”

伊娃听出他话里的圈套，但却没有合适的退路，只能耸耸肩说：“我猜应该是和她一起回去了吧。”

“你的嫌疑人呢？”

“他们申请了中间休息。”

“所以你也该休息了。”洛克说着，拉住了她的胳膊。她使劲往回扯，但洛克还是拉着她来到大厅。“我保证所有人都会喜欢你这一身新的审问装束，但你睡一会儿，洗个澡，换换衣服，肯定能把工作做得更好。”

她低头看了看身上的黑绸缎礼服。她早忘记自己穿着这么一身衣服了。“我的储物柜里可能还有一条牛仔裤。”洛克没费什么劲儿就把她拉进了电梯里，这时她才意识到自己已经四肢无力了。“好吧，好吧。我跟你回家，冲个澡，或许再吃点儿早饭。”

还有，洛克心想，至少睡五个小时。

“里面的情况怎么样？”

“嗯？”她眨了眨眼睛，摇了摇头，尽力保持清醒。“没有太多进展。本来第一轮审问也没想有太多收获。他们仍然坚持最初的说法，并宣称毒品是被人陷害的。我们已经有足够的证据，可以迫使菲茨杰拉德接受药物测试。她的律师对此大发牢骚，但我们会搞定他的。”

她深深地打了个哈欠。“我们准备利用这一点，让她完全认罪，至少要从她嘴里挖出些口供。下一轮我们将分组审问他们。”

洛克领着她走过门廊，来到他停车的访客车位处。洛克注意到，伊娃走路的方式就像喝醉了的女人一样。“他们死定了。”他说着，一边拖着伊娃来到车旁。“我是洛克，解锁。”

他打开车门，把伊娃放在客座上。

“我们会轮换审问。卡斯托是个不错的审问人。”她的脑袋软绵绵地靠到椅背上。“这点必须要承认。皮博迪很有潜力。她很坚韧。我们要把他们三个分开在不同的房间里，轮换审问他们。我猜杨格会最先顶不住。”

洛克缓缓地把车开出停车点，向家里开去。“为什么？”

“那个混蛋爱她。爱能让人心绪错乱。你之所以会犯错，是因为你焦虑，有保护欲。这真蠢。”

他微笑起来，把她脸上的头发拂到一边，而她已经沉沉地睡去了。“那还用说吗？”

第十八章

伊娃心想，如果有个丈夫就是这样的话，那结婚还算不错。她被洛克温柔地安顿在床上——她被迫承认这是最好的选择——五小时的昏睡之后，被一阵热咖啡和新鲜华夫饼的味道唤醒。

洛克已经起了床，衣服整齐，全神贯注地盯着重要的商业讯息。

有时伊娃会很困扰，因为洛克好像比普通人睡觉少很多，但她并没有这么说。这种评价只会换来洛克一脸得意的笑。

洛克没说是自己在照顾她，这么做也是对他自己好。伊娃很奇怪他为什么没有得意洋洋地吹嘘。

她精力充沛，吃得饱饱的，开着新修的车子向警署中心开去，车子刚开过五个街区就给了她一个惊喜，又出了小问题。她的车子堵死在路上，速度指示器却直接指向了红色警示区。

警告——传来了甜美的语音——当前速度五分钟内引擎将过载。请减速或转成自动代驾。

“去死吧。”她很不爽地说。一路上，车子不停地发出警报声——要么降速，要么车子就要爆炸了。

她不会让这件小事影响自己的心情。远处黑压压的雷雨云卷了过来，空中交通乱作一团，她对此也毫不在意。虽然今天是周六，虽然只有一周就到她的婚礼了，虽然她即将面临漫长艰苦的一天工作，但是这些都丝毫没有减少她的喜悦。

她大步迈进警署中心，满脸笑容。

“你好像已经准备好啃那块生肉了。”费尼说。

“我最喜欢这样了。有什么新消息吗？”

“我们走一条远路，路上慢慢跟你讲。”

他绕到一条空中滑道旁，现在是中午，滑道旁几乎没人。滑道工作不太顺畅，但还是载着两人向上去了。曼哈顿城越来越远，就像一座玩具城一样，城里有交错的街道和闪亮的车辆。

闪电伴着隆隆的雷声划过天空，震得外层玻璃一阵颤动。大雨如瓢泼般落了下来。

“正好躲雨。”费尼向下瞥了一眼，看着路上的行人像发疯的蚂蚁一样四散奔跑。一辆空中客车嘟嘟地响着喇叭滑过，离玻璃只有一个拳头的距离。“上帝啊！”费尼用手捂住砰砰跳的胸口。“这帮混蛋是从哪儿拿到驾照的？”

“会喘气儿的人都能开这些大家伙。不过，就算你拿着激光剑逼我坐上去，我也不坐。”

“城里的公共交通真是无耻。”他掏出一包蜜饯坚果来平抚心情。“不管怎样，你在毛伊岛问题上的预感得到了验证。杨格在乘航天飞机回来之前，给菲茨杰拉德的住处打了两次电话。他还在电视上看了整整两个小时时装秀直播。”

“查看过‘蟑螂’遇害当晚他住处的安保记录了吗？”

“大约早晨六点，杨格拖着行李箱进了屋。他的航班大约半夜抵达。至于中间的六个小时他是如何度过的，没有任何线索。”

“没有不在场证明。他有足够的时间从机场赶到凶杀现场。能查到菲茨杰拉德当时的位置吗？”

“二十二点半之后不久，她还在舞厅，做走秀排演，直到八点才在住处出现。她打了很多电话给她的造型师、按摩师和塑体师。昨天她在天堂美容院待了四个小时，做了理疗和美容。杨格全天都在和经纪人、商业经理讨论什么……”费尼笑了笑，“他还和一位旅行顾问谈了谈。我们这个小伙子想要两点去趟伊甸园殖民地。”

“我爱死你了，费尼。”

“我本来就是个可爱的人。我来这儿的路上顺便去取了现场清理员的报告。杨格和菲茨杰拉德住处都没有找到什么有用的线索，只有那种蓝色果汁中含有毒品。如果他们还有更多毒品的话，一定是藏在别的什么地方。没有任何交易记录，没有配方方程式的迹象。我还要鼓捣一下硬盘，看看他们在那里面有没有藏什么。不过要我说，那两个人可不是什么高科技天才。”

“确实不是，瑞德福德很可能比他们知道的还多。现在已经不止是谋杀和贩毒那么简单了，费尼。如果我们能将这种东西确定为毒药，并且判定他们预先知道其致命性，我们就可以给他们定下诈骗罪和蓄意屠杀罪。”

“达拉斯，城市战争之后就再也没有人使用过蓄意屠杀罪这个罪名。”

滑道停了下来。“我觉得这个案子或许可以使用。”

她看到皮博迪已经等在审问区。“其余人都去哪儿了？”

“嫌疑人和代理律师在一起。卡斯托去取咖啡了。”

“好，联系会议室，已经到点儿了。警长有没有说什么？”

“他正在赶来的路上。他想旁听审问。检察官办公室也要通过视频参加审问。”

“很好。费尼会同时监视三个房间里的审讯过程。我不想这个案子上庭时有什么差错。第一轮由你来审菲茨杰拉德，卡斯托审瑞德福德，我来审杨格。”

她看着卡斯托摆弄着一盘子咖啡走过来，打了个招呼。“费尼，把最新情况跟他们讲讲。合理利用信息。”伊娃说着，抓起一杯咖啡。“我们三十分钟轮换审问。”

她溜进审问区，喝了一口难以下咽的咖啡，微微露出笑容。这将是美好的一天。

“贾斯汀，你应该表现得更好一些。”伊娃开始加快节奏，才刚刚使出劲头。

“你问我发生了什么。其他警察也问我发生了什么。”他喝了口水。他已经乱了方寸，开始支支吾吾了。“我都告诉过你了。”

“你是个演员，”伊娃说，一脸友好的微笑，“一个很好的演员。所有的评论都这么说。我前几天刚读过一条评论，说你可以把一条很糟糕的台词说得像唱歌一样。你现在说起话来可不像音乐般流畅啊，贾斯汀。”

“你想要我重复多少遍？”他看着自己的律师，“我还要重复几次？”

“我们随时都可以停止审问。”他的律师提醒说。她是个干练的金发女郎，有杀手一般的眼神。“你没有义务做任何进一步的陈述。”

“没错。”伊娃插话说，“我们可以停下来。你可以回拘留所。受到携带毒品的指控，你不能要求假释，贾斯汀。”她的身子向前靠了靠，直视着他的眼神。“有四起谋杀案悬在你头上，你别想假释。”

“我的委托人只受到疑似藏毒的指控而已。”律师低了低直挺的鼻子，“这根本就算不上个案子，警督。这点我们都知道。”

“你的代理人现在的处境如临深渊。这点我们都清楚。你想一个人掉下去吗，贾斯汀？这对你好像不太公平啊。你的朋友们现在正在回答问题。”她抬起双手，伸了伸手指。“如果他们把你供出来了怎么办？”

“我没有杀人。”他朝房门的方向看了看，看着镜子。他知道外面还有其他观众，但一时间，他也不知道该如何取悦观众了。“我根本就没听说过其余几位遇害人。”

“但是你认识潘多拉。”

“我当然认识潘多拉。”

“她遇害的当晚，你在她家。”

“我早就说过了啊。听我说，我和杰莉应邀去了她家。我们喝了点儿酒，闯进来了另外一个女人。潘多拉表现得过于激动，我们就离开了。”

“你和菲茨杰拉德女士经常使用无安保设施的大楼入口吗？”

“只不过是为了个人隐私罢了。”他坚持说，“如果撒泡尿媒体也要报道一下，你就能体会我们的感受了。”

伊娃完全能理解那种感受，露出牙齿笑了笑。“有趣的是，你们两人对媒体曝光似乎都不太介意。事实上，如果坦率点儿讲，我觉得你们都迫不及待地想要得到曝光。杰莉用‘不朽’有多久了？”

“我不知道。”他的眼神又转向镜子那边，好像期待着有导演喊一声“停”，结束这场戏似的。“我跟你讲过，我不知道那种饮品里面是什么。”

“你卧室里有这么一个瓶子，但你不知道里面的东西是什么？你从来没尝过？”

“我从来不碰那东西。”

“这可真是太有趣了，贾斯汀。这么说吧，如果我的保鲜箱里存着一样东西，我肯定会非常想去尝试一下。当然，除非我知道那是毒药。你知道‘不朽’是一种慢性毒药，是吧？”

“不一定。”他说到一半突然停了下来，深深地吸了一口气，“我什么都不知道。”

“它对神经系统有慢性损伤，药效很慢，但同样致命。你给杰莉倒了一杯，递给了她。这就是谋杀。”

“警督——”

“我不会伤害杰莉！”他爆发了，“我爱她！我绝不会伤害她！”

“真的吗？有几位目击证人看到过你打人。七月二日，在华尔道夫酒店舞厅后台，是不是你打了菲茨杰拉德女士？”

“不是，我——我们都没有控制住怒火。”备好的台词在脑中打转。他记不得自己的词儿了。“那是一场误会。”

“你打了她的脸。”

“是——不过……是，我们吵了起来。”

“你们吵了起来，所以你打了心爱的女人，把她打倒在地。昨晚她去你的寓所时，你是不是还对她异常愤怒？你给她倒那一杯慢性毒药的时候？”

“我告诉你，那不是毒药，并不像你说的那样。我不会伤害她的。我从来都没有真的生她的气。我根本就不会生她的气。”

“你从来都没生过她的气。你永远不会伤害她。我相信你，贾斯汀。”伊娃平缓了一下声音，身子又向前靠了靠，温柔地伸出手，拉住他颤抖的手。“你也从来没打过她。那些都是在演戏，是吧？你不是那种会打自己爱人的人。你那是在演戏，就像其他演出一样。”

“我没有——我——”他无助地看着伊娃的眼睛，伊娃知道自己已经把他搞定了。

“你演过很多动作片。你知道该怎样控制拳头，假装打到别人。你那天就是这么做的，是吧，贾斯汀？你和杰莉假装打架。你根本就没碰过她。”她的声音很温柔，透着理解。“你不是那种喜欢暴力的男人，是吧，贾斯汀？”

他完全崩溃了，紧闭着双唇，看着他的律师。律师伸手要求停止问问题，伏到贾斯汀的耳旁。

伊娃面无表情地等待着。她知道他们的窘境。要么他承认自己都是在演戏，那他就成了一个骗子；要么他承认打了自己的爱人，那样就表现出他的暴力倾向？他现在进退维谷。

律师退回了原位，双手交叉着。“我的委托人和菲茨杰拉德女士在玩一场无害的游戏。很傻，但假装打架并不算犯罪。”

“是，确实不是犯罪。”伊娃第一次感到对手有所松动，削弱了他们此前的证词。“逃到毛伊岛，假装和另外一个女孩儿相好都不是犯罪。只不过是为了蒙蔽他人，是吧，贾斯汀？”

“我们只是——我想我们只不过是没想通。我们很担忧，仅此而已。你逮到保罗的把柄之后，我们就开始担心你会来找我们。当晚我们都在那里，所以这么想很符合逻辑。”

“你知道，换作是我，我也会这么想的。”她露出友好的微笑，“这是很合逻辑的做法。”

“我们两人手头都有很重要的项目，发生的这些事情对我们的影响太大了。我们以为假装分手，可能会使我们的不在场证明更加可信。”

“因为你知道你们的不在场证明很没有说服力。我们会查出你们两人可能在潘多拉遇害当晚，在未经觉察的情况下离开公寓，你必须对此做好应对。你可能去过莱昂纳多家，杀了她，然后偷偷溜回家，没有任何安保记录漏洞。”

“我们哪儿也没去过。你根本就没法证明。”他的肩膀挺直了。“你什么证据都没有。”

“不要那么确信。你的爱人是个‘不朽’瘾君子。你藏有这种毒品。你是怎么得到的？”

“我——是什么人给她的。我不知道。”

“是瑞德福德吗？是他引她上瘾的吗，贾斯汀？如果是他做的，你肯定恨死他了。你心爱的女人，从她吸入第一口开始，贾斯汀，她就已经在慢慢死去。”

“那不是毒药，不是。她告诉我那只不过是潘多拉为了独享它而使出的伎俩。潘多拉不想让杰莉从那种饮品中获益。那个贱人知道这种药会有什么危害，但她想要——”他突然停了下来，看到律师锐利的警告眼神，但已经太晚了。

“她想要什么，贾斯汀？钱？很多钱？你？她是想奚落杰莉？她威胁过你吗？这就是你杀她的原因吗？”

“不。我从没碰过她。我告诉你我从来没碰过她。我们吵了架，好吧？那天晚上莱昂纳多的女人离开之后，我们闹得很不愉快。杰莉很沮丧。有潘多拉说的那些话，她确实应该沮丧。这也是我带她出去的原因，我们喝了点儿酒，让她平静了下来。我告诉她不要担心，还有别的方法找到货源。”

“有什么别的方法？”

他一起一伏地呼吸着，疯狂地挣脱了律师阻拦的手势。“闭嘴！”他朝着律师大喊，“闭嘴行吗？！你这样做对我有什么好处？等她结束审问，就可以把我装进笼子里了。我想要做个交易。为什么不做个交易？”他把手背塞到嘴里。“我想做个交易。”

“我们必须得谈谈，”伊娃平静地说，“你有什么可以提供给我的？”

“保罗，”他说着，深呼了一口气，“我向你供认保罗·瑞德福德，是他杀了潘多拉。可能是那个混蛋杀了所有人。”

二十分钟后，伊娃在会议室里踱着步。“再多耗瑞德福德一会儿。让他犹疑我们从其余人嘴里套出了多少消息。”

“从那位女士嘴里没有撬出太多东西。”卡斯托随意地把腿搭在桌子上，双脚叠在一起。“她很强硬，但已经开始有些退缩的迹象——口干，颤抖，偶尔有些失神——但她一直咬牙坚持着。”

“她已经有——大约十个小时没用药了。你觉得她还能挺多久？”

“不太清楚。”卡斯托摊开双手，“她一会儿对你不理不睬的，但只过十分钟就又会变得像话唠一般。”

“好，我们别指望在她身上会有突破了。”

“瑞德福德已经有些破绽了。”皮博迪说，“他很害怕，没有一点儿骨气。他的律师是个难缠的家伙。如果我们能单独审他五分钟，肯定能像砸核桃一样砸碎他。”

“这不可行。”惠特尼研究着最近几次审问的纸质记录，“你们可以利用杨格的供述向他施压。”

“但这种压力很小。”伊娃嘀咕着。

“你们要想办法让它看起来很有力。他说三个月前是瑞德福德最先向菲茨杰拉德介绍‘不朽’的，提出要和她合伙。”

“根据我们这位金发男孩的说法，这种产品很快就会变得合法，可以光明正大地出售。”伊娃嘲笑般地哼了一声，“有谁会这么天真呢。”

“我不太清楚，”皮博迪低声说，“他不停地偷偷向菲茨杰拉德那边看。要我说，她很可能说服他相信这个买卖是合法的。研究和开发，一条新的美容健康保健品生产线，以菲茨杰拉德的名字命名。”

“而他们需要做的就是挤掉潘多拉。”卡斯托微笑着，“钱会源源不断地滚进来。”

“说到底还是钱。潘多拉碍事儿了。”伊娃一屁股坐到椅子上，“另外几个人也碍了事儿。或许杨格只是个无辜的笨蛋，或许不是。他指认了瑞德福德，但他没搞清，这样可能也同时指认了菲茨杰拉德。她告诉了他足够的信息，让他做好去伊甸园殖民地的准备，希望能买到一株自己的不朽之花。”

“你已经可以指控他们贩毒共谋罪，”惠特尼说，“如果杨格摆脱了其余人，他就能独自经营了。要提出谋杀指控，你还有一段路要走。现在他的口供不会有太大作用。他认为是瑞德福德杀了潘多拉。他说出了背后的动机。我们能查到瑞德福德行凶的时机，但我们没有任何物证，也没有目击证人。”

他站起身。“达拉斯，想办法让他们招供。检察官办公室正在给我们施压。他们在周一撤销了对弗里斯通的指控。如果再没有什么消息透露给媒体，我们就会像一群傻瓜一样难堪。”

惠特尼一离开房间，卡斯托就拿出一把折叠小刀，开始修剪指甲。“老天啊！我们可不想让检察官办公室像傻瓜一样难堪，他们想毫不费力地解决一切难题。是吧？”他的眼睛转向伊娃。“瑞德福德不会杀人的，伊娃，他会做毒品买卖。嗨，贩毒已经几乎成为一种时尚，但他不会犯下四桩谋杀案。我们只有唯一一个希望。”

“是什么？”皮博迪焦急地想要知道。

“不是他一个人干的。我们能打垮其他人，就能打垮他。我赌菲茨杰拉德会第一个说出来。”

“那你来审她。”伊娃深呼了一口气。“我来审瑞德福德。皮博迪，带上瑞德福德的照片。回酒吧去，回到博默尔的住处，去‘蟑螂’那儿，莫皮特那儿。让所有人都看看那张照片。我只需要一点儿线索。”

她皱着眉头看着通讯器亮起。“我是达拉斯，别烦我。”

“听到你的声音总是这么美好。”洛克仍然坚持说。

“我在开会。”

“我也是。再过三十分钟我就要去自由星了。”

“你要离开地球？但是……好吧，旅行愉快。”

“躲不开。应该三天就能回来。你知道怎么联系我。”

“是，我知道。”她想对洛克说几句话，说几句傻傻的话，说几句甜言蜜语。“我这段时间也会忙得不可开交。”她转而说，“等你回来再见。”

“你最好查看一下办公室的通讯器，警督。梅维斯今天一直想联系上你。你貌似错过了上次试穿。莱昂纳多简直……发狂了。”

伊娃只好不去理睬卡斯托咯咯的笑声。“我还有别的事情要想。”

“你和我都忙得不可开交。抽个空宽慰他一下，帮我一下，我们把这些人都从家里赶出去。”

“我早就想赶走他们了。我还以为你喜欢周围有这么多人呢。”

“我还以为他是你的老哥呢。”洛克嘀咕着。

“什么？”

“这是个老笑话。但是伊娃，我真的不喜欢周围有这么多人。他们简直就是一群疯子。我刚才发现加拉海德蜷缩在被子下面。不知是谁用玻璃粉和红色彩带把它包了起来。想想都觉得我们很可怜。”

她努力憋着没笑出声。洛克看起来不像在开玩笑。“他们快把你逼疯了，我却挺开心。好吧，我们要把他们赶走。”

“赶紧。噢，下周六，在我离开期间可能有几件事儿需要你来办一下。萨默塞特那里有备忘录。我的车子已经在外面等着了。”她看着洛克向屏幕外的某个人示意了一下，然后眼神转向她。“过几天见，警督。”

“好吧。”屏幕暗了下去，她嘟哝着，“去他妈的旅行愉快。”

“哎呀，伊娃。如果你急需见见自己的设计师，或者要带小猫咪去理疗，就放心去吧，皮博迪和我能处理好这桩小小的谋杀案。”

伊娃的嘴唇露出邪恶的微笑。“滚蛋，卡斯托。”

尽管卡斯托有很多令人厌烦的习惯，但他的直觉却很好。瑞德福德短时间不太会屈服。伊娃对他逼得很紧，最后也只能确认对他的贩毒指控，但连环杀人案的指控却没能成功。

“我们来把头绪整理清楚。”她站起身，伸了伸腿，倒了一杯咖啡。“是潘多拉告诉你‘不朽’的事情的。那是什么时候来着？”

“我说过了，大约一年半以前，可能更早一些。”他现在已经平静了下来，举止言语控制自如。贩毒指控很好处理，而且他的供述会让他处在更有利的位置上。“她向我提出了一个商业建议。她是这么说的，她说手里有一个配方，将会引起美容和健康产业的一场革命。”

“一种美容品？她没有提过其中包含的违禁和危险成分？”

“当时没有。她需要有人投资开启生产线。她想用她的名字来命名这条生产线。”

“她给你看过配方吗？”

“没有。我之前说过，她拉我上船，做了各种承诺。我得承认自己判断失误。我沉溺于她的美色，而她充分利用了我的这个弱点。同时，这项业务看似也很有前景。她自己在服用这种胶囊，结果很惊人。我能看出来她变得更年轻，身体更匀称。这种药品提高了她的精力和性欲。如果做好营销，这样一种产品肯定能产生巨大的效益。我很愿意从商业风险项目中获利。”

“你想从中获利，所以继续给她投资，投入越来越多，却没有得到任何收益。”

“有那么一段时间，我确实有些不耐烦，也提出过要求。她不停地许诺。我开始怀疑她想要单干，或者在和其他人合作，利用我。所以我自己去取了点儿样品。”

“取了点儿样品？”

他顿了一会儿才回答，好像在组织文字一般。“我趁她睡觉时拿了她的钥匙，打开了她放胶囊的瓶子。我为了保护自己的投资，取出来一些，找人做了化验。”

“你是什么时候偷的这种毒品——为了保护你自己的投资？”

“偷窃罪不成立。”律师打断说，“我的委托人诚心诚意地付过钱。”

“好吧，我们换种说法。你是什么时候想到要好好评估一下自己的商业投资的？”

“大约六个月前。我带着样品找到一位熟悉的化学分析师，付钱让他帮我出一份私人报告。”

“然后发现……”

瑞德福德停了下来，研究着自己的手指。“我发现这种产品并没有潘多拉承诺的那些性能。但是，这种药容易上瘾，所以应该属于毒品类。长时间不间断摄入，可能会致死。”

“你是一个正直善良的人，你算了算自己的损失，于是决定从交易中抽身。”

“法律没有要求人人正直善良。”瑞德福德轻声说，“而且我要保护自己的投资。我决定做一些研究，看看这些严重的副作用能否减轻或消除。我认为我们已经达到了想要的效果，或者说已经接近了。”

“所以你把杰莉·菲茨杰拉德当成了小白鼠。”

“那是误会。或许我太过焦急了，因为潘多拉不断施压要求更多的投资，还暗示要将产品推向市场。我想抢先一步，我知道杰莉是绝佳的代言人。她同意了试用我们改良过的产品，但要求支付酬金。改良后的产品是液体。科学有时也会犯错的，警督。我们后来才知道，这种药品仍然很容易上瘾。”

“而且致命？”

“好像是。过程减缓了，但是长期服用对身体还是有潜在的伤害。几周前，我把这种可能存在的副作用告诉了杰莉。”

“是潘多拉发现你想抢先将产品投放市场之前还是之后？”

“应该是之后，当时她刚知道。不幸的是，杰莉和潘多拉在一场晚宴上碰上了。潘多拉提起自己以前和贾斯汀的一段恋情。据我听闻，杰莉为了气潘多拉，把我们两个计划的交易抖了出来。”

“而潘多拉对此很是恼火。”

“当然，她很恼怒。那时我们两人的关系已经很紧张了。我已经弄到了一株‘不朽之花’的样本，下决心要消除配方的一切副作用。我没有任何要向市场投放危险药品的意图，警督。我的记录可以证明一切。”

“我们会让缉毒专案组来调查这件事情的。潘多拉威胁过你吗？”

“潘多拉天生就爱威胁别人。人可以对威胁习以为常。我觉得自己的地位很有利，完全可以忽略那些威胁，甚至还可以给以回击。”他微笑起来，更加自信。“你瞧，如果她将这种药品投放到市场，而我知道配方里的成分，我就能毁掉她。但是，我没有理由去伤害她。”

“你们的关系很紧张，但当晚你还是去了她家。”

“我希望我们能达成某种妥协。这也是我坚持让贾斯汀和杰莉到场的原因。”

“你和她做爱了。”

“她是个美丽而充满欲望的女人。是的，我和她做爱了。”

“她有这种毒品的胶囊。”

“确实是。我告诉过你，她把这些药放在一个盒子里，和化妆品放在一起。”他又微笑了起来，“我跟你讲过那个盒子，还有那些胶囊，因为我猜想——猜想是正确的——验尸之后会发现这种药品的痕迹。我提早透露这一点看来是很明智的。其实我一直都很配合。”

“你知道我找不到那些胶囊，当然会很合作。她死之后，你又回去找那个盒子了，保护自己的投资。如果没有其他产品，没有竞争对手，想想你可以多赚多少钱啊。”

“离开之后我就再也没回去。根本没理由回去。我的产品比她的更好。”

“这些产品都不能进入市场，这你是知道的。但是在街角，她的产品比你那种改良、稀释且更贵的品种将更受欢迎。”

“如果我们继续研究，继续做测试……”

“还有继续投入？你已经在她身上投了30多万美元。花了很大一笔钱去买一株样本，支付研究和测试的钱，还付钱给菲茨杰拉德。我想你应该有些焦急，想要见到利润吧。你每次向杰莉收多少钱？”

“杰莉和我有自己的商业安排。”

“10，000美元每次。”伊娃打断了他，一语中的。“她在过去两个月的时间里，曾三次向你在星光空间站账户转账，每次10，000美元。”

“是投资。”他说。

“瑞德福德先生，你诱骗她上瘾，然后去勒索她。你这样做就是贩毒。”

律师又开始兜圈子，把贩毒说成是投资合作伙伴之间的利润—损失分配。

“你需要接头人，能在街角贩卖的接头人。博默尔一直都想大搞一笔。但他有些得意忘形，想要试试这种产品。他是怎么弄到配方的？你真是粗心啊！”

“我从没听说过这个人。”

“你看到他在酒吧里信口开河，大肆夸耀自己。他和海特·莫皮特进了单间之后，你不敢保证博默尔对她讲了些什么。但他一看到你时就逃跑了，你只能有所行动。”

“警督，你的思路完全错了。我根本不认识这些人。”

“或许你在惶恐之间杀了海特。你本来不想杀她，但看到她死了之后，你必须把一切掩盖起来。于是你开始大肆杀人。或许她死前告诉了你一些事情，或许没有，但你必须捂住博默尔的嘴。我猜你很享受这个过程，你恐吓他，折磨他，然后杀了他。但你有些过于自信，没有在我之前搜查他的住处。”

她站起身，在房间里转了一圈。“这回你有大麻烦了。警察有了样品，有了配方，潘多拉也有些失控。你能有什么选择呢？”她的双手压在桌子上，身子靠向他。“一个男人看到自己所有的投入和未来的收益都付诸东流，他会怎么想？”

“我和潘多拉的交易已经终止了。”

“是，你终止了交易。带她去莱昂纳多家真是很聪明。你是个聪明的男人。她对梅维斯苦苦相逼。如果在莱昂纳多的住处下手，外人看起来就像是他忍受不下去了。如果他当时在场，你也得把他干掉，但后来可能就会很难办。但是他当时不在，所以一切都简单了。梅维斯走进来时就更简单了，你可以把她也设计进去。”

瑞德福德开始变得呼吸困难，但他还是控制住了。“我上次看到潘多拉时，她还活着，她异常愤怒，想要把火气撒到别人身上。如果梅维斯·弗里斯通没有杀她，那我猜应该是杰莉·菲茨杰拉德。”

伊娃很好奇，靠回到椅子上。“真的吗？为什么？”

“她们互相憎恨，是直接的竞争对手。现在她们之间的竞争比以前更加激烈了。潘多拉想把贾斯汀勾引回来，这是杰莉绝对不能容忍的。还有……”他微笑起来，“是杰莉向潘多拉提议去莱昂纳多家摊牌的。”

这是一条新线索。伊娃想着，翘起一侧的眉毛。“是这样吗？”

“弗里斯通女士离开之后，潘多拉非常暴躁、愤怒。看到潘多拉那副模样，那个年轻女人还打了潘多拉，杰莉好像很高兴。她挑唆潘多拉，说什么如果她是潘多拉，绝不会受这样的羞辱，还有为什么不直接去莱昂纳多家，教训教训他，让他知道谁才是老大。她还讽刺潘多拉管不住自己的男人，之后贾斯汀就带着杰莉匆匆离开了。”

他笑得更开心了。“你知道，他们都讨厌潘多拉。杰莉讨厌她的原因显而易见，而贾斯汀讨厌她，是因为我告诉他那些药都是潘多拉搞出来的。为了保护杰莉，贾斯汀可以做任何事。我则不同，我对任何人都没有产生依赖，只不过和潘多拉做爱。只有性爱，警督，还有买卖。”

伊娃敲了敲卡斯托审问杰莉的房门。卡斯托探出头向外看时，她侧脸盯着桌前的女人。“我要和她聊聊。”

“她已经变得迟钝，有些失神了。今天应该从她嘴里审不出太多话了。律师已经开始嚷嚷着要求中间休息了。”

“我需要和她聊聊。”伊娃重复了一遍，“这一轮你是怎么审的？”

“放狠话，很强硬。”

“好，那我缓和一些。”伊娃溜进屋里。

伊娃突然发现自己还充满了怜悯之心。杰莉的眼神胆怯而昏暗。她面色发黑，双手颤抖着抚着面庞。她的美貌憔悴娇弱，像幽灵一般。

“你想吃点儿东西吗？”伊娃轻声问。

“不。”杰莉呆呆地扫视着审问间，“我想回家。我想要贾斯汀。”

“我们看看能否安排一次探访。我必须在场监督。”她倒了一杯水，“为什么不喝点儿水，休息一下？”她的手搭在杰莉的手上，举到她颤抖的嘴唇上。“这些对你确实很难。很抱歉。我们不能满足你的所有要求，无法帮你度过这次变故。我们现在还没有掌握足够的信息，即使给你提供任何消息，也只能使情况变得更糟。”

“没事儿。算不得什么。”

“糟透了。”伊娃一屁股坐在座位上，“是瑞德福德拉你下水的。他刚才承认了。”

“算不得什么。”她又说，“我只是有些累。我需要我的健康饮品。”她可怜地、满怀希望地看着伊娃。“只喝一点点就行，这样就能恢复过来了，行吗？”

“你知道那东西很危险，杰莉。你知道它会给你造成什么影响吗？律师，保罗·瑞德福德在录音审问过程中，承认自己利用商业合作做伪装，引诱菲茨杰拉德女士使用毒品。我们推测，她未曾意识到药物的成瘾特性。此刻我们没有任何意图指控她服用毒品。”

代理律师如伊娃事先希望的一样，明显地放松了下来。“这样的话，警督，我准备安排申请释放我的委托人，并进入戒毒所，自愿戒毒。”

“我们可以安排自愿戒毒。如果你的委托人可以再多合作几分钟，我们就可以确定对瑞德福德的指控。”

“如果她合作的话，警督，将不需面临任何吸毒指控？”

“你知道，我不能做这样的承诺，律师女士。不过我会建议免除藏毒和蓄谋散播毒品的指控。”

“贾斯汀呢？你打算放过他了吗？”

伊娃回头看了看杰莉。爱情，她想，真是一种奇怪的负担。“他参与过这起商业交易吗？”

“没有。他想拉我出来。当他发现我……产生依赖性之后，他催我去戒毒所，要我不再喝那种饮品。但我需要它。我想停下来，但我真的需要它。”

“潘多拉遇害的当天，你们吵过一架。”

“和潘多拉从来都少不了争吵。她真是可恨！她以为可以夺回贾斯汀。那个贱人根本就不在乎他。她只是想伤害我，想伤害他。”

“杰莉，他会不会回到潘多拉的怀抱？”

“他和我一样恨她。”她把精致美丽的指甲抬到嘴边，开始咬起来。“我们很高兴她死了。”

“杰莉——”

“我才不管，”她爆发了，狂野的目光看着她那谨慎的律师，“她本来就该死。她用尽了各种手段，什么都想要。贾斯汀是我的。如果她没有提早发现我对莱昂纳多的时装秀有意，本来的首席模特就应该是我。她用自己特有的方式勾引了莱昂纳多，迫使我退出。那本应该是我的工作，本来就该是我的，就像贾斯汀是我的一样，就像那些药是我的一样。它可以使你变得美丽，强壮，性感。不管何时人们用了这种药，他们都会想起我。不是她，是我。”

“当晚贾斯汀和你一起去了莱昂纳多家吗？”

“警督，你这是要做什么？”

“只是问个问题，律师。他去了吗，杰莉？”

“当然没有。我们——我们没去那里。我们出去喝了酒。我们回家了。”

“你奚落了她，是不是？你知道怎样玩弄她。你要确保她在莱昂纳多家被干掉。是瑞德福德联系你，告诉你她何时离开的吗？”

“没有，我不知道。你把我搞晕了。我能喝点儿东西吗？我需要我的饮品。”

“当晚你也用了这种饮品。使你变得很强壮。足够强壮，可以杀了她。你想要她死。她总是挡着你的路。而且她的胶囊更强效，比你的液体更有效。你是不是想要，杰莉？”

“是的，我想要那些胶囊。她在我面前变得越来越年轻，越来越苗条。而我每吃一口东西都得加倍小心，她……保罗说他或许能从潘多拉手里弄到这些胶囊。贾斯汀让他滚开，不要靠近我。但是贾斯汀不懂，他不懂那种感觉——不朽。”她说着，脸上露出可怕的笑容，“它使你感觉自己是不朽的。求求你了，就喝一口。”

“当晚你从后门溜了出去，去了莱昂纳多家，之后发生了什么？”

“我没有啊。我有些糊涂了。我需要喝点儿那种饮品。”

“是你捡起拐杖，打死她的吗？你是不是不停地打着她？”

“我想要她死。”杰莉呜咽着，头埋在桌子上。“我想要她死。求求你，帮帮我。只要你帮我，随便让我说什么都行。”

“警督，在这种身体和精神状态下，我的委托人所有的言行举止都不应记录在案。”

伊娃看着眼前哭泣着的女人，伸手拿出通讯器。“通知医疗小组过来。”她下令说，“安排救护车接菲茨杰拉德女士去医院，全程护卫。”

第十九章

“你说不打算指控她是什么意思？”卡斯托暴怒时，眼睛因震惊和暴躁而颜色变深，“你已经得到了认罪供述。”

“那不是认罪供述。”伊娃纠正说。她累了，累得要死，而且对自己感到厌恶。“以她当时的情况，什么话都可能说出来。”

“上帝啊，伊娃！基督耶稣啊！”为了平缓心头的怒火，卡斯托在充满药水味儿的健康中心瓷砖走廊里上下踱着步。“你一拳击中了她。”

“该死，我确实击中了。”伊娃疲惫地揉着左太阳穴，想赶走头痛。“卡斯托，听我说，以她当时的状况，如果我答应给她一剂药，她甚至会承认在基督手掌上钉过钉子。如果我以这次审问为依据对她提起指控，她的律师在预审时就会把我们驳得体无完肤。”

“你不是在担心预审。”他经过紧闭嘴唇的皮博迪，大步向伊娃走去。“你扼住了犯人的咽喉，就像警察在谋杀案中应该做的那样。但现在你变得软弱了，你替她感到难过。”

“我不需要你来评判我是怎样一个人。”伊娃正色道，“还有，不要教导我该如何进行调查。我是首席探员，卡斯托，给我滚开！”

卡斯托琢磨着她的话。“你不要逼我向你的上司汇报你刚才的决定。”

“你这是威胁吗？”她弓起身，做出拳击手准备出击的动作，“随你便。我的建议仍然不变。她需要接受治疗，尽管谁也不知道短时间能有什么效果，之后再重新进行审问。直到我认为她思维清晰，有判断的能力之后，才可以对她提起指控。”

伊娃可以看出他正在努力抑制住自己的情绪，也能看出他很痛苦。但她毫不在乎。

“伊娃，她有动机，有机会，性格能力测试也符合。她完全有能力犯下这样的罪状。她自己承认憎恨潘多拉的贪婪。你还他妈的想要什么？”

“我要她看着我的眼睛，直视着我的眼睛，告诉我她杀了那些人。我要她告诉我她是怎么动手的。在这之前，我们等着。你这个自命不凡的家伙，我告诉你：不可能是她一个人干的。单靠她那一双漂亮的手不可能做成这一切。”

“为什么？因为她是个女人？”

“不，因为钱对她来说不是最重要的。激情才是，爱情才是，嫉妒才是。所以她可能在嫉妒的仇恨中杀了潘多拉，但我不相信她也杀了其他人。没人帮忙根本就不可能。不可能没有幕后推手。所以我们必须等一等，然后重新审问，我们要她指认杨格和/或瑞德福德。那时我们才能算是破了案。”

“我认为你这次错了。”

“你的意见我已经记下来了。”她干脆地说，“现在，写报告去抱怨吧，去休息或者到处乱讲，不管怎样，从我眼前消失。”

他的眼睛瞪着，怒火呼之欲出，但他还是退开了。“我要去冷静一下。”

他猛冲出去，只扫了一眼一直沉默着的皮博迪。

“你的这位老兄今晚可不太有风度啊。”伊娃评论说。

皮博迪本也想对自己的长官这么说，但最后还是没有说出口。“我们都承受着很大压力，达拉斯。这个案子对他很重要。”

“你知道吗，皮博迪？对我而言，正义的意义比个人档案里的光亮一笔或一枚警长警徽更重要。如果你想去追你心爱的男人，抚慰他受伤的自尊，随你便。”

皮博迪的下巴动了动，但声音依然平静。“我哪儿也不去，警督。”

“好吧，那就站这儿，表现得像做出很大牺牲的样子，因为我……”伊娃本打算滔滔不绝地大讲一通，但在中间突然停了下来，深吸了一口气。“对不起，皮博迪，你恰好在身边，成了我的出气筒。”

“长官，我的工作职责中不也正有这么一条吗？”

“你总能很快恢复情绪。我真应该恨你这一点。”伊娃平静了很多，一只手搭在助手的肩上。“对不起，对不起让你陷入两难的境地。工作和个人情感总是很难平衡。”

“我能处理好。他那么做确实不对，达拉斯。我能体会他的感受，但这并不能说明他就是对的。”

“或许不对。”伊娃靠着墙，闭上双眼，“但有一件事他是对的，这点也让我如针刺骨。我对审问菲茨杰拉德时的做法感到很不舒服。我审问时不断地逼迫着她，在她饱受煎熬时搅动着她的痛处，这使我心底很不好受。但我还是这么做了，因为这是我的工作，而且直戳伤口，因为作为捕猎者就应该这么做。”

伊娃睁开眼，盯着房门，门后杰莉·菲茨杰拉德刚被注射了轻度镇定剂。“皮博迪，有时啊，这工作真是他奶奶的糟糕透了。”

“是的，长官。”皮博迪伸手拍了拍伊娃的胳膊，这还是第一次。“正因为如此，你才能把工作做得这么好。”

伊娃张了张嘴，有些吃惊，突然笑了起来。“混蛋，皮博迪，我真是喜欢死你了。”

“我也很喜欢你。”她顿了顿，“我们是犯什么毛病了？”

伊娃稍微振奋了一些，伸出胳膊搂住皮博迪强壮的肩膀。“我们去吃点儿东西。菲茨杰拉德今晚也逃不到别的地方。”

在这一点上，伊娃的直觉错了。

电话吵醒她时还不到凌晨四点，当时她睡得很沉，少有地没有做梦。她和梅维斯、莱昂纳多一起纵情喝了些红酒，现在眼睛酸涩，有些大舌头。她接通通讯器，勉强地应了一声。

“我是达拉斯。上帝啊，难道在这座城里晚上没人睡觉吗？”

“我也总问自己同样的问题。”通讯器上的面庞和传来的声音只有模糊的印象。伊娃努力集中注意力，搜寻着记忆的边角。

“该死，你是安布罗斯……医生？”一遍遍的回想之后，她终于记起来了。安布罗斯是个高挑的女人，混血，戒毒中心的化学戒毒组长。“你还在那儿？是菲茨杰拉德醒过来了吗？”

“不是，警督，我们这儿出了点儿问题。病人菲茨杰拉德死了。”

“死了？你说死了是什么意思？”

“就是已经死亡。”安布罗斯说着，微微一笑。“作为一名凶杀案警督，我想你应该很熟悉这种表述。”

“该死，怎么回事？是她的神经系统崩溃了，还是她从该死的窗户跳出去了？”

“依我们现在的判断，是她过度服用了毒品。她拿到了我们用于研究治疗方法的‘不朽’，全吞了下去，另外还吞下了其他一些放在旁边的东西。对不起，警督，她已经死了。我们已经救不回她了。等你和你的团队来了之后，我再跟你讲述详情。”

“该死。”伊娃按下挂机键，断开了通讯。

伊娃先看了看尸体，像是要确认这一切并非是一个可怕的错误。杰莉躺在床上，有颜色标记的病服盖到大腿中部。病服是天蓝色的，代表吸毒成瘾后的第一阶段治疗。

她永远也过渡不到第二阶段了。

美貌又回来了，她那瘦瘦的白皙脸庞有些怪异。眼睛中的阴霾都不见了，紧张的嘴角也放松了下来。毕竟，死亡才是最终的平静剂。她的胸前有一些烫伤，是急救组救援时留下的，插输液管的手背上留下了一点点淤青。在医生谨慎地注视下，伊娃彻底检查了尸体，但没有发现任何暴力的痕迹。

她死了，伊娃想，死时可能还沉浸在毒品带来的快感中。

“她是怎么死的？”伊娃质问到。

“是‘不朽’——从丢失的东西来判断——是吗啡和合成宙斯的混合物。尸检后就能最终确认。”

“你们还在戒毒中心存着‘宙斯’？”伊娃想到此，双手捂住了脸，“上帝啊！”

“用于调研和戒毒。”安布罗斯很严肃地说，“吸毒上瘾的人需要在监督下，经历一个很缓慢的恢复过程。”

“那监督在哪里，医生？”

“菲茨杰拉德女士服用了镇定剂。她本应到上午八点才能完全清醒过来。我的推测是，因为尚未完全了解‘不朽’的药性，可能是她体内遗留的药物残留抵消了镇定剂的效果。”

“这么说来，她醒了过来，走到你们的药品存放处，随意地服用了许多。”

“安保人员和医护人员呢？难道她变成隐形人，从他们眼前走过了？”

“你可以问问你安排的警官，达拉斯警督。”

"我当然会，安布罗斯医生。"

安布罗斯又咬牙切齿着，叹了口气。"听我说，我不想把一切都归咎到你派的警官身上，警督。几小时前，我们这里出了点儿乱子。我们有一位暴力倾向的戒毒者袭击了他的病房护士，挣脱了安全控制。有那么几分钟，我们所有的人手都过来帮忙了，那位警官也去了。如果当时她没过来帮忙的话，病房护士可能就和菲茨杰拉德女士并排躺在停尸房了，而不是像现在这样只是断了几根肋骨和胫骨了。"

"你们一晚上很忙啊，医生。"

"我可不想再有这样的经历。"她伸手拂过赭色卷曲的头发。"听我说，警督，这个戒毒中心有着极好的声誉，我们能帮助很多人。但这次却有一位病人死去了，我现在和你一样，感觉像吃了老鼠屎一样。她本应该睡着的，该死。而且那位警官离开岗位最多也只不过十五分钟而已。"

"时机的选择又这么巧。"伊娃回头看了看杰莉，耸了耸肩，想摆脱掉心中的愧疚。"你们的安保录像呢？"

"我们没有安保录像。警督，如果我们记录病人的戒毒生活——很多是声名卓著的市民——你能想象有多少媒体泄露消息吗？我们要受隐私法约束。"

"好极了，没有任何安保光盘。没人看到她最后是怎么走出来的。她过度服毒的药是从哪儿拿的？"

"大楼这一侧，下面一层。"

"她是怎么知道的？"

"这个，警督，我也不清楚。另外我也无法解释她是怎么开的锁，门上的锁和药箱锁。但她确实做到了。夜班工作人员在清扫时发现了她。门开着。”

“门没锁还是开着的？”

“门是开着的。”安布罗斯肯定地说，“两个药箱也开着。她躺在地上，死翘翘了。当然，我们尝试了惯常采用的急救，但只是走个过场，我们知道没希望了。”

“我需要和大楼这一侧的所有人谈谈，包括所有病人和工作人员。”

“警督——”

“医生，去他的隐私法吧，我不在乎。我还要和值夜班的那个人谈谈。”伊娃又看了看那具尸体，心生怜悯。“有没有人想要进来见她？有人来看她吗？”

“她的病房护士应该清楚。”

“那我们就从她的病房护士开始。你把其他人找来吧。有能够进行问讯的房间吗？”

“你可以直接用我的办公室。”安布罗斯回头看了看尸体，嘶嘶地吐着冷气。“她真是个漂亮女人，年轻，名利双收。警督，毒品能够疗伤，可以扩展生命的体验和质量，可以消除痛苦、抚慰受伤的心灵。每当我看到毒品不断给人带来各种苦难时，我都会想起它的那些好处。要我说的话，她从最初喝下那些漂亮的蓝色液体之时起就已经预示了今天的到来。”

“是的，但她走到今天这步，远比预想得要早。”

伊娃大步走出房间，看到皮博迪在走廊里。“卡斯托呢？”

“我联系了他。他正在路上。”

“真是一团糟啊，皮博迪。我们来把一切缕清。看看这个房间——嘿，你——”伊娃看到自己安排看守的警员在大厅尽头。她的手指像箭头一样伸了出去。她看到自己的手势击中了目标，那位警员颤抖了一下，一脸苍白地向她走来。

伊娃狠狠地批了她一通。她不知道伊娃其实并不打算给她记过，只不过想让她出一身冷汗。

最后，那位警员一身冷汗，脸色苍白，伊娃盯着她锁骨上的淤青和伤口看了看。“是那个有暴力倾向的戒毒者打的？”

“是的，长官，我好不容易才制服他。”

“去找个大夫看看。你现在可是在医疗站。还有，给我看好这扇门。这回听明白了吗？谁也不准进出。”

“是，长官。”她突然立正，环视四周，伊娃心想，就像受了鞭打的小狗一样。她岁数很小，可能还不够买酒的年龄，伊娃边想着，边摇了摇头。

“警官，你必须一直看守在这儿，我下命令你才能休息。”

她转身走开，招手让皮博迪跟上。

“如果你生我的气，”皮博迪温和地说，“我宁愿你直接在我脸上打一拳，也不愿意你骂我。”

“我知道了。卡斯托，很高兴你决定加入我们。”

他衬衫凌乱，好像随手抓起了一件就套在身上。伊娃能想象当时的情景。她自己的衬衫也像是塞在袋里压了一个星期似的。“这里到底发生了什么？”

“这正是我们打算查清楚的。我们准备在安布罗斯医生的办公室里逐个问讯工作人员。我们得逐个问讯每个病房的病人。皮博迪，你负责记录下一切内容，现在就开始。”

皮博迪悄声拿出录音器，挂在领夹上。“已经开始记录，长官。”

伊娃向安布罗斯点了点头，随着她穿过几道强化玻璃门，走过一条不长的走廊，进到一个狭小杂乱的办公室。

“伊娃·达拉斯警督。审问杰莉·菲茨杰拉德死时的潜在目击证人。”她看了看表，录入了日期和时间。“同出席的有缉毒专案组的杰克·T.卡斯托警督，达拉斯的临时下属迪莉娅·皮博迪警官。问讯在市中心戒毒中心的安布罗斯医生办公室进行。安布罗斯医生，请带病房护士进来。请站在一旁，医生。”

“她到底是怎么死的？”卡斯托质问道，“她的神经系统崩溃了？是吗？”

“从某种意义上讲是的。我们会把知道的全告诉你。”

他打算说些什么，但很快控制住了冲动。“我们在这儿能弄点儿咖啡喝吗，伊娃？我有些困。”

“试试那个。”伊娃弯起一只大拇指，指了指破旧不堪的电子厨师，然后坐在桌子后面。

调查之后也没有得到太多的线索。直到中午，伊娃已经亲自问讯过这半边楼每个值班的工作人员，每次得到的答案都基本相同。6027房间那个有暴力倾向的戒毒者挣脱了防护装置，攻击了病房护士，把房间砸得七零八落。从问讯中她得知人群如河水般涌向了大厅，留下了十二到十八分钟的时间没人看管杰莉的房间。

对一个想要逃跑的绝望女人来说，时间绰绰有余，伊娃想。但她是怎么知道那些药的位置的，她又是怎么进去拿到药的？

“或许是某位工作人员在她的病房里提起过。”他们正在午休时，卡斯托在中心小吃店里往嘴里塞了一口素意大利面。“一种新毒品的出现通常会引起很大的关注。病房护士或执勤人员偶尔闲谈几句倒也不是什么稀奇事。镇定剂对菲茨杰拉德的药效很明显没有人们想得那么好。她听到了这些谈话，看到机会时，就采取了行动。”

伊娃思考着这种想法，嚼着满嘴的炒鸡丝。“这点儿我倒能赞同。她肯定是从什么地方听说的。她近乎绝望，而且很聪明。我赞同她可能会想出方法，在没有人发现的情况下去拿这些东西。但她是怎么打开那些锁的？她是从哪里来的代码？”

他思索着，眉头紧皱地盯着自己的午餐。他想吃肉，该死，想吃美味的红肉。但这些该死的医疗所把肉看得和毒药一般。

“有没有可能她从什么人那里拿到了主代码？”皮博迪推测说。她端着一盘绿叶沙拉，没加任何调味品，她想要掉几斤肉。“或者代码破解器。”

“那么这些东西都放在哪儿呢？”伊娃反问说，“发现她时，她已经僵死在地上了。现场清理员在房间里没有发现任何主代码钥匙。”

“或许那该死的门在她过去时恰好开着。”卡斯托一脸厌恶地把盘子推到一旁，“有时确实会有这样的运气。”

“这种事情发生的概率也太小了。好吧，她听到别人谈论‘不朽’，知道它放在供研究的药品箱里。她的急性戒毒综合症发作了，他们给了她一些药品，最难熬的一段时间过去了。但她还需要它。然后，上天突然送来一个礼物，外面出现了一场骚乱。我可不喜欢上帝的礼物。”伊娃嘟哝着，“但暂时先这么说吧。她爬了起来，警卫不在，她就走出病房。尽管我认为看护人不会讨论药品箱的方位，但她还是来到药品箱前。她来到了药品箱前，这一点我们已经明确了。但是进到……”

“你在想什么，伊娃？”

她抬头盯着卡斯托的眼睛。“有人在帮她。有人想要让她拿到那些毒品。”

“你认为有工作人员在帮她，帮她拿到所有毒品？”

“有这种可能性。”伊娃对卡斯托语气中的怀疑毫不理睬，“贿赂，或者某种承诺，或者是位粉丝。等我们查过所有人的档案记录之后，就应该能找出这薄弱一环的相关线索。与此同时——”她的通讯器突然响了起来。“我是达拉斯。”

“现场清理员，罗巴。我们在遗弃物里发现了点儿有趣的东西，警督。是主代码钥匙，而且上面全是菲茨杰拉德的指纹。”

“装进证据袋里，罗巴。我们马上就来。”

“这样就能解释通很多事情了。”卡斯托开始说。听到这段通话，他又来了食欲，又吃起了那盘意大利面。“正如你所说，有人帮了她。或者是她在混乱中从护士站里偷出来的。”

“聪明的姑娘。”伊娃低声说，“非常聪明的姑娘。时间计算得很准确，走出病房，打开必须打开的那扇门，用剩下的时间扔掉主代码钥匙。她的思路真是清晰啊，是吧？”

皮博迪的手指敲着桌子。“如果她是先吃下了‘不朽’——看起来很可能是这样的，那么她很可能会恢复正常意识。她很可能会意识到自己手持主代码钥匙，会被当场逮到。如果扔掉它，她就可以宣称自己只不过是随便走走，说自己有些糊涂。”

“对。”卡斯托向她一笑，“我也觉得这说得通。”

“那她为什么还要待在那里？”伊娃质问说，“她已经服了药，为什么不逃走呢？”

“伊娃。”卡斯托的声音平静而清醒，就如他的眼神一般，“还有一种可能我们没想过，或许她想死呢。”

“故意过量服用？”她想了想，胃中一阵翻江倒海，内疚如湿冷的雾气，笼罩过来。“为什么？”

卡斯托明白她的反应，一手轻轻搭在她的手上。“她陷入了困境。你逮到了她。她知道自己后半生都要在笼子里度过了——在一个笼子里。”他又补充说，“那里可没有毒品。她会在笼子里变老，失去美丽的容貌，失去一切她喜爱的东西。这是一种解脱，一种在年轻貌美时得到解脱的方法。”

“自杀。”皮博迪接着卡斯托的推测说了下去，“她服下的那些毒品，组合在一起是致命的。如果她头脑清醒地来到药箱前，那就应该能知道这些毒品的效果。如果能找到一个彻底干净的出路，为什么还要面对丑闻、监禁和再次戒毒呢？”

“我以前见过类似的情况。”卡斯托继续说，“在我调查的案子里，这种事情常有。他们一直吸毒活不了，没有毒品也活不了，所以他们只能结束自己的生命。”

“没有任何记录，”伊娃固执地坚持着，“没有任何讯息。”

“她当时沮丧至极，伊娃。而且如你所言，非常绝望。”卡斯托摆弄着自己的咖啡杯。“如果只是一时冲动，她觉得必须要做，而且要迅速地结束，她可能不会想那么久，也不会去留下一些讯息。伊娃，没人强迫她。她的身体上没有任何暴力或争斗的痕迹。一切行动都是她主动完成的。这可能是一场意外，也可能是蓄意的。你恐怕无法明确判断。”

“这还是说明不了谋杀案的问题。她不可能是独自完成的。”

卡斯托和皮博迪交换了一个眼神。“或许不是。但事实可能是她在毒品的影响下做了这些。你可以再敲打瑞德福德和杨格一段时间。谁都知道，他们两个不可能在这件事情上撇清干系。但你早晚都要结案的。已经结束了。”他放下手中的杯子。“让自己休息一下吧。”

“啊，这里真是惬意啊。”贾斯汀·杨格走近餐桌。他的眼睛边缘红红的，空洞无神，紧紧地盯着伊娃。“你这个婊子，什么都毁不了你的胃口啊？”

卡斯托正准备站起身，伊娃却抬起手，示意他坐下。她把怜悯之心放到一旁，说：“你的律师把你搞出来了，贾斯汀？”

“是的，杰莉一死，他们就加快了假释的速度。我的律师说，随着最新进展——那个混蛋就是这么说的——随着最新进展，很快就会结案。杰莉是个连环杀人犯，瘾君子，一个已经死去的女人，而我则是彻底清白的。真简单，是吧？”

“不是吗？”伊娃平静地说。

“是你杀了她。”他靠到桌子上，双手拍下，震得餐具咔咔作响。“你就像直接拿着刀子割断了她的咽喉。她需要帮助，需要理解，需要一点同情。但你不停地步步紧逼，直到她精神崩溃。现在她死了。你明白了吗？”眼泪从眼睛中涌了出来。“她死了，你的名下会记下大功一件。你逮到了一个疯狂杀人犯。但是我要告诉你，警督，杰莉绝对没有杀人，但是你杀了。这事儿没完。”他伸出一只胳膊扫过桌子，餐具落下，破碎的瓷片和四溅的食物撒了一地。“这事儿绝对没完。”

伊娃看着他走出门，深深地喘了一口气。“没完，我想也没完。”

第二十章

这一周过得真快，她觉得非常孤单。所有人都以为案子已经结了，就连检察官办公室和她自己的警长都这么想。杰莉·菲茨杰拉德的尸体已经化成灰烬，最后一次审问记录也已存档。

媒体还一如平常般发狂。顶级名模的私密生活，完美面庞下的杀手之心。追逐不朽，致多人死命。

她还有别的案子要办，当然还有其他责任，但一有空她就会回顾这个案子，寻找证据，想要寻找一些新的想法，即使皮博迪都劝她放弃时，她还依然坚持自己的想法。

洛克让她准备婚礼的事情，她学习着研究了一下。但她怎么会知道如何筹备酒席，如何选红酒，如何摆座位呢？最后，她放下自尊，把所有的事情都交给一脸蔑视的萨默塞特去做了。

伊娃还被他很死板地教育了一通，他说作为洛克这样男人的妻子，必须要学会一些基本的社交技巧。

她让萨默塞特闭嘴，然后两人各自去做自己擅长的事情。伊娃担心，他们已经开始喜欢彼此了。

洛克从自己的办公室游荡到伊娃的办公室里，摇了摇头。他们明天就要结婚了，只有不到二十小时。准新娘是在打理婚纱，泡着精油香水澡，幻想着未来的生活吗?

没有，她坐在电脑前，蜷成一团，对着屏幕嘟哝着什么，手指不停地扯着头发，满头蓬乱。她的衬衫上有咖啡渍。地上摆着一个盘子，盘子里盛着一个可能是三明治的东西，就连猫都对那东西没兴趣。

他走到伊娃身后，看了看，不出所料，屏幕上果然显示着菲茨杰拉德的案件资料。

她的韧性令他着迷，也确实诱惑了他。他想知道伊娃有没有让别人看到她因菲茨杰拉德的死而承受的痛苦。其实她本也不想让洛克看到自己的痛苦。

他知道伊娃心怀愧疚和怜悯，还有责任。这些都促使她把自己钉在了这个案子上。这也是他爱她的一个原因，她有丰富的情感，也有逻辑活跃的大脑。

他弯腰想吻她的额头，恰巧这时她抬起了头。她的脑袋撞到他的下巴，两人都疼得叫了起来。

“上帝啊！”洛克擦掉嘴唇上的血，半是好笑半是痛。“本想和你浪漫一下，结果变得这么危险。”

“你不应该偷偷溜到我身后。”她皱着眉头，揉着自己的脑门，又多了一个小伤口。“我还以为你和费尼那些享乐人士去搞女人抢东西了呢。”

“单身派对又不是维京人入侵。在野蛮活动开始之前，我还有一点儿时间。”他坐在伊娃的桌角上，盯着她。“伊娃，你应该放手休息一下了。”

“我不是马上就要休息三周了吗？”看着洛克只是耐心地动了动眉毛，她只能轻轻地叹着气，“对不起，我刚才很暴躁。我不能放手，洛克。过去一周里，我已经试过好多次，想要放下这个案子，但是每次我都做不到。”

“把你的想法说一说，说不定会有思路。”

“好吧。”她从桌后猛地起身，差点儿踩到了那只猫。“她可能去过那家酒吧。好些有身份的人也去这种地方。”

“潘多拉就去过。”

“对。而且他们的社交圈也很相似。所以，菲茨杰拉德确实有可能去过那家酒吧，她可能在那里见过博默尔。她可能还有个线人，告诉她博默尔进了酒吧。这些都是建立在她认识博默尔的基础上，但这一点现在还没有得到证实。或者她与博默尔在合作，也有可能她通过他来做买卖。她在酒吧里看到了博默尔，发现他在四处宣传。他是个危险因素，现在已经没有用处了，变成了一个累赘。”

“到此为止，很合逻辑。”

她点点头，继续说。“好吧，博默尔和海特·莫皮特从私人房间里出来时，看到了杰莉。杰莉开始担心他都说了什么。他有可能吹牛，甚至为了取悦那个女人，把其他人抖落出来。博默尔很精明，立刻知道自己有麻烦了，于是想办法脱身，转入地下活动。海特是第一个受害人。她必须死，因为她可能知道一些情况。她很快就被残忍地杀害了，被伪装成一次随意的泄愤杀人事件。她的身份证被抢走了。这样就需要更长的时间才能追踪到她的身份，才能把她和那家酒吧、和博默尔联系起来。而且凶手断定，可能不会有人关心她、联系她。”

“但是他们没有把你考虑在内。”

“正是这样。博默尔搞到了一份样品，手中还有配方。他想要得到一件东西时，下手很快，而且盗窃本领高超。但他判断力却很差。有可能是他威胁要求分到更多的钱，想要更大的份额。但他自己的营生从来不出岔子。除了几个纽约警察署的人之外，没人知道他做线人的事情。”

“而那些知道他是线人的人也没想到，你会如此认真地看待与线人的关系。”他昂起头，“一般说来，我会觉得他是因为一场毒品交易被人干掉了，或是被人寻仇害死，成了现在这个样子。”

“很对，但是杰莉的动作不够快。我们在博默尔家发现了那些东西，开始从毒品入手进行调查。与此同时，我选婚纱时和潘多拉有过一次正面接触。那次的故事你都知道，而且你也听说过她遇害当晚的大致情况。梅维斯被定成嫌疑人只不过是她的运气，既是好运气，也是坏运气。这给了杰莉足够的时间，为她找了一个合适的替罪羊。”

“这个替罪羊恰好是首席警督最亲近的密友。”

“这就是那一点坏运气。这种可能性实在太小了：我接到一个案子，就知道第一嫌疑人肯定是无辜的？尽管有大量的证据，尽管有各种不利的条件，但是我知道她绝对不可能是凶手。”

“可能性是很小，但是几个月前，我也被认定是杀人嫌疑犯。”

“当时我还不了解你。过了一段时间之后，我才慢慢了解了真相。”她把手揣进口袋里，又抽了出来。“但是我了解梅维斯，从一开始我就了解她。所以我看待整个案子的角度就会和以前有所不同。现在我发现了三个潜在的嫌疑人，而调查结果表明，三个人都有动机，都有机会，也都有办法能杀人。后来我逐渐发现，其中一个嫌疑人对案子里的毒品上瘾了。你刚觉得一切假设都合情合理了，东海岸的一个毒贩子却被打死了，手段相同。为什么？洛克，这个疑团我一直没有想通。他们根本就不需要‘蟑螂’。博默尔和他沟通毒品信息的可能性极小。但他还是被干掉了，而且在他体内也残留着同一种毒品。”

“这是个策略。”洛克抽出一根烟，点上，“是为了分散你的注意力。”

这是几个小时里伊娃第一次发笑。“洛克，这就是我喜欢你的原因。你有犯罪的头脑。他们是为了混乱视听，让警察忙于寻找案子和‘蟑螂’之间的逻辑关系。与此同时，瑞德福德正独自生产着各种‘不朽’产品，他把这些产品给了杰莉，同时还给了杰莉佣金。但他卖给杰莉一瓶瓶毒品，又把钱一点一点地赚了回来。他是个精明的生意人，费了不少力气，冒险从伊甸园殖民地购买了一株样品。”

“两株。”洛克说，很高兴地看着伊娃呆住的样子。

“两株什么？”

“他订购了两株。我在回地球的路上去了一趟伊甸园，和英格瑞芙的女儿聊了聊。我问她能不能帮忙再查一查这件事。瑞德福德在九个月前用伪造的驾照订购了第一株样品，但是身份证号是相同的。他请人把样品运到维加斯二号星的一个花商那里，业界都怀疑那个花商贩卖禁运的植物。”他顿了顿，把烟灰弹到大理石碗里。“我想样品应该是从那里运到了一家实验室，在实验室里提取了植物汁液。”

“你为什么不早些告诉我？”

“我现在不正在告诉你吗？我五分钟前才得到确认消息。你可以联系维加斯二号星上的安保人员，审问一下那位花商。”

她一边咒骂着，一边取出通讯器，命令手下去调查一下那名花商。

“即使他们逮到了他，也需要数周才能完成各种官方手续，把他转移到地球上，这样我才能审问他。”但她还是搓着双手，期待着，“你好像说过，你正在调查这件事。”

“如果最后没有结果，你不能失望，而是要欣然接受这个结果。”他目光镇静，“伊娃，这仍然扭转不了局势。”

“这说明瑞德福德在我们了解情况之前就一直在筹划这件事，并且不想让我们知道。这意味着——”她顿了顿，一屁股坐在椅子上。“洛克，我知道有可能是菲茨杰拉德筹划的一切。她一个人。她在没有人注意到的情况下，从杨格的公寓里溜出来，留他一个人在屋里睡觉，办完事之后返回，把自己出过门的痕迹清理掉。或许他知道真实情况。他愿意为她不惜一切代价，而且他还是个演员。他可以毫不犹豫地把瑞德福德丢向虎口，除非可能牵连到杰莉。”

她低下头，用双手撑着脑袋，手指使劲揉着眉毛。“我知道有可能是她。也许她发现了一个机会，溜进了毒品存放处。可能是她自己决定以那种方式结束生命，这很符合她的性格。只不过还是感觉不对。”

“你不能因为她的死而责备自己。”洛克轻声说，“你明显不应该受责备，而且愧疚也会妨碍你的思路。”

“是，我知道。”她又站了起来，很不安。“这次我确实有些精力不够集中。梅维斯被捕，回忆起我的父亲对我做的一切，这些都使我不能集中精力。我忽略了一些细节，犯了一些错误，有那么多分心的事情。”

“包括这场婚礼？”他说。

她勉强露出一抹微笑。“我一直努力不去想这件事。我并没有针对你的意思。”

“就把婚礼看成一场仪式好了。如果你愿意的话，可以把婚礼看成一个契约，只不过加了些修饰。”

“你想过吗？一年前我们还不认识彼此，而现在我们住在同一所房子里，但多半时间却是完全不同的两个步调？这一切……我们对彼此的情感究竟能不能长久？”

洛克正视着她，说：“你不会故意在结婚的前一天气我一场吧？”

“我不是故意气你，洛克，是你先提出来的，而且这件事确实很分散注意力，我想把一切理清。这些都是很合理的问题，应该有合理的答案。”

他的眼前一片漆黑。伊娃觉察到他的情绪变化，准备迎接一场风暴。但他只是站起身，冰冷平静地说道：“你要退缩吗，警督？”她一阵颤栗。

“不，我会参加婚礼的。我只是想，我们应该……想想。”她说得断断续续，恨死自己了。

“好吧，那你去想吧，找到你认为合理的答案。我已经有自己的答案了。”他看了看表。“我要迟到了。梅维斯在楼下等你。”

“等我做什么？”

“你自己问她吧。”他竭力压住声音里的怒气，走了出去。

“该死。”伊娃使劲踢了桌子一脚，旁边的加拉海德充满敌意地看着她。脚踢得很疼，她很恼火，又踢了一脚，然后一瘸一拐地出去找梅维斯了。

一小时之后，她发现自己被拉到了低俗酒吧。梅维斯命令她换衣服，做头发，化妆，让她受了不少折磨。梅维斯甚至还要她改变态度。音乐和噪音像抡圆了胳膊击向她的重拳，她有些犹豫，到底要不要去参加这个聚会。

“上帝啊，梅维斯！我们为什么要来这儿？”

“因为这里很低俗，就因为这个。单身派对本来就应该低俗一些嘛。上帝啊，看台上那个家伙。幸亏我让咔嚓克为我们留了一张贵宾桌。这地方简直像个沙丁鱼罐头，现在还没到半夜呢。”

“我明天就要结婚了。”伊娃第一次发现这个现成的理由还不错。

“说的就是这个！上帝啊，达拉斯，放松些。嘿，我们的派对开始啦！”

伊娃对意外早就习以为常了，但这里有些太过炫目。伊娃本来就不想来，所以有些别扭，她坐在一张桌子旁，桌子边围坐着纳丁·福斯特、皮博迪、一个很像是特瑞纳的人，我的天啊，还有米拉医生。

她惊讶得合不上嘴，这时咔嚓克突然从身后冲了出来，把她抱得双脚离地。“嘿，皮包骨的白人女孩儿！你今晚来狂欢啊！我会给你一杯免费香槟的！”

“你这里要是有香槟的话，老兄，我就吃了香槟酒塞子。”

“哈，你还真有幽默感。想要点儿什么？”他把伊娃扔到空中转了一圈，在人群阵阵的欢呼声中，他在半空接住了她，把她重重地放在桌前的一个位子上。“女士们，玩得开心点儿，有什么事情随时叫我。”

“达拉斯，你的朋友真有趣。”纳丁一口一口地抽着烟。这里可没人在意吸烟禁令。“我想喝点酒。”她举起一瓶未知饮品，倒进一个看似很干净的杯子里。“我们早就开始喝了。”

“一直都是我在催着她换衣服。”梅维斯扭着屁股走回自己的座位。“她一直都和现在一样板着个脸。”梅维斯说着说着，眼睛里闪出了晶莹的泪花。“她做这些全都是为了我。”她拿过伊娃的酒，一饮而尽。“我们本想给你个惊喜。”

“确实让我惊喜异常。米拉医生！你是米拉医生吧？”

米拉灿烂地一笑：“刚进来的时候是。我现在喝多了，有点晕。”

“我们得喝一杯。”皮博迪颤颤巍巍的，只能扶着桌子保持平衡。她努力控制着，只洒了半杯酒在伊娃的脑袋上。“恭喜这个臭熏熏的城市里最牛的警察，即将嫁给我这辈子见过的最性感的小混蛋，而且，你太他妈聪明了，看出我这辈子就应该留在凶杀专案组。不过，瞎子也能看出来，我应该干这行。所以，干杯！”她一口气喝光了剩下的酒，仰面摔坐到椅子上，傻乎乎地笑着。

“皮博迪，”伊娃叫道，伸出手指在她眼皮下晃了晃，“我真是太感动了。”

“达拉斯，我现在已经神智不清了。”

“早就看出来了。我们能弄点不含尸毒的东西来吃吗？我要饿死了。”

“新娘想要吃东西！”梅维斯清醒得像贞女一般，稳稳地站了起来，“我去拿。不用你们起身。”

“哦，梅维斯。”伊娃把她拉到身旁，在她耳旁低声说，“给我拿点儿清淡的东西喝。”

“可是，达拉斯，这是个派对啊！”

“我会享受派对的，真的，不过我明天要保持清醒，对我来说很重要。”

“真是太贴心了。”梅维斯又抽泣了起来，把脸贴在伊娃的肩膀上。

“是啊，我简直就像小棉袄一样贴心。”她一时激动，猛地拉过梅维斯，直接亲在她的嘴上。“谢谢！没人会这么为我着想。”

“洛克会。”梅维斯从衣袖里伸出亮闪闪的手，抹着嘴，“是我们一起筹划了派对。”

“他真的那么宠我？”伊娃笑了笑，又看了一眼台上光着身子的舞者暧昧地扭动。“嘿，纳丁。”她给记者加满酒，“那个戴着红色尾羽的家伙一直在盯着你看。”

“噢，是吗？”纳丁神志不清地四处张望。

“你敢吗？”

“敢什么？站到那上面？切，一点儿难度都没有。”

“那就上去啊！”伊娃俯下身子，咧开嘴笑着，“赶紧行动！”

“你以为我不敢。”纳丁晃晃悠悠地站起身，稳了一下。“嘿，小帅哥，”她向最近的一名舞者大喊，“帮把手儿。”

大家都喜欢她，伊娃心想。只见纳丁上了兴头，脱得只剩紫色内衣。伊娃叹了口气，喝了几口矿泉水。她很会调动朋友们的兴致。“你怎么样，特瑞纳？”

“我正在神游四方呢。我觉得我现在应该是在西藏。”

“呃——呃。”伊娃看了一眼米拉医生。米拉医生一脸女人特有的兴奋，伊娃真害怕她也会跳上舞台。估计在场的几个人都不想看到那样的情景。“皮博迪。”她伸出手使劲戳了戳皮博迪的胳膊，皮博迪这才稍微有了点儿反应。“我们弄点吃的来。”

皮博迪哼了一声说：“我去，我还行。”

“你当然能行，老兄。你会把整座房子撞翻的。”

“我的肚子很鼓。”她踉踉跄跄地走着，伊娃小心翼翼地抓着她的胳膊。“杰克管它叫果冻肚皮。我等着有人来吮它呢！”

“你得多做腹部运动。”

“这是遗传的。”

“遗传的？”

“是啊。”她摇摇晃晃地跟着伊娃走过人群。“我们家人都有。杰克喜欢纤细的腰身，你那样的。”

“那就让他去死吧。”

“对！皮博迪咯咯笑着，全身的重量都靠在服务吧台上。“我们尽情狂欢吧。虽然喝得烂醉也还是逃不掉那些想法，你懂吧，伊薇。”

伊娃叹了口气。“皮博迪，我不想揍一名喝醉的警员同事，所以别叫我伊薇。”

“好吧。你知道吗？”

服务机器人在给伊娃点菜。“吃的，只要是吃的就行，多上一些，三号桌。知道什么，皮博迪？”

“知道那个……那个……你和洛克之间的那个，就是那个……联系，内在的联系。性爱只不过是附加的东西。”

“说的没错儿。你和卡斯托出问题了？”

“没有。只不过案子结了之后，就不怎么联系了。”皮博迪晃着脑袋，灯光在眼前晃来晃去。“老天啊，我憋不住了，得上个厕所。”

“我和你一起去。”

“我自己能行。”皮博迪一脸严肃，把伊娃的手从胳膊上推开。“要是我在上司面前呕吐，你会介意吗？”

“随你便啦。”

但伊娃一直紧盯着她蹒跚地走过舞厅。她们在这儿已经将近三个小时了，她盘算着。尽管很有趣，但她还是要为几个玩伴叫点儿吃的，然后看着她们上车回家。

她微笑着靠在吧台上，看着纳丁还穿着紫色的内衣坐在桌子上，和米拉医生真诚地讨论着。特瑞纳的脑袋已经趴到了桌子上。

梅维斯两眼闪闪发光，站在台上，即兴吼了几首歌，她让舞池里的人们都疯起来了。

她的嗓子一阵发热，该死，她心想。他们喝醉的样子真不错。特别是皮博迪，伊娃一边想一边向厕所走去，准备去看一眼，以防自己的助手昏过去，或是淹死在厕所里。

她刚走过半个酒吧，突然有人拉住了她。整晚都不停有人想要拉她做舞伴，所以她很自然地想要把手甩开。

“美女，来玩玩吧。你没兴趣吗？嗨！”被紧捏的胳膊并不太疼，但很恼人。她被拖着走过呼喊的人群，走进一间私密房间时，视线已经开始变得模糊了。

“该死，我说过没有兴致。”她伸手去掏警徽，但完全摸不到口袋。那人轻轻一推，她就仰面摔在一张狭窄的小床上。

“休息一会儿，伊娃。我们聊聊。”卡斯托躺到她身旁，双脚交叉着。

洛克不太有心情参加派对，但费尼花了很大力气才营造出一种疯狂享乐的气氛，他要扮演好自己的角色。大厅里挤满了各种男人，好多也搞不清为什么会被邀请参加这么个奇怪的派对。但费尼这个电子技术专家请来了洛克几个最亲近的商业伙伴，这些人都不敢冒险拒绝邀请，害怕薄了洛克的面子。

于是他们都来了，那些有钱人，出名的人，还有其他各行各业的人，都挤在一个灯光昏暗的房间里，啤酒和威士忌足够灌醉整个第七舰队。

洛克得承认这些都是善意之举，因此竭力配合着费尼。

“你在这儿啊，小伙子，再来一杯威士忌。”费尼也是爱尔兰人后裔，因此很自然地变成了爱尔兰口音，但他自己从未去过爱尔兰——事实上，他的曾曾祖父都没有踏上过爱尔兰的国土。“为独立而战的反抗者们站起来！呃？”

洛克翘起眉毛。他出生在都柏林，年轻时光多半都在那里的街头巷尾游荡，但他却没有费尼对那片土地和反抗军队的那种热情。“冲啊！”他为了取悦朋友，这么说着，一边呷了一口酒。

“那边有个姑娘正在看你。听我说洛克，现在你只能看看别的姑娘，不能对她们动手动脚的了。”

“我会努力控制住自己的。”

费尼咧嘴笑了笑，使劲拍了洛克的后背一下，把他拍得一个踉跄。“她真是天赐的礼物啊，是吧？我们的达拉斯。”

“她……”洛克对着手中的威士忌皱着眉头，“是个人物。”

“她会使你时刻保持警觉，使所有人都保持警觉。她有着鲨鱼一般的头脑。你很清楚，她会专注于一件事情，直到最后一刻。实话说吧，上个案子可让她好受了。”

“她还没放手呢。”洛克嘟哝着，一个金发女郎来抚摸着他的胸脯，他微笑着。“找那个人去，你会交好运的。”他说，指向一个目光呆滞、穿着灰色细条纹布衣的男人。“他是琢石动力公司的老板。”

女郎一脸茫然，洛克轻轻地把那只兴奋的手从身上挪开。“他很有钱。”

她扭着腰身走开了，费尼无限神往地盯着她的背影。“洛克，我是个快乐的已婚男人。”

“好多人都这么讲。”

“有时我真想和刚才那样一个年轻的小美人在暗室里来一炮，虽然这么说可能有损形象，但我说的都是实话，”

“费尼，你是个好人，不会做这么不堪的事情。”

“确实如此。”他长长地叹了口气，又转回到之前的话题上。“达拉斯休息几周之后，就能把这一切放到一边，开始办下一个案子了。”

“她不喜欢失控的感觉，但她觉得自己已经失去控制了。”他极力不去想这些。在婚礼前一天晚上讨论一场谋杀案，那可真是太糟糕了。他低声咒骂了一声，拉着费尼来到一个僻静的角落。“你对东海岸被打死的那个毒贩子有多少了解？”

“你是说‘蟑螂’？知道的不多。这个毒贩子很狡诈，也很蠢。很多毒贩都有这两个特点，真是奇怪极了。他们占着自己的一片领地，喜欢来钱快、获利大的买卖。”

“他也是个线人吗？他是不是像博默尔那样的线人？”

“他以前是线人。但是去年他的上线退休了。”

“上线退休了之后该怎么办？”

“另外一个人接过这个线人，或者不再管他。‘蟑螂’还没有新的上线。”

洛克不想继续问了，但却如鲠在喉。“那个退休的警察，他和谁合作过？”

“你想什么呢？以为我脑子里装着记忆芯片吗？”

“是的。”

费尼被恭维得一脸洋洋得意。“好吧，其实我记得他曾经和我的一位老伙伴搭档过。他叫丹尼·莱利。那还是在——2041年。后来他好像和玛丽·德斯克里一起航海旅行了几年，一直到2048年，或者是2049年。”

“这些都没关系。”洛克低声说。

“然后他和卡斯托搭档过几年。”

洛克又恢复了注意力。“卡斯托？和卡斯托搭档时，他还做‘蟑螂’的上线吗？”

“当然，但一个小组里只有一个人做上线。”费尼看着洛克皱起的眉头说，“通常情况下，搭档会接过伙伴的下线。但没有记录说明卡斯托接过了这个下线。他有自己的线人。”

洛克心想，这些都是自己的偏见，他因嫉妒而生出的荒唐的偏见，但他才不管这些。“并非所有事情都记录在案。你不觉得这有点儿太巧合了吗？两个和卡斯托关系密切的线人都被打死了，而且两个人都与‘不朽’有关。”

“我们没说卡斯托是‘蟑螂’的上线，而且这件事儿也不算太巧合。我们说的是一起毒品案子，总会有很多重叠的地方。”

“除了‘蟑螂’和卡斯托的这层干系，你还找到了其他把‘蟑螂’和另外几个嫌疑人联系起来的线索吗？”

“上帝啊，洛克。”他一只手捂住脸。“你就和达拉斯一样。听我说，很多缉毒警察最后都会染上毒瘾。但卡斯托从不沾毒品，测试中从未测出一点儿毒品的痕迹。他名声很好，而且所有人都知道，他想得到队长的位置。他不会为了这种破事儿毁了自己的。”

“费尼，有时欲望会让男人动心的，男人还有时会被欲望所左右。这肯定不会是第一起缉毒警察参与贩毒的案子！”

“不是。”费尼又叹了口气。谈话让他完全清醒了过来。他很不喜欢这样。“洛克，根本没有任何证据指证他。达拉斯和他在一起工作。如果他有问题，达拉斯会感觉到的。她总能嗅出异样。”

“她有些分心，步调混乱。”洛克说，他想起了伊娃说的话。“费尼，你回想一下，是不是不管她行动有多快，总好像慢了一拍。如果有人知道她的策略，他们就能预判她的下一步行动，特别是一个有警察思维的人。”

“你不喜欢他，因为他长得和你一样俊。”费尼酸酸地说。

洛克并不在意。“今天一晚上，你能挖出多少关于他的信息？”

“今晚？上帝啊，你想让我调查另外一个警察，查看他的私人档案，就因为他有几个线人被打死了？而且你想让我今晚就干？”

洛克伸出一只手，搭在费尼肩上。“可以用我的机器。”

“你们真是天生一对儿，”费尼嘟哝着，被洛克拉着穿过人群，“就像一对鲨鱼一样。”

伊娃的视线一片模糊，就好像脑袋突然被按到水槽里似的。透过水纹涟漪，她看到了卡斯托，能闻到他身上传来的香皂和汗液的味道。但她看不清他在那里做什么。

“怎么回事儿，卡斯托？有什么任务吗？”她茫然四望，想找皮博迪，却看到周围垂着一些红色布帘，这种设计本应是为那种廉价性爱房间增强淫荡氛围而做的。“稍等一会儿。”

“放松。”他不想再给她下一剂药，她在姐妹会上喝了那么多，没必要再多此一举。“门已经锁上了，伊娃，所以你哪儿也去不了。你本可以简简单单地结束一切。”他把一个绸缎边的枕头靠在背后。“如果不再继续追查，也不会如此麻烦。但你就是不放手，就是不放。上帝啊，真不敢相信你竟然查到了里里格斯身上。”

“谁？——什么？”

“维加斯二号星上的那个花商。真是好险啊，我也是通过那个混蛋进行买卖的。”

伊娃的胃里一紧，胆汁反到喉头。她俯身向前，头向下垂着，感觉有些窒息。

“‘卸载’这种毒品会使人感到恶心。下次我换一种试试。”

“我没想到是你。”她努力抑制着腹中那些油腻的食物——而不是酒水——不要喷出来。“我竟然没想到是你。”

“是啊。”他知道伊娃很愤怒，“你没想过可能是另外一个警察。嘿，为什么不可能呢？你有自己的担忧。你破坏了规则，伊娃。你知道首席永远都不应该掺杂任何私人感情。你当时太担心自己的朋友了。我很钦佩你这一点，真的，尽管这很愚蠢。”

他揪住她的头发，扯得她的头直向后仰。他快速检查了一下她的瞳孔，感觉第一剂迷幻药的效力应该还能持续一会儿。他不想把她迷晕，至少在他完事儿之前不想。

“我确实很钦慕你，伊娃。”

“你这个混蛋。”她的舌头不听使唤，声音模糊不清，“你杀了他们。”

“都是我杀的。”他又放松了下来，脚踝又搭在了一起。

“把这一切都憋在肚子里确实很不容易。不能向女人展示一个聪明男人的魅力，简直就是对虚荣心的巨大打击。你知道吗？伊娃，当时我听说博默尔是你的人时，还有些担心。”他伸出手，指尖从她的下巴抚摸到两胸间。“我本以为能迷住你。你得承认，你确实被我吸引住了。”

“把你的手拿开。”她伸手去拍，却差了几寸远。

“你的距离感已经错乱了。”他咯咯窃笑，“药物把你搞乱了，伊娃。我给你讲讲我的故事吧。我每天都在街上看着同样的狗屁事儿，开始有些厌烦，于是我就开始筹划起这一切。那些有钱的家伙大把地赚着钱，从来都不用自己动手。为什么我不行？”

“又是为了钱？”

“还能为什么？几年前我联系上了‘不朽’的货源。一切都是天意。最开始，我小心翼翼地做调查，利用在伊甸园殖民地的关系搞了一株样品。可怜的博默尔知道了‘不朽’的存在——从我在伊甸园殖民地的关系那儿套出来的。”

“博默尔告诉了你。”

“当然告诉我了。他在毒品市场知道任何消息都必须告诉我。他不知道我已经着手干这件事儿了，当时还不知道。我一直在秘密进行。我不知道博默尔有配方方程式，不知道他在四处乱讲，希望大赚一笔。”

“你杀了他，把他打烂了。”

“我只能下手。不到必须的时候，我从来不动手。因为潘多拉那个漂亮的贱人……”

伊娃一边听卡斯托讲述那个性、权力和利益的故事，一边努力把大脑和身体机能调整到正常状态。

潘多拉在酒吧里发现了他，也有可能是两个人发现了彼此。她兴奋地发现他是个警察，而且是缉毒警察。他能搞到很多毒品，而且他非常愿意为她效劳。他迷上了她，甚至有些痴迷。现在承认这一点不会有什么坏处。他的错误在于把“不朽”的消息告诉了她，听了她的建议准备靠它赚钱。她预测会有巨额的利润，他们几辈子也用不完的钱，还有青春、美貌和超棒的性爱。她很快就对那种毒品上瘾了，不停地想要更多，而且利用他去弄这种毒品。

不过，她还是有用处的。她的事业和名声，使她有机会常常到处旅行，方便地从星光工作站的独家私人实验室里带回更多毒品。

然后他发现她想带瑞德福德入伙儿。他暴怒，但她用性爱和承诺安抚了他。当然还有钱。

但是情势开始变得越来越糟。博默尔逼着他给钱，还偷走了一袋毒粉。

“我本可以搞定他的。他只不过是一根不足一提的小刺。我跟踪他来到这儿。他四处宣扬，管不住自己的嘴，还把我给他的封口信用币当成糖果到处散。我搞不清他到底对那个妓女说了些什么。”卡斯托耸了耸肩，“这些你都想到了。情节是对的，但是人错了。我必须除掉她。我当时已经不能罢手了，而且她只不过是个妓女。”

伊娃的头靠着墙，脑子已经不那么晕了。她悄悄感激上帝，药效终于缓和了下来。卡斯托说得正兴起，她可以让他一直说下去。如果她一个人逃不出去的话，等一会儿应该就会有人来找她。

“然后你对博默尔下了手。”

“我不能去他的小屋，把他拽出来，那里有太多人认识我了。我给了他一些时间，然后联系上了他。告诉他现在可以买卖了，需要他加入我们一伙儿。他很蠢，竟然相信了。然后我就做掉了他。”

“你先折磨了他很久，没有直接杀了他。”

“我必须弄清他透出了多少消息，弄清他都可能和谁讲过。我们的博默尔不太能忍痛，一点儿骨气都没有。我查出了配方的事儿，真把我气得要死。我本不想把他的脸弄成那个妓女的样子，但没控制住。手法很简单，可以说那是感情用事。”

“你这个冷血的混蛋。”伊娃低声说，尽量使声音显得虚弱模糊。

“伊娃，你这么说可不对。你问问皮博迪。”他咧嘴笑开了，掐了她的胸一把，一阵怒火窜上伊娃的心头。“我意识到没法把你搞到手，我就开始对迪迪下手了。你被那个有钱的爱尔兰混蛋迷惑了，根本不愿意多看一眼真正的男人。幸好有迪迪。不过我一直都没从她嘴里套出你的行动计划。迪迪有一切好警察的素质。不过在她的红酒里下点儿药，她就合作得多了。”

“你给皮博迪下药了？”

“偶尔，只是为了从她嘴里套出你们报告里的内容。我必须让她夜里睡得死死的，我才好出门。她是个极好的不在场证人。总之，你应该了解潘多拉的为人。后来的故事也和你想的差不多。只不过当晚我监视着她家。她怒气冲冲地刚出家门，我就带她上了车。她想去设计师家。当时我们的性关系已经差不多结束了，只剩下生意。我想，为什么不带她去呢？我知道她正打算把我从买卖中踢出去，她想独占所有。她觉得自己不再需要街头警察来帮忙，哪怕是那个警察给了她这个东西，帮她开始了整个买卖。她也知道博默尔的事儿，但这丝毫不让她害怕。她又怎么会在乎一个脏乱小巷里的混混呢？而且她也从未想过，从未想过我会杀她。”

“但你还是杀了她。”

“我带她去了想去的地方。当时我还没下决心下手，但门口的安保摄像机被砸了，就像上天的旨意。那个地方空无一人，只有她和我。他们去裁缝那儿了，对吧？或许他们正在和她打架的那个小姑娘家。于是我打了她。最开始我把她打翻在地，但她又站了起来。那该死的药让她十分强壮。我只得不停地、不停地打她。血四处飞溅。之后她死翘翘了。你那位小个儿朋友走了进来，后来的故事你都知道了。”

“是，后来的故事我都知道。你回到她家，取走了那个装毒品的盒子。你为什么要拿走她的便携通讯器？”

“她经常用通讯器给我打电话。还可能记录下了我的号码。”

“‘蟑螂’呢？”

“只不过为了混淆视听。‘蟑螂’一直都想搞到某种新产品。你当时在全力调查这个案子，我想制造一个完美的不在场证明，以防万一。我有迪迪作证。”

“杰莉的事儿也是你干的，是不是？”

“太简单了。给一个有暴力倾向的病人一针兴奋剂，等着一片混乱。我给杰莉注射了恢复剂，没等她反应过来就带着她走了出去。我承诺给她一剂药，她哭得像个孩子一样。我先给她注射了吗啡，这样她就会很配合。然后是‘不朽’，最后是‘宙斯’。她死时很享受，伊娃，多亏了我。”

“你真是个人道主义者，卡斯托。”

“不，伊娃，我是个自私的人，我总想成为最棒的，而且我一点儿也没有羞愧。我在道上行走了十二年，踏着遍地的鲜血和污秽一路走到今天。我付出的已经足够多了。这种药能把我想要的一切都给我。我会当上队长，有了这层关系，我在未来的四五年里可以利用这种药赚到更多的利润，然后我就退休，去一个热带岛屿，喝着香槟，享受生活。”

他开始平静下来了，伊娃从他的语调中能听出来。兴奋和傲慢已经慢慢消退，开始变得实际。“你得先杀了我。”

“我知道，伊娃，真是可惜。我把菲茨杰拉德放在你眼前，但你就是不接。”他亲昵地抚弄着伊娃的头发。“我不会让你痛苦的。我这里有一些药，可以让你慢慢死去，没有任何痛苦。”

“卡斯托，你考虑得还真是周到啊。”

“这算我欠你的，亲爱的，看在大家都是警察的面子上。如果你的朋友洗清罪名之后你就放手的话，也不会有今天。我真希望结果不是这样，伊娃。我对你真的很有兴趣。”他靠近伊娃，靠得很近，伊娃能感觉到他的呼吸拂动着她的嘴唇，好像要品味她一般。

她缓慢地睁开睫毛，透过缝隙看着他的脸。“卡斯托。”她柔声说。

“干什么？现在放松。用不了太久。”他把手伸进口袋。

“去你的！”她用尽全力抬起膝盖。她的距离感还有些问题。膝盖没有撞到他的下腹，而是打到了下巴。他摔到床下，手里的注射器甩到地上。

两人同时扑过去抢。

“她到底去哪儿了？她不可能从自己的晚会里逃走的。”梅维斯不耐烦地跺着高跟鞋，继续搜寻着酒吧。“而且她是我们几个里唯一一个清醒的。”

“女厕所？”纳丁说，随意地把衬衫套回蕾丝胸衣上。

“皮博迪已经去看过两次了。米拉医生，她不会逃跑吧？我知道她很紧张，但是——”

“她不是那种逃避的人。”尽管头还有些晕眩，但米拉说起话来还是挺有条理的，“我们再四处找找。她就在这里。但是人太多了。”

“还在找新娘吗？”咔嚓克咧开大嘴出现在眼前，“她好像在享受最后一次逍遥。那边的老兄看到她和一个牛仔模样的人溜进了一个私密房间。”

“达拉斯？”梅维斯扑哧一声笑了起来，“不可能。”

“那又怎样，她在庆祝。”咔嚓克耸起肩膀。

“女士们，如果你们心痒了，我这儿还有很多房间。”

“是哪个房间？”皮博迪质问到，她刚才把胃里的东西都吐了出来，吐得大概连胆汁都不剩了，所以现在很清醒。

“五号房。嘿，你们想玩群交吗，我可以帮你们找几个好男孩儿。各种体型，各种身材，各种肤色的都有。”他看到她们匆匆走开，摇了摇头，决定最好还是跟着去维持一下秩序。

伊娃的手指从注射器上滑过，卡斯托的肘子砸在她的颧骨上，疼痛传遍了整张脸，一直蔓延到牙齿。但她的第一击已经成功，发现她还能战斗，卡斯托受惊不小。

“你应该给我注射更大剂量。”她说道，一记勾拳向他的气管打去。“我今晚根本没喝酒，你这个混蛋！”她把卡斯托压在身下。“我明天就要结婚了！”她一边说一边打中了他的鼻子，顿时血流如注。“这一拳是为皮博迪，你这个狗娘养的！”

他一把抓住伊娃的肋部，把她掀翻。伊娃感觉到注射器从胳膊边抽走了，插在屁股上。她也不知道是因为距离感错误带来的运气，还是因为卡斯托计算失误，反正卡斯托正躲闪着她的反扑，伊娃的脚突然像活塞一样抬了起来，正中他的脸。

他眼冒金星，头重重地摔在地上。

不过，他还是向她体内注射了一些迷药。伊娃向前爬行起来，像在粘稠的金色糖浆中游动。她爬到门口，但门锁和代码钥匙很高，根本就够不到。

然后门猛地打开，一切的困境都结束了。

她感觉自己被抬了起来，有人在检查她的身体。有个严肃的声音下令输氧。她心中泛起一阵喜悦的气泡。她只感觉自己好像在飞。

“那个混蛋杀了他们。”她不停地说，“那个混蛋把他们都杀了。我没想到……洛克呢？”

她的眼睑又合上了，她敢打赌自己的眼球就像炽热的大理石球一样在转动。她听到有人说“医疗站”，然后就不省人事了。

洛克走下楼梯，嘴角冷峻。他知道费尼还在楼上，吹胡子瞪眼，但他已经答应帮忙了。像“不朽”这样潜在的大买卖肯定需要行家和内应的参与。这两点卡斯托都符合。

伊娃可能也不太愿意倾听这个想法，所以他并不打算提这件事，暂时不提。他们蜜月旅行时，费尼有三周时间核查消息。如果他们真能去蜜月旅行的话。

这时，他听见了开门的声音，便扭头看了看。现在就得让他们走，全都得走，他下定了决心，立刻。他又向前走了两步，看到下面的人乱作一团。

“她怎么了？她在流血！”他从一个围着银色束带的2米高黑人大汉怀中夺过昏迷的伊娃，看到了她身上的血。

所有人同时张嘴要回答，米拉像老师对着嘈杂的课堂一样，拍了拍手。“她需要安静。医疗小组已经处理了她体内的迷药，但还会有一些后遗反应。还有她不让别人处理她的伤口和淤青。”

洛克的脸色铁青。“什么迷药？”他盯着梅维斯，“你到底带她去哪儿了？”

“不是她的错。”伊娃还有些目光呆滞，胳膊绕着洛克的脖子，“卡斯托，是卡斯托。洛克，你知道吗？”

“其实——”

“我真蠢——真蠢，竟然没想到是他。我太粗心了。我能到床上躺下吗？”

“带她上楼吧，洛克。”米拉平静地说，“我来照看她。相信我，她很快就会好起来的。”

“我会好起来的。”伊娃在洛克怀里，他们一边上楼，她一边说，“我可以把一切都告诉你。是不是所有的事情我都能对你说？是不是？因为你爱我，小傻瓜。”

现在洛克只想知道一件事。他把伊娃放在床上，仔细检查了她淤青的脸颊和浮肿的嘴。“他死了吗？”

“没有。但是我把他打得屁滚尿流。”她一边笑，一边捕捉到了他的一个眼神。她慢慢地摇摇头。“呃——呃，不行，想都别想。我们再过几个小时就要结婚了。”

他轻轻地把她脸上的头发拂到后面。“真的？”

“我想通了。”虽然她很难集中注意力，但是这句话很重要。她抬起双手，捧住他的脸，免得晃动。“这不只是一场仪式，也不只是一份合同。”

“那这是什么？”

“是一份承诺。如果你真想做一件事，那么做出承诺也就不会太难。如果我成不了一个好妻子，你就只能受着了。我不会违背承诺。另外还有一件事……”

洛克能感觉到她的身子渐渐松弛了下来，他稍微移动了一下，方便米拉医生处理她脸颊上的伤口。“还有什么事儿，伊娃？”

“我爱你。虽然有时这种爱会让我胃痛，但是我还挺喜欢这种感觉。我有些累了，我想睡觉。我爱你。”

他小心地退开，让米拉继续处理她的伤口。“让她睡觉没事儿吧？”

“最好不过。等她醒来时就没事儿了。虽然她一点儿酒都没喝，但或许会有点儿宿醉的症状。她说要为明天保持清醒的头脑。”

“是吗？”洛克发现，她睡着的时候看起来确实很平静。她从来没有睡得这么平静。“她醒来后还能记得这些吗？就是她刚才对我说的话。”

“或许记不得了。”米拉高兴地说，“但是你会记得，这样应该就足够了。”

他点点头，退到一旁。她现在已经安全了，又安全了。他看到了皮博迪。“警官，你能跟我讲讲具体情况吗？”

伊娃确实有些宿醉，因此也有些不太高兴。她的胃里翻江倒海，下巴有些酸痛。在米拉和特瑞纳魔法般的化妆技巧下，淤青一点儿也看不出来。她盯着镜子里的自己，心想，如果以新娘的标准来看的话，她勉强还算可以。

“你看起来美极了，达拉斯。”梅维斯赞叹到，上下前后仔细打量着莱昂纳多最出色的一个作品。婚纱垂了下来，古铜的色调增强了伊娃皮肤的暖色调，线条凸显了她修长的身形。简单的造型也正说明衣服下这个女人的性格。

“花园里全是人。”梅维斯兴奋地叫着，伊娃的胃里却很难受。“你看窗外。”

“我又不是没见过这么多人。”

“刚才还有媒体在做空中报道。我不知道洛克按了什么按钮，但他们很快就消失了。”

“好呀。”

“你还好吧？米拉说应该不会有什么危险的后遗反应，但是——”

“我很好。”她撒了谎。“我结了案，揭开了真相，轻松了很多。”伊娃想起杰莉，心下一阵难受。她看了看梅维斯，看着她容光焕发的面庞，染成了银色的头发，笑了起来。“你和莱昂纳多还打算继续同居？”

“他暂时住在我那里。我们正在找更大的公寓，找一间他能工作的大屋子。而我也打算继续开始酒吧驻唱了。”她从衣柜里取出一个盒子，递给伊娃。“这是洛克派人送上来的。”

“嗯？”伊娃打开盒子，一阵喜悦掺杂着警惕。哦，项链，美极了。两层的铜制项链，镶嵌着彩色的宝石。

“我不小心在他面前提起过。”

“我猜就是你。”伊娃叹了口气，把项链戴上，又戴上了搭配的长耳坠。看起来像是个陌生人，她想，像是异教徒战士。

“还有一件东西。”

“噢，梅维斯，我已经受不了！他应该了解我——”她突然停了下来，看着梅维斯从桌上的白色长盒子里取出一捧白色的花——矮牵牛花。后庭院种植的那种普普通通的矮牵牛花。

“他总是很了解我。”她低声说。胃部的肌肉都放松了下来，所有的紧张都消失不见了。“他总是知道我在想什么。”

“我觉得你真是个幸运儿，他这么了解你！”

“是啊！”伊娃看着那些花儿，把它们捧在手里。镜子里的人不再像是个陌生人，她想，这是婚礼上的伊娃·达拉斯。“洛克看到我的话，肯定会流口水的。”

她大笑着，拉住梅维斯的胳膊，奔出门外，去完成自己的承诺。

本书还包括J.D.萝勃《伊娃重案追击》第4本《极速游戏》的预读章节

极速游戏

这是一条黑暗的小巷，弥漫着尿骚和呕吐物的异味。这里是快步如飞的老鼠的家，也是那些捕猎老鼠、瘦骨嶙峋、眼神饥饿的野猫的家。血红的眼睛在黑暗中闪着光，有一些是人类的眼睛，但所有的眼神都闪着凶狠的光。

伊娃溜进这片恶臭潮湿的黑暗角落，心跳微微有些加速。他肯定是进了小巷。她的职责要求她必须追上去，找到他，逮住他。她手里拿着武器，手稳稳的。

“嘿，小甜心儿，想跟我做吗？想做吗？”

声音从混着毒品和廉价啤酒味道的暗处传来。这是垂死的人的呻吟，疯子的狂笑，这里不仅有老鼠和猫。人类丢弃的垃圾在泛出脏水的墙边堆成了一条直线，使人感觉更不自在。

她晃着手中的武器，侧迈步走上一座坍塌的垃圾回收装置——从装置传出的味道来判断，它已经坏了差不多十年了——她半蹲着身子。腐烂食物的恶臭味弥漫在潮湿的空气中，空气变得更加油腻恶心了。

有人在呜咽。她看见了一个男孩儿，大约十三岁，光着身子。他身上的伤口已经化脓了，眼神中满是恐惧和无助，像螃蟹一样蜷缩在污秽的墙角。

她心中涌起一阵怜悯。她也曾是个受伤害怕的孩子，躲在一条小巷里。“我不会伤害你。”她尽量用温柔的声音说，低得几乎像是在耳语，她一边放下武器一边继续用眼神观察着少年。

这时，他突然扑了过来。

他从后面扑来，咆哮地冲过来。他挥舞着铁管，想杀死对手。她转身躲闪，铁管的啸鸣声刺痛了她的耳朵。她根本没空咒骂自己的走神，她忘记了首要目标是一个一百多公斤重的肌肉男，一个想要把她打飞到墙上的男人。

她的武器脱手飞出，落在暗处。

她看到了他的眼睛，“宙斯”的药效让那凶残的目光变得更加可怕。她一边看着铁管高高举起，一边估算着时间，就在千钧一发之时滚到了一旁，铁管砸在砖墙上。她双腿一弹，头撞向他的肚子。他疼得哼了起来，身子摇晃了几下，站稳后他伸手要抓她的脖子，她紧握拳头，重重地打在他的下巴上。重击的痛感一直传到手臂上。

人们都生活在一个没有任何安全感的狭小世界里，惊叫挣扎着寻求安全。她转过身，利用转身的力量做了一个回旋踢，踢烂了对手的鼻子。血如泉涌，恶臭的空气中又散开了血腥的气味。

他的眼神近于疯狂，但对重击毫不在意。在万能的毒品作用下，疼痛根本不值一提。血流满了脸颊，他笑着露出阴森的牙齿，捏着粗粗的棒子，敲打着手掌。

“我要杀了你，杀了你，婊子警察。”他围着她转圈，转着手中的铁管，风不停地发出啸鸣声。他咧着嘴笑，不停地笑，血流不止。“我要砸开你的脑壳，吃掉你的脑子！”

伊娃肾上腺素激增，她知道他可不是在吹牛。这是一场殊死搏斗。他的呼吸变重了，汗水如下雨般涌流而出。她又躲开了一次攻击，但双膝跪在了地上。她拍了拍靴子，站起身，咧开嘴笑了笑。

“你个狗娘养的，瞧瞧这个吧！”她手里拿着备用武器。她根本没有打算对一个一百多公斤重、吃下“宙斯”飘飘欲仙的壮汉动手，打他无异于挠痒，必须一击毙命。

他呼啸着向伊娃冲了过来，伊娃使出浑身力气重重一击。他的眼睛先失去了神采。她见过这种情形，眼睛变成了洋娃娃一样的玻璃状。她站到一旁，准备再次进攻，但是铁管已经从他的指间滑了下来。他就像神经系统崩溃了一般，扭着身体瘫在地上。

他倒在她的脚下，这个力量无穷的人已经变成了一摊死肉。

“你这个混蛋，再也不能作践处女了。”她低声自言自语，刚才危急情况中爆发出的能量退去了，她伸手摸了摸脸，拿着武器的手垂了下去。

皮鞋踩在混凝土地面上的声音引起了她的警觉。她有些眩晕，想举起手中的武器，但双手不听使唤地紧靠着身体，身子摇摇欲坠。

“要时刻提防背后有人偷袭，警督。”一个低低的声音从耳边传来，紧接着牙齿轻轻地咬在耳垂上。

“洛克，该死。我差点杀了你。”

“哦，你可杀不了我，还差得远呢。”他哈哈大笑，把她抱在怀里，嘴热烈而饥渴地贴到她的嘴上。“我爱看你工作。”他低声说，一只手灵巧地向上抚过她的身体。“真让人……兴奋。”

“够了。”但她的心已经开始砰砰乱跳，命令的语气也绵软无力。“这里不适合调情。”

“恰恰相反。蜜月旅行恰是调情最好的地方。”他把她向后推开了一些，双手还搭在她的肩上。“我还想你跑哪儿去了呢。去哪儿应该让我知道。”他瞥了一眼脚下的尸体。“他干了什么坏事儿？”

“他喜欢把年轻女子的脑子挖出来，然后吃掉。”

“哦，”洛克紧锁双眉，摇着头，“不要吧，伊娃，难道你就不能和稍微正常点的人打交道吗？”

“几年前，在泰诺殖民地有一个家伙和他长得很像……”她的声音渐渐小了下来，皱着眉头。他们站在一个臭气熏天的小巷里，脚下就是一具死尸。帅气的洛克、黑天使洛克穿着一件镶着钻石的无尾燕尾服。“你这么盛装打扮想要做什么？”

“我们都计划好了啊。”他提醒她，“晚餐？”

“我忘了。”她把武器收起来，“我没想到会耽误这么久。”她长出了一口气。“我想应该先收拾一下。”

“我喜欢你现在的样子。”洛克又抱住了她，“别管晚餐了……”他的微笑舒缓而不可抗拒。“但我觉得应该有一个更加宜人的环境。终止程序。”他下令道。

小巷、臭气、蜷曲的身体都消失不见了。他们站在一个巨大、空旷的房间里，墙上内嵌着各种设备和闪闪的电灯。地面和天花板都是黑色玻璃镜，以便更好地投映程序本身的全息景象。

这是洛克最新的、也是最复杂的产品之一。

“开始启动热带模式4-B。维持两重控制状态。”

话音刚落，就传来波浪的嘶嘶声，水上闪耀着星光。她的脚下变出如白糖般的沙子，棕榈树随风摇曳，犹如异域的舞者。

“这下好多了。”洛克说着，开始解伊娃的衬衫。“我把你脱光之后，说不定会更棒。”

“最近三个星期，几乎每天你都要把我脱光。”

他扬起一侧的眉毛。“这是丈夫的特权。有什么意见吗？”

丈夫……现在还是感觉怪怪的。这个有着斗士一般黑色头发，诗人般面庞，狂野的爱尔兰蓝眼睛的男人，是她的丈夫。她恐怕永远也无法适应过来。

“我没意见，不过——”洛克那长着长长手指的手揉抚着她的乳房，她的呼吸开始变得急促。“我是在观察你。”

“你真是个好警察。”他微笑着，一边去解她的牛仔裤。“你一直在观察。可你现在在休假啊，达拉斯警督。”

“这是为了保持敏锐的反应力。三个星期不工作，就会锈掉。”

他一手在她赤裸的双腿之间抚摸着，罩住私处，看着她的头向后仰着，兴奋地呻吟起来。“你的反应力已经很好了。”他低声说，把她推倒在白色的沙地上。

她是他的妻子。当她骑在自己身上，在他身下活动，与他一起侧身躺着时，洛克总喜欢这么想。这个充满魅力的女人，这个尽心尽力的警察，这颗饱受困扰的心灵是属于他的。

他看着她工作，在小巷里和服用毒品后的疯狂杀人犯搏斗。他知道，她会像面对梦境中的困难一样，充满勇气和决心地面对工作中的困难。

虽然她这副脾气让洛克尝过不少苦头，但他还是很佩服她这一点。过几天他们就要回纽约了，伊娃会再次投入到工作中，他就不能独享她了。现在他不想让任何事情打扰他们，不想和任何人分享。

他对堆满垃圾和无助人群的黑暗小巷并不陌生。他就是在这样的地方长大的，他曾经藏身在这样的地方，最后逃了出去。他的生活是完全按照他自己的意愿打造的——但现在她走进了他的生活，如离弦之箭，锐利而致命，再次改变了他的生活。

警察从前是他的敌人，后来警察变成了他戏弄的对象，现在他却娶了一个警察。

两周前，他看着她身着古铜色的婚纱，手捧鲜花，缓步向他走来。几小时之前，化妆品遮住了凶犯在她脸上留下的淤青。在她那双眼睛里——那一双会说话的白兰地颜色的大眼睛——他看到了紧张和喜悦。

我们开始吧，洛克。她把手放到他的手上时，洛克好像听到她在说着。不管是好是坏，我都会与你相伴。上帝保佑我们。

现在伊娃戴着他给的戒指，而他也戴着伊娃给的戒指。他坚持要这样，虽然这种传统在二十一世纪中期早已不太流行。他想要其中暗含的意义，说明两人互相属于彼此。

洛克举起她的手，在那枚华美的金戒指上方吻了一下。她一直闭着双眼。洛克盯着她那棱角分明的面庞，那张嘴，还有杂乱竖起的棕色短发。

“我爱你，伊娃。”

她的脸上泛起红晕。她真是容易感动啊，洛克心想。他怀疑她是否知道她自己的心灵有多么强大。

“我知道。”她张开双眼，“我啊，已经渐渐开始习惯你这么说了。”

“很好。”

听着水拍打着沙地的节奏，轻柔的微风轻抚棕榈叶，伊娃伸手把头发从面前拂到耳后。像他这样的男人，她想，有权势，富有，有激情，打个响指就能打造这样的美丽场景。而且，这是专门为她准备的。

“你给了我快乐。”

他咧嘴一笑，弄得她胃部肌肉一紧，欣喜异常。“我知道。”他毫不费力地把她举起，让她跨在自己身上。他的双手在她那修长纤细而强壮的身体上游走着。“你现在承不承认，在我们度蜜月的最后一段时间里，我胁迫你离开地球，你很开心？”

她扮了个鬼脸，想起当时自己惊慌的样子，她拒绝登船时的狼狈样子，还有洛克的狂笑，他把她扛到肩膀上，爬上飞船，而她则挣扎着咒骂着他。

“我喜欢巴黎。”她哼了一声，“我还喜欢在岛上待的那一个星期。我觉得既然多半时间都在床上度过，为什么还要去一个尚未开发完成的空间旅游区呢？”

“你当时很害怕。”她对第一次空间旅行有些烦恼不安，让洛克很开心。他很高兴能在旅途中一直陪伴着她，分散她的注意力。

"我没有。"其实她一点儿骨气都没有，她心想，当时她吓得一点儿骨气都没有了。"我只不过有些气恼，你做计划之前都不和我商量。"

"我记得当时你好像在办一个大案子，告诉我随便怎么安排。你真是个美丽的新娘。"

她抿着嘴说："是婚纱好看。"

"不，是因为你。"洛克伸手抚摸着她的脸。"伊娃·达拉斯，你是我的。"

爱情使她不能自拔，好像有一排未知的巨浪袭来，她没有任何力量招架。"我爱你。"她俯身靠近他，嘴吻到他的嘴上。"你也是我的。"

已经是半夜了，他们刚开始吃晚饭。在即将完工的奥林匹斯大饭店那高耸入云的阳台上，月光如洗，伊娃吃着一只龙虾，欣赏着周围的景色。

在洛克的指挥下，奥林匹斯度假区将在一年内彻底完工。现在这里只有他们两人——如果她能忽略掉与他们相伴的施工人员、建筑师、工程师、飞行员和其他配套人员的话。

从他们坐的小玻璃桌前，她可以看到整个度假区的中心，灯光通明，夜班工人正在加紧工作，机器发出细小的轰鸣声，工程日夜不停。她知道，那些喷泉，还有在喷射的水柱上投射的模拟火炬之光和彩虹颜色都是专门为她设计的。

洛克想让她看看自己都在建设些什么，他想让她了解，她是他的妻子，这些建设工程也是生活的一部分。

妻子……她叹了一口气，把刘海儿吹了起来，又轻啜了一口洛克给倒的香槟。她还要花一段时间去理解这一切，她到底是如何从凶杀案警督伊娃·达拉斯，变成这个人们认为比上帝更有权势的男人的妻子。

“你在想什么心事？”

她上下打量着他的脸，微微地笑了起来。“没有。”她小心翼翼地叉起一只龙虾，在融化的黄油里沾了沾——这是真的黄油，洛克的餐桌上从来没有任何仿真的东西——塞进嘴里。“我回去工作之后，怎么吃得下餐厅里的纸盒装食物啊？”

“工作时就吃糖棒吧。”他又给她倒满酒，看到她眯着眼睛，不由得眉毛一扬。

“你想把我灌醉啊，老兄？”

“当然。”

她大笑起来，洛克发现，她现在比以前更喜欢笑了。伊娃耸了耸肩，拿起自己的酒杯。“你以为我不会醉吗？如果我喝醉了，”她像喝水一样，一口气喝下了一杯昂贵的红酒，“你就永远也忘不掉今夜了。”

他本已酒饱饭足，但这时欲望又从身体各处涌起。他也倒满了一杯酒，摆弄着酒杯的边缘——“我们一起喝醉吧。”

“我很喜欢这里。”她说着，端着酒杯从桌前走开，向雕刻纹饰的粗石头栏杆走去。从采石场采来石材，然后运到这里肯定花了不少钱——但毕竟，他是洛克。

她靠在栏杆上，看着灯光喷泉表演，扫视着周围的建筑，都是穹顶高耸，奢华而优雅，等待着那些高贵的宾客来这里玩着高贵的游戏。

赌场已经完工，在黑暗中就如一枚金球，闪闪发光。十几个水池中有一个在夜里点亮，水中泛着宝蓝色的光。人行天桥如银线一般，在大楼之间蜿蜒。大楼现在都是空的，但她能想象六个月或一年之后这里的样子：挤满了身着闪光丝绸、戴着珠宝首饰的人们。他们会在这里纵情享受，大理石墙的温泉疗养，泥浴，塑身设施，柔声细语的理疗顾问和殷勤的机器人。他们准备在赌场大散钱财，在酒吧喝着独家供应的美酒，和各种各样的持证职业妓女做爱。

洛克给他们造出了一个新世界，他喜欢在这里享受，但这里不是她的世界。她更喜欢街头巷尾，那里有法律的喧嚣和犯罪的嘈杂。洛克明白这一点，她心想，因为他也和她来自同样的地方，所以他才带她来到这个只属于他们两人的地方。

“你在这里肯定会功成名就。”她说着，转身靠在栏杆上。

“我本来就是这么打算的。”

“不。”她愉快地摇了摇头，酒劲儿的作用已经让她有些站不稳了。“你会建造出一个今后几百年中人们不断讨论的奇迹，这是所有人都梦想的。你从都柏林穷街陋巷的一个年轻窃贼，变成了今天的洛克。”

他微微一笑，稍有些羞涩。“警督，我没有什么成就。我现在还是个扒手——只不过用合法的手段而已。我娶了一个警察，有些活动就受到了限制。”

她皱着眉头表示不满。“我不想听这些。”

“亲爱的伊娃，”他站起身，手里拎着酒瓶，“看样子，伊娃还是对自己疯狂地爱上了一个可疑的人物而心有不安。”他又倒满酒，把酒瓶放到一旁。“这个可疑的人物几个月前还在她的谋杀嫌疑人名单里。”

“你这样很享受吗？总是充满疑心？”

“是的。”洛克的大拇指抚摸着她的面颊，在那里过去的淤青已经消褪——只在他的记忆中存在。“我还对你有些担心。”他心里知道，自己其实很担心。

“我是个好警察。”

“我知道。你是唯一一个令我无比钦佩的警察。命运是多么奇妙啊，竟然让我爱上了一个对正义事业如此投入的女人。”

“那我就更奇怪了，我竟在一念之间和一个能买卖星球的男人走到一起。”

“而且结婚了。”他大笑起来，抱着她转着圈，鼻子在她的后背上蹭着。“继续，说说看。我们结婚了！对，这个词不会噎着你。”

“我知道我们俩的关系。”她靠在洛克身上，暗示自己要放松。“让我们这样过一段时间。我喜欢在这儿，和你在一起。”

“这么说来，你很高兴我此前向你施加压力，把蜜月延长到三个星期咯？”

“你没有给我施加压力。”

“我只得不停地唠叨。”他抿住她的耳朵。“威胁恫吓。”他的手滑到她的胸上。“乞求。”

伊娃哼了一声。“你从来都不会乞求，但你确实有些唠叨。我已经……从来没休过三个星期的假。”

洛克决定提醒她，严格意义上讲，她现在也并非完全是在休假。最多二十四小时，她就会处理一些案件。“我们为什么不把假期延长到四周呢？”

“洛克——”

洛克咯咯地笑着。“我只不过想试试你的反应。把你的香槟喝完吧。你还没有真的醉呢。”

“噢？”她的脉搏跳动加速，感觉自己就像个傻瓜。“那喝醉之后，你想做什么呢？”

“那我可说不好。”他说，“我们还是这么说吧，我打算在最后这四十八小时里，让你一直闲不住。”

“四十八小时？”她大笑着，喝光了杯里的酒。“我们从什么时候开始？”

“机不可失——”他听到门铃响的声音，突然停了下来，皱着眉头。“我告诉过工作人员不用来清扫房间的。待在这儿。”他系上刚刚才解开的浴袍。“我要把他们赶走，赶得远远的。”

“顺便再带一瓶酒过来。”伊娃说，咧着嘴笑着把最后一滴酒倒进自己的杯子里。“有人把这一整瓶都喝光了。”

洛克莞尔一笑，溜进屋里，穿过装饰着透明玻璃屋顶和软毛地毯的宽阔起居室。他希望能在那儿开始，在那松软的地板上，头顶上是闪着冷光的星星。他从瓷花瓶里猛拽了一株白百合，想象着要向她展示一个聪明的男人如何用花瓣来装饰女人。

他笑着打开滑门，走进有大理石楼梯的门厅，轻轻打开屏幕墙，打算好好给房间服务生点儿颜色看看。

但他惊奇地发现眼前露出的面孔是他的一位助理工程师。“卡特？有麻烦了？”

卡特一手捂着浸透汗水的苍白的脸。“先生，恐怕是出了麻烦。我需要和您说说，求你了。”

“好吧，稍等一会儿。”洛克叹了口气，关上屏幕，打开房锁。卡特只有二十几岁，对他的职位而言算是很年轻了，但他在设计和执行工作方面绝对是个天才。如果施工出了问题，最好还是现在就解决掉。

“是沙龙里的天空滑廊出问题了吗？”洛克边打开门，边问，“我记得你应该已经想出办法了。”

“不是——我是说，是的先生，已经解决了。现在用起来很顺畅。”

洛克意识到卡特在颤抖，于是抛开自己的懊恼。“出了什么事故吗？”他抓住卡特的胳膊，拉着他来到起居室，把他按到椅子上坐下。“有谁受伤了吗？”

“我不知道——我是说，事故？”卡特眨着眼，眼神空洞。“女士，夫人，警督。”他看到伊娃走了进来，支支吾吾的。他打算起身，但伊娃示意他不要起来，于是他又无力地瘫坐了下去。

“他受惊了。”伊娃对洛克说，声音干脆。“拿点你存的上好白兰地过来。”她蹲下身，脸和他的平齐。他的瞳孔张得很大。“是吧卡特？慢慢喝下去。”

“我……”他脸色蜡白，“我想我可能要——”

还没等他说完，伊娃就把他的头按到两腿之间。“呼吸，深呼吸。把白兰地拿过来，洛克。”她伸出手，洛克手里已经端着一杯。

“振作起来，卡特。”洛克放松下来，靠到垫子上，“喝一口。”

“是，先生。”

“上帝啊，不要先生来先生去的。”

卡特的脸上恢复了一点血色，可能是因为喝了白兰地，也可能是因为尴尬。他点了点头，咽了一口口水，深呼了一口气。“对不起。我本以为自己还好，就直奔过来。我不知道是否应该——我不知道该怎么办。”他摊开一只手，像看了恐怖片的孩子一样捂住脸。之后他猛吸了一口气，很快地讲着。“是杜鲁，杜鲁·马赛厄斯，我的室友。他死了。”

空气从卡特的肺部冲了出来，又颤抖回去。他又喝了一大口白兰地，呛了一口。

洛克一时间呆住了，眼前显出马赛厄斯的面容：年轻，热情，红发，有雀斑，电子专家，专业为自动电子产品。“在哪里，卡特？怎么回事儿？”

“我想应该第一时间告诉您。”现在在卡特苍白的脸上有两片红红的突起。“我马上跑来告诉您——还有您的妻子。我想，她是——她是警察，应该能有些办法。”

“你需要警察，卡特？”伊娃把那杯酒从他颤巍巍的手中接过来。“你为什么需要一名警察？”

“我想——他一定是——自杀了，警督。他吊在那里，在卧室的吊灯上吊着。还有他的脸……噢，上帝啊……噢，老天啊。”

伊娃看着卡特把脸埋在双手间，转身对洛克说：“谁在现场负责此类的事件？”

“我们有标准安保程序，多半都是自动化的。”他斜着脑袋，接受了伊娃的想法，“要我说，应该由你来负责，警督。”

“好，看看能不能帮我找一个现场工具箱。我需要一个录音器——音频和视频—— 一些密封袋，证据袋，镊子，一些小刷子。”

她伸手捋了捋头发，叹了口气。他这里不可能有精确测查死者体温和死亡时间的仪器。没有现场扫描员，没有现场清理员，没有她惯常带到犯罪现场的法医检测药品。

他们只能临时发挥了。

“这里有医生，对吧？把他叫来，可以让他做临时法医。我去穿上衣服。”

多数的技术人员都住在酒店已完工的住宿房间里。很明显，卡特和马赛厄斯关系很好，在空间站轮值时，两人一起住在一所宽敞的两居室里。电梯下降到十层时，伊娃把便携式录音器递给了洛克。

“你会用这个，对吧？”

他扬起一侧的眉毛，这是他下属的一家公司生产的。“我想应该可以。”

“很好。”她淡淡一笑，“你现在是助理探员。卡特，你还挺得住吗？”

“可以。”但他从电梯走向十层的走廊时，就像醉汉参加能力测试一样。他在牛仔裤上擦了两次手上的汗，才能看清掌上屏幕上的内容。门打开时，他向后退了一步。“我最好过一会儿再进去。”

“待在这儿，”伊娃对他说，“我可能需要你。”

她走进房里。灯光亮度调到最高，明亮得刺眼。墙壁内嵌的音响放着刺耳的音乐：一位重摇滚歌手声嘶力竭地喊着，这使伊娃想起她的朋友梅维斯。地面铺着加勒比蓝的地砖，给人一种在海上行走的幻觉。

在南北两面墙下，各装着数台电脑。工作室，她猜想，堆着各种电子板、芯片和工具。

她看到衣服堆在沙发上，视频会议镜扔在咖啡桌上，旁边放着三罐亚洲啤酒——有两瓶已经喝光，酒罐压瘪了，准备扔去回收——和一大碗五香椒盐卷饼。

然后她看到杜鲁·马赛厄斯赤裸的身体挂在床单做成的绳套上，悬在屋顶的蓝色玻璃枝形吊灯上。

“啊，该死。”她叹了口气，“他有多大，洛克，二十岁？”

“也就二十出头。”洛克看着马赛厄斯那孩子般的面庞，紧咬着的双唇已经变紫了，眼睛外凸，嘴可怕地张着，像是在咧嘴笑。一时突发的死亡念头，给他留下一抹微笑。

“好吧，我们看看能做些什么。纽约市警察署，伊娃·达拉斯警督，介入此案，直到可以联系到相关的跨空间主管部门，并移交该案。疑似自杀。死者为杜鲁·马赛厄斯，奥林匹斯大酒店，1036房间，时间2058年8月1日，凌晨1点。”

“我想把他扶下来。”洛克说。伊娃突然之间从一个女人自然而然地变成一名警察，这一点，洛克本不应该吃惊的。

“还不行。现在对他已经没什么区别了，我需要在挪动任何东西之前，记录下现场情况。”她转到门口，“你有碰过什么东西吗，卡特？”

“没有。”他用手背捂住嘴。“我就像刚才一样打开门，走了进去，一眼就看到了他。你……你一眼就能看到他。我猜我在当场站了有一分钟，就愣愣地站在那儿。我知道他已经死了。我看到了他的脸。”

“你为什么不从另一扇门进卧室？”她指着左侧的门，“你可以躺下休息一下。过会儿还要和你谈谈。”

“好的。”

“不要叫任何人。”她下令说。

“不会，不会，我不会叫任何人的。”

伊娃又转身离开，查看了一下房门，眼神又转向洛克，四目相交。她知道洛克和自己一样，也在想着，有些人，像她这样的人，总是躲不开各种死亡案件。

“我们开始吧。”她对洛克说。

版贸核渝字（2012）第050号

图书在版编目（CIP）数据

不死的恋人 /（美）萝勃 著；宋伟 译. —重庆：
重庆出版社，2012.11
ISBN 978-7-229-05802-9

Ⅰ.①不… Ⅱ.①萝… ②孟… Ⅲ.①推理小说—美国—现代
Ⅳ.①I712.45

中国版本图书馆CIP数据核字（2012）第230227号

不死的恋人
Busi de lianren
［美］J.D.萝勃 著
宋伟 译

出 版 人：罗小卫
策　　划：华章同人
出版统筹：陈建军
策划编辑：孔新人　游晓青
责任编辑：王春霞
责任印制：杨　宁
封面设计：吴新征

重庆出版集团
重庆出版社　出版
（重庆长江二路205号）
投稿邮箱：bjhztr@vip.163.com
北京凯达印务有限公司　印刷
重庆出版集团图书发行有限公司　发行
邮购电话：010-85869375/76/77转810
重庆出版社天猫旗舰店
cqcbs.tmall.com
全国新华书店经销

开本：880mm×1230mm　1/32　印张：11.875　字数：200千
2013年1月第1版　2013年1月第1次印刷
定价：32.80元

如有印装质量问题，请致电023-68706683